[글]
아사토 아사토

86
─에이티식스─

The dead aren't in the field.
But they died there.

[
E I G H T Y
S I X
]

ASATO ASATO PRESENTS

The number is the land which isn't
admitted in the country.
And they're also boys and girls
from the land.

돼지에게 인권을 주지 않는다 하여 인간의 도리에 어긋났다 비난받은 나라는 없다.

따라서,
말이 다른 누군가를, 피부색이 다른 누군가를, 조상이 다른 누군가를 인간의 모습을 한 돼지라고 정의했다면,
그자들을 억압하거나 박해하거나 학살하는 일도, 인류을 해치는 잘못은 아니다.

──블라디레나 밀리제 〈회고록〉

서장 전장에 붉게 피는 양귀비꽃

《시스템 스타트》
《RMI M1A4 〈저거노트〉 OS Ver 8.15》

치익. 귀에 거슬리는 잡음이 시대에 뒤떨어진 무전에 섞였다.

[──핸들러 원이 언더테이커에. 적 요격부대를 레이더가 포착. 대대 규모의 대전차포병 및 같은 규모의 근접엽병부대다.]

"언더테이커 라저. 이쪽에서도 탐지하고 있습니다."

[현 시각을 기해 지휘권을 현장 지휘관에게 위양한다. 위국헌신의 정신으로 은혜를 갚고, 목숨과 바꾸어서라도 공화국의 적을 격멸하라.]

"라저."

[……미안하다, 제군. 정말로 미안하다.]

"교신 종료."

《콕핏 봉쇄.》
《파워팩 시동. 액츄에이터 활성. 관절 기구 잠금 해제.》

《스태빌라이저 정상. FCS 적합. 베트로닉스 오프라인. 색적 모드 패시브.》

"언더테이커가 부대원들에. 핸들러 원은 지휘권을 위양. 지금부터 언더테이커가 지휘를 맡는다."

[알파 리더 라저. 평소와 같군, 〈저승사자〉. 새가슴에 근성도 없는 주인님은 마지막에 뭐라 했는지?]

"미안하다고 하더군."

패러레이드
지각동조 너머에서 웃음을 터뜨리는 소리.

[흥. 하얀 돼지 놈은 여전히 한심하군. 도망쳐서 틀어박히고 귀를 막은 주제에 미안하긴 뭐가 미안해, 한심하긴. ……소대에 전달, 들은 바와 같다. 뭐, 이왕 죽을 거면 우리가 저승사자의 앞길을 안내하는 것도 나쁘지 않지.]

"적 접촉까지 60초. ……포격이 온다. 최대전속으로 적 포격지대를 돌파한다."

[자, 가자, 자식들아!]

《컴뱃 매뉴버 오픈》

《적기 탐지 : B1으로 설정》《B2로 설정》《B3》《B4》《B5》
《B6》《B7》《B8》《B9》《B10》《B11》《B12》《B13》《B14》

《B15》《B16》《B17》《B18》《B19》《B20》《B21》《B22》
《B23》《B24》————……

《인게이지 : B210》

[델타 리더가 델타 소대에! 통과시키지 마라, 여기서 격멸해!]

[찰리 스리! 10시 방향에 적기다! 회피를————제길!]

[에코 원이 소대에. 에코 리더는 전사. 지금부터 에코 원이 지휘를 맡는다.]

[브라보 투가 모두에게. ……다들 미안, 여기까지인 모양이다.]

[알파 리더가 알파 스리에! 1분만 더 버텨! 지금 구하러 간다! 알파 원은 지휘를 이어받아!]

[————라저. 행운을, 알파 리더.]

[부탁한다. ……어이, 신. 언더테이커.]

"뭐지?"

[약속은 안 잊었겠지?]

"……그래."

《C1 시그널 로스트》

《우군 유닛 : 0》

잡음 섞인 상관의 목소리가 벗어 던진 헤드셋에서 흘러나와서 해 질 녘의 시원한 바람에 아무렇게나 섞였다.

[……이……원들에…… 핸들러 원이 각 부대에. 들리나. 대답해라, 제1전대…….]

곤충 번데기처럼 유기적으로 생긴 기체에 등을 기댄 채 캐노피를 열어젖힌 콕핏 안으로 손을 뻗어 무전기의 송신 버튼을 아무렇게나 눌렀다.

"언더테이커가 핸들러 원에. 적 요격부대를 격멸, 적 부대의 후퇴를 확인했습니다. 작전 종료. 귀환하겠습니다."

[……언더테이커. 저기, 귀관 외에 몇 명이나,]

"교신 종료."

들을 것도 없고 들어줄 이유도 없는 하찮은 질문 도중에 무전을 끊은 그는 콕핏 밖으로 눈을 되돌렸다.

한없이 붉은 양귀비꽃이 피고 노을이 지는 들판 곳곳에 연기를 피우는 불길과 기계장치의 내장을 드러내며 엎드린 강철의 동물과 네 발 달린 거미의 잔해가 긴 그림자를 늘어뜨리고 있었다. 적, 아군, 그 모두의 최후.

살아있는 거라곤 하나도 없다. 한없이, 저 끝에 이르기까지. 있는 거라곤 사체, 그리고 죽은 주제에도 그대로 남아있는 망령뿐.

너무나도 조용했다. 초원의 저편, 검은 그림자 같은 산맥 너머로 저무는 태양이 수평으로 비추는 붉은 광선.

붉은빛을 받아서, 혹은 검은 그림자로 물들어서, 모든 것이 죽은 듯한 세계에서 그와 그의 기체만이 움직일 힘이 남은 유일한 것이었다.

절지동물을 본뜬 길고 가는 다리. 희뿌연 색의 장갑은 무수한 상처로 더러워졌고, 가위와 비슷한 고주파 블레이드와 등의 주포. 전체적인 실루엣은 배회성 거미, 네 개의 다리와 등에 긴 포신을 얹은 모습은 전갈과도 같았으며, 또한 인간으로 치면 머리라고 할 것이 없는 그 형상은 잃어버린 자기 머리를 찾아 전장을 떠도는 백골 사체 같기도 했다.

한 차례 숨을 내쉬고 황혼의 바람으로 차가워지기 시작한 장갑에 몸을 기댄 채, 오그라들듯이 강렬하게 타오르는 하늘을 올려다보았다.

아득한 동쪽 나라에서는 패왕이 총애한 여인이 자해한 피에서 피어난 꽃.

혹은 과거에 야만족의 침략에 손도 못 써보고 몰살당한 기사들의 피의 강에서 피어난 꽃.

전장 전체에 흐드러지게 핀 양귀비꽃의 붉은 빛깔은 하늘을 불사르는 노을 아래에서 실로 미친 듯이 아름다웠다.

86

—에이티식스—

The dead aren't in the field.
But they died there.

EIGHTY SIX

ASATO ASATO PRESENTS

[글] 아사토 아사토

ILLUSTRATION/SHIRABI

[일러스트] 시라비

MECHANICALDESIGN／I-IV

[메카닉 디자인] I-IV

DESIGN／AFTERGLOW

제1장 전사자 0의 전장

그 전장에 죽은 자는 없다.

[――그러면 오늘의 전쟁 소식을 전해드리겠습니다.]

[제17전투구역에 침입한 제국군 무인기 《레기온》 기갑부대는 우리 산마그놀리아 공화국의 자랑스러운 자율무인전투기 《저거노트》의 요격에 괴멸적인 피해를 입고 철수. 우리 쪽의 손해는 경미, 인적 손해는 오늘도 전무하며――.]

산마그놀리아 공화국 제1구, 공화국 수도 리베르테 에트 에갈리테의 메인스트리트는 9년이나 이어진 전시 상황이라고 생각할 수 없을 만큼 평화롭고 아름다웠다.

조각으로 치장된 새하얀 외관이 아름다운 고층건축물들. 가로수의 녹색과 앤티크풍 검은 주철 가로등이 봄 햇살과 푸른 하늘에 그림 같은 대비를 이루었고, 골목 카페에서는 타고난 은발을 반짝이면서 학생이나 연인들이 웃으며 대화를 나누었다.

시청 건물의 푸른 지붕에서 자랑스럽게 나부끼는 것은 혁명의 성녀 마그놀리아의 모습을 담은 깃발과 공화국 국기인 오색기로, 그것은 자유와 평등, 박애와 정의와 고결함을 말했다. 치밀한 도시계획에 맞춰 저 멀리까지 똑바로 뻗어 빈틈없이 포장된 메인스트리트.

달처럼 은빛 눈동자를 빛내는 어린 남자아이가 양친과 손을 잡고 즐겁게 웃으면서 길을 오간다.

멋을 부리고 외출한 걸까. 흐뭇한 마음으로 가족들의 뒷모습을 지켜본 레나는 백은색 두 눈동자에서 웃음을 지우더니 가두의 홀로그램 스크린으로 눈을 되돌렸다.

진청색 깃을 세운 공화국군 여성 사관 군복. 16세 소녀답게 눈처럼 하얗고 고운 얼굴은 섬세한 유리 세공 같았고, 몸가짐에서는 좋은 집안 태생인 것이 여실하게 드러난다. 살짝 곱슬거리며 새틴처럼 빛나는 은백색 머리칼과 긴 속눈썹에 가린 같은 색깔의 커다란 눈동자는 공화국 탄생 이전부터 이 땅에 사는 백계종의 일원이자 옛날의 고귀한 혈통인 백은종의 피를 순혈로 이었다는 증거다.

[이렇듯 유능한 지휘관제관의 관제하에 고성능 무인기로 전투를 벌임으로써 위험한 최전선에 인원을 투입하는 일 없이 국방을 가능케 한 공화국의 인도적이자 선진적인 전투 시스템의 유용성은 의심할 바가 없습니다. 망국의 사악한 유물을 공화국의 정의의 기구가 타파하는 날은 2년 후의 《레기온》 완전 정지를 기다릴 것도 없이 찾아오겠지요. 산마그놀리아 공화국 만세. 오색기에 영광 있으라.]

눈과 머리칼이 눈처럼 하얀 ^{알라바스터} 설화종 여성 캐스터의 자랑스러운 미소에 레나는 얼굴을 흐렸다.

낙관적이라기보다는 비현실적인 전황 보도는 개전 직후부터 계속된 것이지만, 많은 시민이 그것을 의심하지 않는다. 개전 이후 고작 보름 만에 국토를 절반 넘게 포기할 정도로 밀렸던 전선, 9년이 지난 지금까지 공화국은 그것을 회복하지 못했는데도.

게다가.

언뜻 보면 한 폭의 그림 같은, 봄 햇살 속 대로를 돌아보았다.

여성 캐스터. 카페의 학생이나 연인들. 길을 오가는 수많은 사람들. 방금 지나친 가족, 물론 레나 자신조차도.

세계의 첫 근대 민주제 국가인 산마그놀리아 공화국은 그 선전을 위해 타국에서의 이민을 장려하고 적극적으로 받아들였다. 공화국은 옛날부터 백계종이 사는 땅으로, 다른 나라에는 다른 색깔을 가진 민족이 산다. 밤을 두른 듯한 흑계종, 빛 같은 금색의 ^{아 퀼 라} 금계종, 붉은 색채가 화려한 적계종에 푸른 눈동자가 시원스러운 ^{루 벨 라} 청계종. 수많은 색채의 유색종을 모두 평등하게 받아들여서. ^{콜로라타}

하지만 지금 그 수도의 메인스트리트를 오가는 이는 물론이고, 수도 전체, 85개나 되는 공화국 행정구의 어디에도 은발, 은색 눈동자의 백계종 이외의 색깔을 가진 이는 없다.

그래. 지금 전장에는 공식적으로 인간으로 다루어지는 병사도, 전사자로 헤아려지는 사망자도 없다.

하지만.

"……아무도 죽지 않을 리 없는데."

왕정 시대의 궁정인 브랑네주 궁전의 한 곳, 화려하고 아름다운 후기 왕정 양식의 국군 본부가 레나의 목적지다. 이 궁전이, 행정구 전체를 둘러싸는 대요새벽《그랑 뮬》이 공화국 군인 전원의 배치 장소다.

그랑 뮬의 바깥, 요새군에서 100킬로미터 이상 떨어진 전선에 배치된 군인은 없다. 전선에서 싸우는 것은 무인기——《저거노트》뿐으로, 국군 본부의 관제실에서 그것을 지휘한다. 총 10만 대 이상의 《저거노트》와 그 후방의 대인, 대전차 지뢰밭, 자율식 지대지 요격포로 구성된 방어선은 한 번도 뚫리는 일이 없었고, 당연히 그랑 뮬에 배치된 부대는 한 번도 전투를 벌인 바 없다. 기타 직무도 병참, 수송, 분석, 작전 입안의 서류 작업 등이니까, 지금 공화국 군인 중에 진정한 의미의 전투직은 한 명도 없다.

엇갈리는 사관들의 노골적인 술 냄새에 눈살을 찌푸렸다.—— 또 사령실의 대형 스크린으로 스포츠라도 관전했겠지. 힐난하는 시선을 보내다가 얕잡아보는 조소의 시선과 부딪쳤다.

"제군, 인형 애호가 공주님이 노려보신다."

"어휴, 무섭네. ……방에 틀어박혀서 소중한 무인기나 돌보시라지."

무심코 돌아보았다.

"당신들——."

"안녕, 레나."

옆에서 들려온 목소리에 돌아보니, 동기인 아네트였다.

연구부 소속 기술대위로, 중등학교 때부터 알던 사이, 월반을 거듭한 지금은 현재 서로 유일한 동갑내기 친구다.

"……안녕, 아네트. 항상 늦잠 자면서 오늘은 일찍 나왔네."

"퇴근하려는 거야. 어제 철야했거든. ……아까 그 바보들이랑 똑같이 보지 마. 나는 일이었어. 이 천재, 앙리에타 펜로즈 기술대위밖에 풀 수 없는 문제가 올라와서 말이지."

아네트는 고양이처럼 기지개를 켰다. 쇼트커트 스타일로 다듬은 백은종의 은발, 눈꼬리가 처진 느낌인 같은 색 커다란 두 눈동자.

인사하는 사이에 멀어진 술 냄새 일당을 흘겨보고 아네트는 어깨를 으쓱였다. 바보의 버릇을 고쳐주는 건 시간 낭비. 그렇게 말하는 은색 눈동자를 보고 제지해 준 것이라 알아차린 레나는 얼굴을 붉혔다.

"아, 그리고 네 정보단말, 침입경보가 울렸어. 관제해 줘야지?"

"이런. ……미안해. 그리고 고마워, 아네트."

"됐어. 하지만 무인기에 너무 마음 주지 마."

울컥해서 돌아볼 뻔했지만, 결국 레나는 고개를 한 차례 흔든 뒤에 자기에게 할당된 관제실로 향했다.

관제실은 무기질한 콘솔로 반쯤 채워진 작은 방으로, 어둑어둑하고 싸늘했다. 대기상태의 홀로그램 메인스크린에서 나오는 약한 빛에 희미하게 밝혀진 은색 바닥과 벽.

암체어에 다리를 착 모으고 앉아서 긴 은발을 모아올리고 가는 초커 형태의 은고리—— 레이드 디바이스를 목에 찬 레나는 당당히 시선을 들었다.

전선이 그랑 뮬에서 아득히 멀리 떨어진 곳에 고정된 지금, 이 작은 방이 공화국 85구 내부에 남겨진 유일한 전장이다.

"인증 개시. 블라디레나 밀리제 소령. 동부방면군 제9구역, 제3 방어전대 지휘관제관."

성문과 망막 패턴 인증을 거쳐서 관제 시스템이 스타트.

홀로그램 스크린이 차례로 떠오르고, 아득히 먼 전선에 설치된 각종 관측기기의 막대한 데이터를 표시, 메인스크린이 디지털 맵과 피아의 기동병기를 알리는 광점을 그렸다.

우군기를 뜻하는 푸른 점은 70. 레나가 지휘하는 제3전대가 24개, 제2, 제4전대가 각각 23개. 적성존재의 붉은 점은 이미 숫자도 셀 수 없을 정도.

"지각동조, 기동. 동조 대상, 《플레이아데스》 프로세서."

레이드 디바이스의 목덜미 부분에 박힌 푸른 결정체가 지잉 하고 희미하게 열기를 띠었다. 물리적인 열이 아니다. 지각동조로 활성화된 신경계가 느끼는 환각이다.

기동한 유사신경 결정이 정보연산을 개시. 구축된 가상신경을 통하며 뇌의 특정부위—— 인류가 다음 진화를 위해 남겨 둔, 혹은 진화 과정의 아득한 태고에 잊힌 미사용 영역의 깊은 속에 있는 기능을 활성화시킨다.

레나 개인의 현재의식과 잠재의식, 그보다 더 깊은 곳. 본래는 의식적으로 접속할 수 없는, 인간 전체가 공유하는 '인류 종족의 잠재의식' —— 집합무의식에 '길'이 뚫린다. 그 '길'은 집합무의식의 바다를 경유하고 제3전대 대장기, 퍼스널 네임 《플레이아데스》 프로세서의 의식에 접속.

《플레이아데스》의 지각과 레나의 지각이 공유된다.

"동조 완료.——핸들러 원이 플레이아데스에. 오늘도 잘 부탁합니다."

부드럽게 말을 걸었다. 잠시 뒤에 한두 살 더 많은 듯한 청년의 '목소리'가 돌아왔다.

[플레이아데스가 핸들러 원에. 동조 양호.]

어딘가 야유하는 뉘앙스를 띤 '목소리'였다. 관제실에는 레나 혼자밖에 없으니까 여기에 있는 다른 누군가의 목소리는 아니다. 지각동조로 동조한 청각을 통해 들리는 것처럼 느끼는, 《플레이아데스》 프로세서의 목소리다.

목소리.

전시에 급조한 병기인 《저거노트》에 음성 회화 기능은 없다. 감정이나 의식이라고 해야 할 만한 고도의 사고능력도 없다.

인간이라는 종의 집합무의식을 경유한 지각동조.

적 기갑병기군을 상대로 설치된 방어선의 대인 지뢰밭.

무인기끼리 죽고 죽이는 최전선, 전사자 0의 격전이 벌어지는 거기에 있는 것은, 사실.

[인간도 아닌 에이티식스에게 매번 정중하게 인사하느라 고생 많으십니다, 인간.]

에이티식스.

그것은 《레기온》에 장악당한 대륙에서 공화국 시민들에게 남겨진 최후의 낙원인 85개 행정구 밖, 인외의 영역에 서식하는 인간형 돼지.

공화국 시민으로 태어났지만 그 공화국에 인간 이하의 열등생물로 정의되어 그랑 뮬 바깥의 강제수용소와 최전선에서 사는 유색종을 가리키는 멸칭이다.

†

9년 전, 공화력 358년. 성력 2139년.

공화국과 동쪽 이웃이자 대륙 북부의 대국인 기아데 제국은 주변 이웃나라 전부에 선전포고. 세계 최초의 완전 자율무인 전투기계 《레기온》 부대로 침공을 개시했다.

군사대국 기아데의 압도적인 무력 앞에 공화국 정규군은 고작 보름 만에 괴멸.

잔존병력을 긁어모은 군인들이 절망적인 지연전술로 시간을 버는 동안에 공화국 정부는 두 가지 결단을 내렸다.

하나는 모든 공화국 시민을 85행정구 내부로 피난.

또 하나가 대통령령 제6609호. 전시특별치안유지법.

공화국 안에 거주하는 유색종을 제국을 편드는 적성시민으로 인정. 시민권을 박탈하고 감시대상자로 보아 85구 바깥에 있는 강제수용소로 격리하는 법률이었다.

물론 공화국이 자랑하는 헌법에도, 오색기의 정신에도 명확하게 반하는 법률이다. 또한 제국 출신자라도 백계종은 대상에서 제외, 또한 제국 출신이 아닌 유색종도 수용 대상이라는, 노골적인 인종 차별 정책이기도 했다.

당연히 유색종의 저항은 있었다. 하지만 정부는 무력으로 이것을 막았다.

반대하는 백계종도 적게나마 있었다. 하지만 태반의 백계종은 용인했다. 모든 시민을 받아들이기에 85구는 너무나도 좁고, 전원에게 나눠주기에는 물자도 토지도 일자리도 턱없이 부족했다.

유색종의 스파이 행위가 패전을 가져왔다는 유언비어는 자국이 뒤떨어진다는, 인정하기 어려운 현실을 직시하기보다 훨씬 받아들이기 쉬웠다.

무엇보다 적군에게 완전 포위되어 궁핍해진 상황에서 모두가 불만의 배출구를 필요로 하고 있었다.

그 행동을 정당화하는 우생사상이 순식간에 유포됐다. 근대 민주주의라는 선진적이며 인도적이며 최고의 정치체계를 세계에서 최초로 수립한 백계종이야말로 가장 우량한 인종이고, 구시대적이며 그릇된 제국주의 유색종은 모두 열등종. 야만적이고 우둔한 인간쓰레기, 진화에 실패한 인간형 돼지에 불과하다고.

그렇게 모든 유색종은 강제수용소로 보내져서 병역과 그랑 뮬

제1장 전사자 0의 전장 21

건조의 노동이 부과됐다. 그 비용으로는 그들의 몰수된 자산이 사용됐고, 시민들은 병역과 노역과 전시증세를 회피하게 한 인도적인 정부를 드높게 칭찬하였다.

유색종을 열등생물로 멸시하는 백계종의 차별의식은 2년 뒤, 살아있는 병사——모두가 에이티식스였다——대신 투입된 무인기라는 형태로 구현됐다.

공화국의 모든 기술을 결집시킨 공화국제 무인기는 실전에 견딜 만한 레벨에 도달하지 않았다.

하지만 열등한 제국이 만든 무인기를 우량종인 백계종이 만들지 못해선 안 된다.

에이티식스는 인간이 아니니까, 그것들을 태우면 그것은 유인기가 아니라 무인기다.

공화국 공창 자율식 무인전투기계《저거노트》.

인적 손실을 완벽하게 0으로 만드는 선진적이며 인도적인 병기로서 시민들의 절찬과 함께 투입됐다.

에이티식스의 조종사를 정보 처리 장치(프로세서)로 정의하여 탑재한, 유인탑승식의 무인기이다.

공화력 367년.

전사자가 없는 격전장에서 전사자로 카운트되지 않는, 부품으로 간주되는 병사들이 오늘도 계속해서 죽어가고 있다.

†

《레기온》의 붉은 점이 동쪽── 그들의 지배영역 쪽으로 후퇴하는 것을 확인하고 레나는 다소 긴장을 풀었다.

한편 제3전대의 소모수는 7기, 가슴속에 씁쓸한 것이 치밀었다. 7기의 《저거노트》가 모두 그 안의 프로세서와 함께 폭발했다. 생존자는 없었다.

《저거노트》── 지식인처럼 구는 개발자가 옛 신화에서 따온 이방의 신의 이름.

구원을 찾아 모인 수많은 사람들을 그 전차의 바퀴에 걸고 갈아 죽였다고 한다.

"……핸들러 원이 플레이아데스에. 적 부대의 철수를 확인했습니다."

한 차례 숨을 내쉬고 《플레이아데스》 프로세서에게── 자신과 가족의 시민권 부활을 대가로 5년 동안의 종군에 임한 에이티식스의 조종사에게 지각동조를 통해 말했다.

청각을 동조하여 서로의 목소리나 들은 소리를 전달하는 지각동조는 거리나 날씨나 지형의 영향을 받기 쉽고 방전교란형의^{아인탁스폴리게} 전파방해^{재밍}에 막히기 쉬운 무전 통신을 구세대의 것으로 만든 획기적인 통신 수단이다.

이론상 오감 중 어느 것이라도 동조할 수 있지만, 기본적으로는 청각이 이용된다. 시각이라면 정보량이 너무 막대하여 사용자에게 가는 부담이 너무 큰 탓이다. 청각이라면 최소한의 정보량으로 상황을 파악할 수 있다. 체감으로는 무전이나 전화와 큰 차이가 없는 만큼 혼란도 적다.

다만 레나는 그것만이 아닐 거라고 생각했다.

시각을 동조하지 않으면 눈앞에 밀려드는 적의 위용을 보지 않아도 된다. 바로 옆에 있는 동료가 기체와 함께 날아가는 무참한 모습을 보지 않아도 된다. 찢겨진 자기 몸에서 흘러내리는 자신의 피와 내장의 색깔을 보지 않아도 된다.

"경계 임무는 제4전대가 인계합니다. 제3전대는 귀환해 주세요."

[플레이아데스 라저. ……오늘도 망원경으로 돼지를 감시하느라 수고하셨습니다, 핸들러 원.]

시종일관 비아냥이 사라지지 않는 플레이아데스의 응답에 시선을 내렸다.

미움받는 것은 내가 백계종이고——박해자의 일원인 이상 어쩔 수 없는 것을 알고, 핸들러의 일 중 하나가 에이티식스들의 감시인 것도 사실이지만.

"수고하셨습니다. 플레이아데스. 부대원들도, 사망한 일곱 명도. ……정말 안타까운 일입니다."

[…….]

침묵 속에 찌릿 하고 칼날처럼 차가운 것이 섞였다. 지각동조는 청각 공유지만, 동조로 서로의 의식을 경유하는 이상 얼굴을 맞대고 이야기하는 정도의 감정은 전해진다.

[……항상 따뜻한 말씀 고맙습니다, 핸들러 원.]

그건 더없이 차가운 혐오나 모멸 같은 것으로, 박해자에 대해 당연한 분노나 증오와는 또 다른 냉담함에 레나는 어쩔 줄 몰랐다.

†

다음 날 아침 뉴스는 적 손해 다수, 공화국 손해 경미, 인적 피해 없음, 공화국의 인도적 및 선진적 운운하면서 적군의 타도도 멀지 않았다는 소리가 또다시 나왔다. 사실 똑같은 방송을 녹화해서 트는 게 아닐까 종종 의심하고는 한다. 검과 깨진 족쇄가 들어간 국영방송 로고. 지배의 타도와 억압의 타파를 의미하는, 혁명의 성녀 마그놀리아의 징표.

[……또한 2년 후의 종전을 앞두고 정부는 군사예산의 점차적인 축소를 결정했습니다. 그 시작으로 남부전선 제18전투구역을 폐지, 배치부대의 해산을——.]

남부 18전투구역은 상실한 모양이라고, 레나는 살짝 한숨을 쉬었다.

둘러댄다고 될 만한 내용이 아니다. 게다가 국토의 일부를 잃었으면서 탈환도 하지 않고 군비 축소라니.

접수했던 에이티식스의 자산은 이미 다 썼고 막대한 군사예산이 복지나 공공사업을 압박하는 와중, 정부는 군비 축소를 요구하는 시민의 목소리를 무시할 수 없겠지만.

맞은편에 앉은 오래된 드레스 차림의 모친이 완벽하게 연지를 바른 입술로 부드럽게 말했다.

"……왜 그러니, 레나. 그런 얼굴 하지 말고 먹으렴."

식당의 테이블에는 아침 식사가 차려졌는데, 대부분이 생산 플랜트에서 나온 합성 배양품이다.

절반 이하로 줄어든 국토에 에이티식스를 제외하고도 총인구의 80퍼센트가 넘는 인구를 밀어 넣었는데, 그들 모두 먹일 만한 농지를 만들 여유는 85구 중 어디에도 없다. 외국들은 《레기온》의 군대와 전자방해에 가로막혀서 무역이나 국교는 고사하고 아직 존재하는가조차도 알 수 없는 상태. 희미한 기억과는 풍미가 다른 홍차를 입에 머금고, 밀가루 단백질로 그럴듯하게 겉모양과 맛을 재현한 합성고기를 잘랐다.

유일하게 홍차에 넣은 콤포트만큼은 정원의 나무딸기를 사용한 진짜지만, 정원은 고사하고 화분 하나의 여유도 없는 지금 공화국의 평균적인 주택 사정을 생각하면 이런 것조차도 더없는 귀중품이다.

어머니가 미소 지었다.

"레나. 슬슬 군인도 그만두고 격에 맞는 집안의 아들과 결혼해야지."

레나는 내심 한숨을 내쉬었다. 뉴스의 전황 보도는 매일 똑같고, 어머니의 이 말도 매일 똑같다.

가문. 격식. 신분. 혈통. 우량한 피.

과거에 밀리제 가문이 귀족이었을 무렵에 세워진 이 산뜻하고 사치스러운 저택에 잘 어울리는, 하지만 한 발짝만 벗어나면 시대에 벗어난, 바닥에 질질 끌리는 비단 드레스.

행복한 시대의 모습 그대로 시간이 멈춰버린 것처럼.

작고 좁고 달콤한 꿈에 갇혀서 바깥 세계를 보려고 하지 않는 것처럼.

"《레기온》이나 에이티식스의 상대 따윈 본래 영예로운 밀리제 가문 영애가 할 일이 아니란다. 그야 돌아가신 아버지도 군인이셨지만, 지금은 이미 전쟁이나 할 시대가 아니잖니."

시대가 아니고 자시고 지금은 《레기온》과 한창 전쟁 중인데. 전장은 아득히 멀고, 전선에 가는 이도 돌아오는 이도 없어진 상태다. 시민에게 이 전쟁은 마치 영화 속 일 같아서, 현실미도 당사자 의식도 흐려진 지 오래다.

"조국을 지키는 것은 공화국 시민의 의무이자 긍지입니다, 어머님. 그리고 에이티식스가 아닙니다. 그들도 우리와 마찬가지로 번듯한 공화국 시민입니다."

어머니는 기품이 있는 갸름한 얼굴을 찡그렸다.

"더러운 유색종의 어디가 공화국 시민이란 말이니. 가축은 밥을 안 주면 일하지 않는다고 하지만, 정부는 왜 그런 짐승들에게 다시 공화국 땅을 밟는 것을 허락하는지."

종군한 에이티식스와 그 가족에게는 공화국 시민권이 다시 교부된다. 과격한 차별주의자도 날뛰는 85구 안에서 그들의 신변 안전을 위해 그 거주지는 일절 공개되지 않지만, 전쟁이 시작된 지 벌써 9년. 옛날의 자기 집으로 돌아와 사는 이는 결코 적지 않을 터이다.

그것은 말 그대로 그들의 헌신에 대해 주어진 지당하며 당연한 보수지만, 애석하게도 봉사를 받는 쪽은 그렇게 생각하지 않는다는 전형적인 사례가 눈앞에서 한탄하듯이 고개를 내저었다.

"아아, 더러워라, 더러워라. 그런 인간도 아닌 것들이 불과 10년 전까지 리베르테 에트 에갈리테에서 마음껏 활개를 쳤다니. 그리고 다시금 돌아오려 하다니. 공화국의 자유와 평등이 대체 얼마나 더러워진 걸까."

"……자유와 평등을 더럽히는 건 어머님의 그런 말씀이라고 생각합니다만."

"무슨 소리니?"

놀라는 어머니의 모습에 레나는 이번에야말로 한숨을 쉬었다.

정말로 모르는 것이다.

어머니만의 이야기가 아니다. 지금도 공화국 시민은 자국의 공화제를, 오색기가 상징하는 자유와 평등, 박애와 정의와 고결한 정신을 자랑스럽게 여긴다. 과거의 왕정이나 독재국가가 한 짓을 역사에서 배워서 그 압정을 미워하고 착취에 분노하고 차별을 경멸하고 학살을 악마의 짓으로 여기며 눈을 가린다.

하지만 지금 똑같은 짓을 공화국이 하고 있다고 그들은 이해하지 못한다. 지적하면 동정의 시선까지 띠면서 되묻는다.

너는 인간과 돼지도 구별할 수 없는 거냐고.

레나는 희미한 핑크색으로 물든 입술을 깨물었다.

말은 편리하다.

쉽사리 본질을 덧칠할 수 있다. 명칭 하나만 갈아치우면 인간을 돼지로 바꿀 수 있다.

어머니는 난처하다는 듯이 눈썹을 찌푸리다가 마침내 뭔가 떠오른 것처럼 웃었다.

"아버님은 그런 가축들에게도 자비로우신 분이었으니까 마찬가지로 다루려는 거구나."

"……아뇨, 그건."

에이티식스의 강제수용에 강하게 반대하고, 마지막까지 계속 철폐를 요구했던 아버지는 분명히 깊게 존경한다. 하지만 똑같이 행동하려는 거냐면 다소 다르다.

지금도 기억한다.

불길에 떠오른 네 다리 달린 거미의 실루엣.

장갑에 그려진 목 없는 해골 기사의 문장.

구해 준 손. 선천적으로 몸에 두른 선명한 진홍과 칠흑.

우리는 이 나라에서 태어나 이 나라에서 자란 공화국 시민이니까.

어머니의 생각 없는 목소리가 그런 추상을 깨뜨렸다.

"하지만 말이지, 레나. 가축은 가축으로 대접해야 한단다. 야만스럽고 우둔한 에이티식스에게 인간의 이상이나 고상함을 이해시킬 수는 없어. 우리에 넣고 관리하는 게 옳단다."

레나는 말없이 아침 식사를 마치고 냅킨으로 입을 닦으며 자리에서 일어났다.

"다녀오겠습니다, 어머님."

"담당부대의 변경……입니까?"

둔탁한 금색과 진홍색의 세로줄무늬 벽지가 중후한 사단장실. 앤티크 책상 앞에 앉은 사단장 칼슈타르 준장에게 받은 지령에 레나는 백은색 두 눈동자를 깜빡였다.

부대 재편에 따른 핸들러 변경은 사실 흔히 있는 이야기다. 격전이 잇따르는 전선에서 손해는 종종 부대를 유지할 수 없는 영역에 달하고, 거의 일상적으로 부대의 통합이나 재편, 폐지와 신설이 행해진다. 레나는 경험한 바 없고 할 생각도 없지만, 담당한 부대의 전멸조차도 흔히 있는 이야기다.

그만큼 《레기온》은 강하다.

군사대국이며 기술대국이었던 기아데 제국의 패기와 기술력을 아낌없이 퍼부어서 개발된 그것들은 파격적인 무장과 경이적인 운동 성능, 동시대의 산물이라고 믿을 수 없을 정도로 고도의 자율 판단 능력을 가졌다. 또한 진짜로 무인기이기에 지치지 않고, 두려워 않고, 거부하지 않는다. 부수고 또 부숴도, 완전자율제어형 생산 및 수복공장이 《레기온》 지배영역의 안쪽에 점점이 있는 건지 구름처럼 솟아나서 새로운 대군이 공격해온다.

시민의 인식과 달리 성능에서 뒤지는 《저거노트》로 손해 경미란 도무지 불가능하다. 실제로는 출격 때마다 대량의 손해를 내고, 그때마다 같은 숫자를 보충하여 전선을 유지할 뿐이다.

하지만 지금 레나가 담당하는 부대에 그 정도의 손해는 나지 않았다.

칼슈타르는 흉터 자국이 남은 뺨을 느슨하게 풀었다. 온화하면서도 위엄을 띤 턱수염. 장신이며 떡 벌어진 어깨.

"네가 담당한 부대가 재편, 통합되는 것은 아니야. 실은 어느 부대의 핸들러가 퇴역하게 되어서 말이지. 급히 다른 부대의 핸들러 중에서 대리를 선출한 거다."

"중요 거점의 방어부대입니까?"

후임 결정까지 대기시킬 수도 없는 부대라면.

"그래. 동부전선 제1구역 제1방어전대, 통칭 스피어헤드 전대. 동부방면군 전체에서 고참병을 모은, ……뭐, 말하자면 정예부대다."

레나는 슬슬 의심을 품고 그 아름다운 눈썹을 찌푸렸다.

제1구역은 중요하고 또 중요한, 《레기온》의 침공이 가장 심한 최중요 방어거점이다. 그리고 제1전대는 그 지역에서 작전행동을 죄다 떠맡은 주요부대. 야간 경계임무와 지원임무, 제1전대가 출동할 수 없을 경우의 대행 출격을 담당하는 제2부터 제4전대와는 주어지는 책무의 무게가 전혀 다르다.

"일개 신참 소령인 제가 맡기에는 너무 큰 임무라고 생각됩니다만……."

칼슈타르는 쓴웃음을 지었다.

"91기생 최연소이자 최초의 소령 승진을 이룬 재녀가 할 말인가? 겸손도 지나치면 괜한 반감을 산다, 레나."

"죄송합니다, 제롬 아저씨."

레나라는 퍼스트네임으로 부른 칼슈타르에게 레나도 부하로서가 아닌 자세로 고개를 숙였다. 칼슈타르는 돌아가신 레나의 아버지의 친구로, 두 사람 모두 9년 전에 괴멸한 공화국 정규군의 얼마 안 되는 생존자다. 어렸을 적에 집에 온 그가 같이 놀아준 적도 있고, 아버지가 돌아가신 뒤로 장례식 준비부터 지금에 이르기까지 뭐든지 돌봐준 사람이다.

"사실을 말하자면…… 스피어헤드 전대의 핸들러가 되려는 사람이 없다."

"정예부대인데 말입니까? 그 지휘를 맡을 수 있다는 건 공화국 군인으로서 더없는 명예가 아닙니까?"

핸들러로서 진지하게 직무를 다하는 사람만 있는 건 아니다. 관제실에서 TV를 보거나 비디오 게임을 하거나, 애초에 관제실에 없는 이도 있다. 심한 경우에는 지시도 정보도 주지 않고 프로세서들이 죽는 모습을 자극적인 영화처럼 즐기거나 자기 부대가 전멸할 때까지 걸리는 날짜를 놓고 동료와 경쟁하는 이도 있다고 알지만. 아니, 진지하게 지휘를 맡는 쪽이 소수파인 꼬락서니지만, 그건 그렇고.

"음, 부대로서는 그렇지만……."

칼슈타르는 잠시 주저했다.

"……스피어헤드 전대 대장기, 퍼스널 네임 《언더테이커》에게는 조금 연유가 있어서 말이지."

언더테이커. 기묘한 이름이다.

"그걸 아는 핸들러들이 〈저승사자〉라고 부르며 두려워하는데,

……담당하는 핸들러를 망가뜨린다는 모양이다."

"예?"

레나는 무심코 되물었다. 아니, 그 반대라면 모르겠는데.

프로세서가 핸들러를 망가뜨린다?

어떻게?

"괴담 같은 것 아닙니까?"

"근무 중에 부하를 불러서 허튼소리를 할 만큼 한가하지 않아. ……실제로 언더테이커의 소속 부대 핸들러 중에서는 담당 부대 변경이나 퇴역 신청을 하는 자가 이상하게 많다. 첫 출격 직후에 부대 변경을 신청한 자도 있고, 인과관계는 불명이지만 퇴역 후 자살한 자까지 있다."

"……자살입니까?"

"믿기 힘든 이야기지만. …… '망령의 목소리' 라는 게 퇴역한 뒤까지 쫓아온다는 모양이다."

"……."

그건 완전히 괴담으로 들리는데.

침묵하는 레나를 어떻게 생각한 걸까, 칼슈타르는 걱정하듯이 고개를 갸웃거렸다.

"너도 싫다면 그렇게 말해도 된다, 레나. 지금 부대에 남고 싶으면 그래도 좋고, 스피어헤드 전대는 방금 말했듯이 고참병 집단이다. 이야기를 듣기론 출격시에 동조한 게 문제였다는 모양이니까, 최소한의 감시만 하고 지휘는 현장에 맡겨도 아무런 문제가……."

레나는 질끈 입술을 다물었다.

"하겠습니다. 스피어헤드 전대의 관리도, 지휘관제도, 최선을 다해서."

조국을 지키는 것은 공화국 시민의 의무이며 긍지. 그 선봉부대를 맡을 수 있다면 더할 나위 없고, 그걸 내던진다는 건 말도 안 된다.

칼슈타르는 눈을 가늘게 떴다. 정말이지 이 아이는.

"최소한이면 된다. 필요 이상의 일은 하지 않아도 된다. ……지휘 하의 프로세서들과 교류하는 것도 삼가라."

"부하에 대해 아는 것은 지휘관의 책무입니다. 거부하지 않는 한 교류를 가지는 것은 당연합니다."

"이거야 원……."

부드러운 쓴웃음으로 탄식했다. 책상 서랍에서 서류다발을 꺼내더니 장난스럽게 훌훌 넘겼다.

"잔소리를 하는 김에 하나만 더 하겠는데. 슬슬 보고서에 전사자수를 기재하는 건 그만둬라. 공적으로 전선에 인간은 없는 이상, 존재하지 않는 항목을 기재한 서류 따윈 수리할 수 없고, ……이렇게 항의해도 신경 쓰는 사람은 이미 없다."

"그렇다고 해도 묵인할 순 없습니다. ……애초에 유색종의 강제수용에는 이제 근거도 없는데."

《레기온》이라는 강대한 군사력으로 순식간에 대륙을 석권한 기아데 제국은 4년 전에 이미 멸망한 모양이다.

방전교란형의 강렬한 전파방해 틈틈이 간신히 방수했던 제국의 관제 무전이 그 무렵부터 뚝 끊겼고 두 번 다시 잡히지 않았다.

《레기온》의 폭주인지 다른 이유인지는 몰라도 멸망한 것만큼은 확실하겠지.

'적국의 계보'임을 핑계로 삼은 에이티식스의 강제수용은 그 적국이 사라진 이상 계속할 근거도 정당성도 존재하지 않는다.

그런데도 시민들은 일단 맛을 들인 차별이란 오락을 손에서 놓으려고 하지 않았다. 짓밟고 있는 동안은 자기들이 우월하다고 착각할 수 있고, 학대하는 동안은 자기들이 승자라고 믿을 수 있다. 제국과 그 병기에 계속 갇혀 있는 현황과 패배감을 타파하는 게 아니라 기만하기 위한, 그 가벼운 오락을.

"잘못을 묵인하는 것은 잘못에 가담함을 뜻합니다. 이런 것은 본디 가만히 놔둘 수⋯⋯."

"레나."

부드러운 목소리에 레나는 입을 다물었다.

"너는 남에게도, 너 자신에게도 지나치게 이상을 요구한다. 이상이란 것은 말이지, 손이 닿지 않을 정도로 높으니까 이상인 것이야."

"⋯⋯하지만."

칼슈타르의 은색 눈동자가 그립게, 그리고 씁쓸하게 풀어졌다.

"너는 정말로 바츨라프를 닮았군. ⋯⋯그럼 블라디레나 밀리제 소령을 오늘부로 제1구역 제1방어전대의 지휘관제관으로 임명한다. 열심히 해 보도록."

"감사합니다."

"……그래서 받아들였어? 레나는 정말로 별나다니까."

담당부대가 변경된다는 소리는 그에 동반하여 많은 것이 변경된다는 뜻이고, 지각동조의 접속대상 설정도 그중 하나다.

지각동조 개발팀의 주임은 아네트로, 그렇기에 레나의 설정 변경이나 조정 의뢰는 모두 그녀가 해 준다. 내친김에 검사도 받으라는 권유를 받아들여 군복을 갈아입는 동안의 한때.

검사용 부직포 가운을 꼼꼼하게 옷걸이에 걸고 블라우스의 단추를 잠근 레나는 검사실과는 강화유리벽으로 나뉜 관찰실에 있는 아네트에게 대답했다.

왕정시대에는 별궁이었던 연구동은 겉으로는 화려한 중기 왕정양식이지만, 내부는 다소 미래적인 구조로 만들어져서 금속과 유리를 다용한 무기질함이 정말 그럴싸하다. 벽 하나를 통째로 채운 유리에 전개된 열대어나 산호초의 영상 윈도우.

"그런 건 일하기 싫어서 지어낸 이야기잖아, 아네트."

스타킹을 가터로 고정하면서 레나는 표정을 풀었다. 지각동조 사용에 관한 정기검사는 착실히 받고 있으니 딱히 검사는 필요 없다고 생각하니까.

"자살한 녀석이 있다는 건 사실이야."

유리벽과 홀로그램 스크린 너머에서 변경 후의 설정치를 레이드 디바이스에 입력하던 아네트는 머그컵의 커피……라고 하기엔 너무 진해서 진흙탕 같은 뭔가……를 홀짝이며 말했다.

"망령이 어쩌고저쩌고 하는 건 한가한 아저씨들의 헛소리라고 생각하지만. 산탄총으로 자기 머리를 날려버렸대."

스커트를 입고 웃옷을 걸치고 단추를 잠근 뒤 돌아보았다. 몸을 숙였을 때 어깨에서 흘러내린 은발을 한 손으로 등 뒤로 흩었다.

"……정말로?"

"지각동조의 문제가 아니냐며 우리한테도 조사 의뢰가 들어왔으니까. 일을 그만두기 위한 핑계라면 모르겠지만 자살까지 했다면 세간에서 보기에도 좀 아니지."

"어땠어?"

아네트가 표표하게 어깨를 으쓱였다.

"글쎄."

"글쎄라니……."

"본인이 죽었으니까 자세하게 조사할 수도 없잖아. 레이드 디바이스에는 이상 없음, 그걸로 끝. 꼭 알고 싶거든 《언더테이커》라고 했던가? 그 프로세서를 데려오라고 말했는데, 수송부의 멍청이들이 '본 기체에 돼지가 있을 자리는 없습니다.' 라더라고."

화난 듯 팔짱을 끼고 등받이에 몸을 맡기며 콧방귀를 뀌었다. 소년이라는 느낌의 미인이지만 종종 이런 태도를 취하니까 별로 여자답지 않다.

"데려오기만 하면 머리를 가르든 어떻게든 해서 조사했을 텐데. 참나."

너무 노골적인 말에 레나는 눈썹을 찌푸렸다. 물론 본심이 아니라는 건 알지만, 아무리 그래도 듣기 괴롭다.

"……그 프로세서 쪽의 이야기는……."

"내가 아니라 헌병부 쪽에서 했어. 나도 보고서는 받았지만, 진짜로 겉치레뿐이야. 짐작 가는 바는 없습니다, 라고 하고 끝. 사실은 어떤지 모르겠지만."

그렇게 말하고 아네트는 야유하듯이 입꼬리를 끌어올렸다.

"핸들러가 죽었다고 전했더니 아, 그렇습니까, 라고 한마디 하고 끝. 그게 어쨌냐는 식이야. 뭐, 에이티식스니까. 아무리 그래도 상관이 죽었는데 그 정도야."

"……."

레나의 침묵에 아네트는 웃음을 지웠다.

"……있잖아. 레나도 역시 연구부로 와."

"?"

놀라서 눈을 깜빡이는 레나를 고양이처럼 곤두선 두 눈동자가 바라보았다. 뜻밖에도 진지한 은색 눈동자.

"지금 군대는 완벽하게 단순한 실업대책이잖아. 연구부는 몰라도 다른 부서는 번호 높은 구역의 실업자 명청이들뿐이고."

공화국의 현재 행정구는 제1구를 중앙으로 정사각형으로 배정된다. 번호가 커질수록 거주환경과 치안, 교육 수준이 나빠지고 실업률도 높다.

"2년 후, 《레기온》이 없어진 다음에 어떻게 될까. 평시에 '군인 출신'이란 딱지는 아무 쓸모가 없어."

레나는 살짝 쓴웃음을 지었다.

《레기온》은 모든 기체가 2년 후에 정지한다.

노획한 몇몇 《레기온》을 조사하여 판명된 사실이다. 그들의 중추처리계에는 변경 불가능한 수명이 설정되어 있는데, 그것은 버전별로 5만 시간, 대략 6년 미만. 만에 하나 폭주할 때를 대비한 보험이겠지.

제국이 4년 전에 멸망했다고 추정되는 이상, 2년 후에는 모든 《레기온》이 중추 처리계가 붕괴하여 가동을 정지한다. 실제 전선에서 관측되는 《레기온》의 숫자는 최근 몇 년 동안 계속 줄어들고 있다. 마지막 업그레이드를 받지 못한 기체가 망가지기 시작한 모양이다.

"고마워. 하지만 지금은 전시니까."

"그렇다고 딱히 네가 해야만 하는 것도 아니잖아."

아네트도 물러나지 않았다. 손을 휘둘러서 입력을 끝마친 홀로그램 스크린을 지우고 몸을 내밀었다.

어딘가 짜증내듯이 내뱉었다.

"진위는 몰라도 그런 이상한 프로세서가 상대야. 무슨 일이 있을지 모르잖아. ……지각동조가 정말로 안전한지는 알 수 없으니까."

레나는 살짝 눈을 치떴다.

"……지각동조는 완벽하게 안전성이 증명됐다고……."

말실수였나 보다. 아네트는 아차 하는 얼굴을 하며 목소리가 작아졌다.

"하지만 레나. 이런 나라잖아? 표면적으로 어떻든지, 그건 일단 그렇다는 것뿐이지."

우량종을 자칭하는 공화국은 자국의 기술에 어떠한 하자도 허락하지 않는다. 실제로는 있어도 인정하지 않는다. 지각동조든, ······《저거노트》든.

　"실제로는 그런 초능력? 을 가진 인간을 관찰하여 뇌의 이 부분이 활성화되면 지각동조를 쓸 수 있다는 걸 알았을 뿐이야. ······이것도 그래."

　한 손으로 레이드 디바이스를 쿡쿡 찔렀다. 파란 결정체와 가느다란 은색 본체. 결정체에는 지금 정보 단말과 이어진 코드가 여러 개 접속되어서 내부 정보를 고쳐 쓰고 있었다.

　"그런 진짜 '능력자'가 부모형제와 동조할 수 있으니까, 핸들러 쪽과 프로세서 쪽의 디바이스에 서로 2촌 정도의 유사유전자 정보를 넣었을 뿐이지, 왜 그걸로 동조 대상이 되는지는 잘 몰라."

　"하지만······ 원래는 아버님의 연구잖아?"

　"공동연구인걸. 기초이론이라고 할까, 가설은 전부 연구 상대가 구축했고, 아버지는 환경 준비와 모집한 피험자로 현상을 재연하는 담당이었으니까."

　"그럼 연구 상대 쪽에게 확인하면."

　아네트는 그때 한층 더 차가운 눈을 했다.

　"무리. ······에이티식스였으니까."

　인간이 아닌 에이티식스는 이름이 기록되지 않고 단순히 수용될 때에 부여되는 번호만으로 관리된다. 어느 강제수용소에 격리됐는지도 지금에 와선 이미 알 방도가 없다.

"현재의 레이드 디바이스에는 안전장치가 있으니까 그런 일이 일어나지 않지만, 예를 들어서 시각을 여러 대상과 동조하면 뇌가 과부하로 날아가고, 동조율 최대로 장시간 동조하면 자아가 붕괴해. 너무 활성시켜도 '돌아오지' 않게 되고……. 내 아버지의 사고는 알지?"

"……."

아네트의 아버지인 요제프 폰 펜로즈 박사는 지각동조 이론과 레이드 디바이스를 완성하기 직전 실험 중에 사고가 발생해 미쳐 죽었다.

레이드 디바이스의 신경 활성률이 실수로 이론상 최대치로 설정되어 있었다고 한다. 집합무의식보다 더 밑에 있는 '무언가', 인간을 '개체'로 했을 경우의 '전체' —— 세계 그 자체의 집합무의식에까지 들어간 게 아닌가 하는 말도 있다.

"장기 사용으로 어떤 영향이 생길지 모르니까. ……에이티식스는 금방 죽으니까 또 몰라도, 너한테 무슨 일이 생기면 안 돼."

레나는 반사적으로 얼굴을 찌푸렸다. 아네트는 순수하게 걱정한 것뿐이라고 알지만.

"그건, 하지만, ……비겁한 짓이야."

아네트는 질리도록 들었다고 하듯이 아무렇게나 한 손을 휘둘렀다.

"그래, 그래. 너도 정말 별나다니까."

순간 어색한 침묵이 유리벽 양편을 채웠다.

그걸 지우듯이 갑자기 아네트는 씨익 웃었다.

"별나다고 한 김에, 레나. 시폰 케이크 먹으러 안 갈래? 신작. 진짜 달걀."

"어?"

순간 쫑긋 귀를 세우는 레나에게 아네트는 웃음을 곱씹는 얼굴을 하였다.

레나도 여자다. 단것에는 무조건 마음이 동하고, 대량의 달걀 흰자위를 사용한 시폰 케이크는 양계장을 만들 여유도 제대로 없는 현재의 공화국에서 대단한 사치품이다. 역시 과거의 귀족 계급이고 커다란 저택과 넓은 정원에서 닭을 키우는 펜로즈 가문의 영애이기에 가능한 취미다.

다만.

"어어⋯⋯. 그건 들어있지도 않은 치즈 맛이 난다든가, 검은 연기가 난다든가, 생긴 게⋯⋯ 개구리랑 비슷하다든가⋯⋯ 그런 거 아니지⋯⋯?"

참고로 이전에 아네트가 슈크림을 만들었을 때 시식한 이들의 감상이다.

마지막 것을 정확하게 말하자면 '뚱뚱하게 살찐 두꺼비가 깔려 죽은 시체' 라고 했다. 생긴 건 모를까, 왜 색깔까지 똑같은지 모르겠다나.

"지금 있는 건 괜찮아. 어제 맞선 상대가 왔기에 녀석으로 실험을 끝냈으니까."

5호 시제품쯤에서 거품을 물고 침몰했지만.

"그럼 괜찮지만⋯⋯. 아무리 마음에 안 들어도 그분에게는 제대로 된 신작도 나눠줘."

"물론. 일부러 귀엽게 포장까지 해서 줬어. 핑크색 포장지에 리본, 키스 마크가 들어간 메시지 카드에 '사랑하는 테오발트에게'라고 써서, 정부와 동거하는 아파트의 우체통에."

"……."

참 가엾다고 생각해야 할지 레나는 고민했다.

케이크와 홍차, 아네트와의 잡담을 즐기는 동안 데이터 입력이 완료된 레이드 디바이스, 그것을 레나는 귀가한 자택의 자기 방에서 목에 찼다.

백계종이 좋아하는 섬세한 장식 무늬가 들어간, 겉보기로는 멋들어진 초커 같은 아름다운 은고리. 연산용 유사신경 결정을 장식용의 자잘한 결정체가 에워싸서 반짝이는 모습은 헤드셋이나 후두 마이크와 같은 군용 통신기기라고 생각할 수 없었다.

문득 낮에 있었던 일이 떠올랐다.

저승사자. 자살자마저 나왔다. 인간의 죽음을 아무렇지도 않게 생각하는── 에이티식스.

어떤 사람일까.

우리를── 역시나 싫어할까.

한 차례 고개를 내젓고 짧게 숨을 내뱉었다.

좋아.

"──액티베이트."

지각동조를 기동. 거리나 날씨나 지형의 영향을 받지 않고 기동 장소도 시간도 개의치 않는 획기적인 상호통신수단.

접속완료. 문제없음. 이 방의 소리가 아닌 자잘한 잡음.

"핸들러 원이 스피어헤드 전대원들에.——인사하지요. 오늘부터 당신들의 지휘 관제를 담당하게 됐습니다."

당혹스러워하듯이 침묵이 있었다.

레나는 그걸 슬프게 느꼈다.

여태 담당했던 전대들은 착임 때 이렇게 인사하면 다들 당혹스러워했다.

사실은 같은 인간으로서 당연한 일일 텐데.

곤혹스러운 기척은 잠시, 동조한 청각의 너머로 조용하고 젊은 목소리가 답했다.

[안녕하십니까, 핸들러 원. 이쪽은 스피어헤드 전대 전대장, 퍼스널 네임 《언더테이커》입니다.]

불길한 별명이나 소문과는 달리, 듣기 좋은 정확한 발음과 발성, 깊은 숲속 호수 같은 조용한 목소리였다. 원래 중류 이상의 집안 출신이 아니었을까 싶은, 아마도 동년대 소년의 목소리.

[핸들러 교대의 통달은 받았습니다. 오늘부터 잘 부탁드립니다.]

과묵한 성격을 쉽사리 상상하게 하는 담담한 목소리에 레나는 미소를 지었다.

그래, 이렇게 직접 대화를 하면 바로 알 수 있다. 절대로 속일 수 없다.

그들은 인간이다.

에이티식스 같은, 인간 이하의 뭔가가 아니다.

"이쪽이야말로 잘 부탁합니다, 언더테이커."

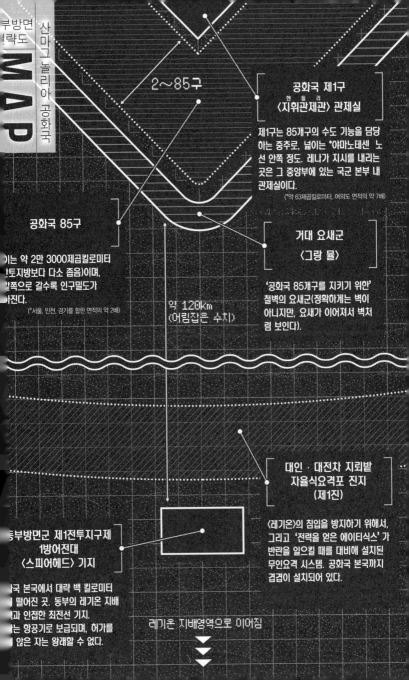

2~85구

**공화국 제1구
〈지휘관제관〉 관제실**
엔 들 러

제1구는 85개구의 수도 기능을 담당
하는 중추로, 넓이는 *야마노테센 노
선 안쪽 정도. 레나가 지시를 내리는
곳은 그 중앙부에 있는 국군 본부 내
관제실이다.
(*약 63제곱킬로미터, 여의도 면적의 약 7배)

공화국 85구

이는 약 2만 3000제곱킬로미터
반토지방보다 다소 좁음)이며,
쪽으로 갈수록 인구밀도가
진다.
(*서울, 인천, 경기를 합한 면적의 약 2배)

약 120km
(어림잡은 수치)

**거대 요새군
〈그랑 뮬〉**

'공화국 85개구를 지키기 위한'
철벽의 요새군(정확하게는 벽이
아니지만, 요새가 이어져서 벽처
럼 보인다).

**대인·대전차 지뢰밭
자율식요격포 진지
(제1진)**

〈레기온〉의 침입을 방지하기 위해서,
그리고 '전력을 얻은 에이티식스'가
반란을 일으킬 때를 대비해 설치된
무인요격 시스템. 공화국 본국까지
겹겹이 설치되어 있다.

**동부방면군 제1전투지구제
1방어전대
〈스피어헤드〉 기지**

국 본국에서 대략 백 킬로미터
떨어진 곳. 동부의 레기온 지배
과 인접한 최전선 기지.
는 항공기로 보급되며, 허가를
않은 자는 왕래할 수 없다.

레기온 지배영역으로 이어짐
▽
▽
▽

제2장 백골전선 이상 없음

[퇴역까지 앞으로 129일!! 스피어헤드 전대에 엿 같은 영광 있으라!!]

비바람에 빛바랜 병영의 격납고 안쪽 벽, 누가 주워온 건지도 모르는 낡은 칠판에 오색의 분필로 카운트다운이 크게 춤추고 있었다.

신은 클립보드에서 시선을 들어 그 한없이 밝은 문장을 올려다보았다. 정확하게 남은 날짜는 119일. 이 전대에 배속된 날에 쿠조가 적은 것으로, 매일 아침 그가 갱신하였다.

그는 열흘 전에 죽었다.

멈춰버린 카운트다운을 잠시 올려다보던 신은 클립보드의 정비기록으로 시선을 되돌렸다. 대기 상태의 《저거노트》가 늘어선 격납고를 보고, 정비가 끝난 자기 기체로 향했다.

염홍종의 핏빛 눈동자. 야흑종의 칠흑색 머리. 적계종와 흑계종, 양쪽의 혈통을 반씩 이은 그 색채는 에이티식스라고 통틀어 말하는 유색종이라고 한눈에 알 수 있는 특징이다.

단정한 얼굴은 나이에 어울리지 않는 조용한 표정 때문에 어딘가 차갑고, 마른 체격과 하얀 피부는 옛 제국의 귀족 계급 특유의 그것. 삼림과 초원, 습지대로 이루어진 동부전선의 지형 사정에도 불구하고 카키색과 적회색을 조합한 사막풍 위장색의 야전복을 입었다. 이것은 공화국군에서 남아도는 재고품을 받았기 때문이다. 뭐라고 할 상관도 없으니 풀어헤친 옷깃에서는 목에 맨 하늘색 스카프가 엿보였다.

　정비 작업 중인 격납고는 기계 작동음과 정비 크루가 서로 고함지르는 소리가 시끄럽다. 격납고 앞 광장에서는 2 대 2의 변칙 농구에 열을 올리는 동료들의 환성과 어디에서 울려 퍼지는 기타의 낡은 애니메이션 노래. 캐노피를 열어젖힌 자기 기체의 콕핏에서 포르노 잡지를 읽던 동료 키노가 이쪽을 알아차리고 한 손을 들었다.

　최전선이라고 해도 전투가 없는 날이면 이 기지의 요원은 의외로 한가하다.

　지금도 핸들러에게 보고하기론 경합구역 주변을 초계할 시간이다. 본래 하루도 거를 수 없는 초계지만 이 부대는 필요가 없기 때문에 나가지 않았다. 돌아다니고 싶은 기분이던 몇 명이 근처 도시의 폐허로 물자를 조달하러 가고, 다른 이들도 당번일(취사나 빨래, 청소, 텃밭과 닭 관리)을 하는 등 마음 편하게 보냈다.

　거친 군화 소리가 다가오고, 전차포도 저리 가랄 정도로 무식하게 굵직한 소리가 격납고에 울려 퍼졌다.

　"신! 신에이 노우젠! 또 저질렀구만, 이 자식!"

　키노가 바퀴벌레 같은 속도로 콕핏에서 그늘로 대피하고, 신은 태연하게 목소리의 주인을 기다렸다.

"뭡니까?"

"뭡니까는 무슨, 언더테이커! 너란 놈은 정말——!"

지옥의 파수견 같은 얼굴로 다가온 것은 백발 섞인 잿빛머리에 선글라스, 기계유가 밴 작업복을 입은 쉰 살 정도의 정비 크루였다.

스피어헤드 전대 정비반, 레프 알드레히트 반장. 올해 열여섯 살이 되는 신도 프로세서 중에서는 나이 많은 부류지만, 알드레히트는 나이 많은 정도가 아니라 장로급, 9년 전 제1기 징집병 중의 생존자다.

"왜 너는 출격할 때마다 기체를 아작을 내고 오는 거냐?! 또 액츄에이터와 댐퍼가 덜걱대잖아. 다리가 약하니까 무리하지 말라고 매번 말했는데!"

"죄송합니다."

"넌 그 말만 하면 땡이라고 생각하냐?! 사과하란 게 아니라 개선하란 말이다. 그런 식으로 싸우다간 언젠가 죽어! 대신할 부품이 바닥을 쳐서 다음 보충 때까지 수리할 수 없어!"

"2호기가."

"그래, 있지, 어디의 전대장이 매번매번 기체를 부순 탓에 준비해 둔 예비가 두 기나! 다른 프로세서의 세 배나 정비에 손이 가다니, 네가 어디의 왕자님이나 되냐?!"

"공화국의 신분제도는 300년 전의 혁명으로 폐지되어서."

"확 패버린다, 망할 놈. ……네 손상률과 부숴먹는 꼬라지로는 세 기가 있어도 수리가 못 따라간다. 보충이 올 날짜와 출격 페이스를 생각하면 못 버틴다고! 어쩔 거냐, 망가지지 말라고 기도라도 할까? 다음에는 백 년 뒤에 와달라고 고철들에게 부탁이라도 해 볼까? 아앙?!"

"쿠조의 기체를 파이드가 회수해 왔을 겁니다만."

담담한 말에 알드레히트는 순간 침묵했다.

"뭐, 분명히 쿠조 녀석의 기체에서 그 부품을 떼어낼 수 있지만…… 일단은 한쪽부터 돌봐야겠지. 하지만 너는 사망자가 나온 기체의 부품을 네 기체에 써도 되냐?"

신은 살짝 고개를 갸웃거리더니 자기 《저거노트》——《언더테이커》의 장갑을 손등으로 가볍게 두드렸다. 캐노피 밑에 작게 그려진, 삽을 짊어진 목 없는 해골의 퍼스널 마크.

알드레히트가 쓴웃음을 지었다.

"이제 와서 말해 봤자인가. ……그랬지, 언더테이커."

곱씹듯이 고개를 끄덕인 늙은 정비병은 활짝 열린 셔터 너머, 한없이 이어지는 봄의 들판을 바라보았다.

구름 한 점 없는, 다른 것을 죄다 삼켜버리는 허무의 색채를 담아서 너무나도 깊고 높은 푸른빛의 하늘. 그 밑에 펼쳐진 수레국화의 파란색과 떡잎의 녹색이 아름다운 모자이크를 그리는 초원이 이 전장에 스러진 수백만의 에이티식스의 백골이 잠든 거대한 묘비다.

에이티식스에게는 들어갈 묘가 없다. 존재하지 않는 전사자의 묘를 만드는 것은 허락되지 않고, 시신의 회수도 금지됐다.

인간형 돼지에게는 죽은 뒤에 편히 쉴 권리도, 죽은 동료를 추모할 자유도 존재하지 않는다. 그것이 9년 전에 그들의 조국이 만들어내고 9년 동안 유지된 세계의 형태다.

"쿠조 녀석은 산산이 날아갔나."

"예."

자주지뢰── 폭약이 담긴 몸에 막대기 모양의 팔다리와 얼굴 없는 머리가 달린, 멀리서는 인간으로도 보이는 조악한 대인병기를 부상병으로 착각하고 붙들었다. 야전, 다른 부대의 구원임무 도중이었다.

"그거 다행이군. 그 녀석은 잘 죽었나."

"아마도."

신 자신은 천국도 지옥도 믿지 않지만, 여기가 아닌 어딘가, 돌아가야 할 곳으로 갔으리라.

알드레히트는 깊게 웃었다.

"마지막에 너와 같은 부대에 있어서 쿠조는 운이 좋았군. …… 이 녀석들도."

깨진 골네트를 공이 흔들고 환성이 일었다. 기타와 애니메이션송의 가사를 불건전하게 바꿔놓은 노래의 대합창이 텃밭에 즐겁게 울렸다.

그것이 다른 어떤 부대에도 있을 리 없는 광경이란 것을 알드레히트는 알고 있다.

출격에 이은 출격. 《레기온》의 습격을 경계하는 매일의 초계. 긴장과 공포로 신경이 갈려나가고, 전투 때마다 동료는 죽어 나간다. 그렇게 연명하기도 빠듯한 극한 상황에서 오락이나 인간다운 삶을 생각할 여유는 없다.

하지만 이 부대에 있으면 습격 그 자체를 피할 수 없더라도 급습을 받을 걱정만큼은 없다.

"……이 녀석들이 이럴 수 있는 것은 네 공적이다, 신."

"정비에 다른 프로세서의 세 배나 고생을 들이게 하는 건 그렇습니다만."

알드레히트는 끄윽 소리를 내었다. 신은 선글라스 안쪽에서 괴롭게 내려다보는 두 눈동자를 마주 바라보며 어깨를 으쓱였다.

"너란 놈은……. 농담 좀 했다 싶더니 그 소리냐."

"이래 보여도 죄송하다고 생각합니다. 행동으로 보이진 않지만."

"멍청한 놈. 너희 꼬맹이들이 살아서 돌아오게 하는 게 정비반의 일이다. 그걸 위해 필요하다면 기체는 어떻게 되든 상관없고, 어떤 수고든 해 주지."

단숨에 떠든 뒤에 고개를 돌렸다. 멋쩍은 모양이다.

"……그러고 보면 또 담당 핸들러가 바뀌었다고 하더군. 이번에는 어떻지?"

침묵이 있었다.

"……뭐, 그야."

"뭐, 그야…… 라니 너란 놈은……."

"그러고 보면 그랬습니다."

너무나도 자주 바뀐 탓에 개별로 인식하지 않았다. 게다가 애초에 프로세서는 핸들러의 존재를 의식하지 않는다.

그만큼 핸들러가 직무를 방치하는 것도 있고, 일정 숫자 이상으로 방전교란형이 깔린 상태에서는 레이더도 데이터 전송도 기능하지 않으니까 멀고 먼 국군 본부에서의 지휘는 사실 불가능하다. 그러니까 프로세서는 핸들러를 신경 쓰지 않는다. 있든 없든 마찬가지다.

결국 핸들러의 직무란 프로세서의 감시, 그것이 끝이다. 그들에게 기대하는 것은 어떤 때라도 어디에 있어도 원할 때에 언동을 죄다 감시할 수 있는 지각동조라는 목걸이로 에이티식스의 반항심을 견제하는 억지력 역할뿐이다.

최근 일주일 사이에 많지 않았던 대화를 떠올리며 신은 입을 열었다. 일단은.

"서류 작업이 늘었습니다. 앞으로는 초계 보고서를 종종 날조할 필요가 있을 것 같습니다."

"……안 읽을 게 뻔하다면서 5년 전에 대충 날조한 보고서를 매번 그대로 써먹는 자식은 너 정도뿐이니까, 신."

참고로 날짜도 지명도 하나도 바꾸지 않았고, 그 무렵부터 초계 따윈 돌지 않았으니까 내용도 엉터리다. 그런 게 여태까지 한 번도 들키지 않았으니까 오히려 신이 더 기가 막힐 정도였다.

'실수로 예전 파일을 전송한 것 아닙니까?'——라고 부드럽게 지적한 방울 같은 목소리를 떠올리고 신은 살짝 탄식했다. '의외로 부주의한 면도 있군요.'라며 티 없이 웃던, 순수한 선의와 친근함으로 가득한 목소리를.

"착임 당일에 인사를 위해 동조한 이후로 교류를 갖고 싶다면서 매일 정시에 연락을 해옵니다. 공화국 군인치고 보기 드문 타입이군요."

"멀쩡한 인간인가. ……그거 불쌍하지만, 살아가기 힘들겠군."

완전히 동감하니까 신도 일부러 대답하지 않았다.

정의도 이상도, 그런 걸 떠들어 봤자 이 세계에서는 아무런 힘도 없으니까──.

"……음."

신은 문득 누군가에게 불린 것처럼 봄의 초원, 그 너머로 시선을 돌렸다.

"짜안! 이게 진짜 '그랑 뮬 밖에 서식하는 돼지' 입니다!"

"안 좋은 버릇이야, 하루토."

막사의 주방. 취미로 스케치하는 짬짬이 큰 냄비에서 보글보글 끓는 딸기잼의 불 당번을 자청한 세오는 동료 대원의 농담에 한심하다는 듯이 쏘아붙였다. 취록종의 금발에 녹색 눈동자. 올해 열여섯 살인 것치고 작고 가냘픈 체구.

커다란 멧돼지를 뒤뜰로 통하는 문 앞에 뉘어놓고 장난스럽게 두 팔을 펼친 비동종 하루토는 머리를 긁적였다. 오늘은 당번도 아니었기에 근처 숲까지 사냥을 다녀왔는데.

"으음, 반응이 영 아니네. 이럴 땐 좀 웃으라고."

"오히려 싸해졌어. ……뭐, 하지만."

세오는 스케치북을 내려놓고 찬찬히 사냥감을 바라보았다. 《저거노트)로 견인해 왔겠지만, 그렇다고 해도 혼자서 고생 좀 했을 만큼 정말 큰 멧돼지였다.

"대단하네. 엄청 크잖아."

하루토는 의기양양하게 씨익 웃었다.

"그렇지?! 오늘 밤은 바비큐니까! 라이덴은 어디에 있어? 그리고 앙쥬. 저녁 식사 당번 좀 교대해 달래야지."

"음, 오늘 당번은 하필이면 신이니까. 라이덴은 물자조달로 '도시'에 갔어. 앙쥬는 오늘 빨래 당번. 다른 여자들도 다 갔는데."

하루토는 힐끔 세오를 보았다.

"그거, 언제 이야기?"

"분명히…… 아침 식사 직후였는데."

"지금 점심이 코앞인데."

"그러네."

""…….""

아무리 기지 전원의 세탁물이라고 해도 여섯 명이서 덤벼서 오전이 꼬박 날아갈 정도는 아니다.

그리고 빨래터는 강가고, 오늘은 쾌청해서 봄치고 덥다.

하루토는 노골적으로 들뜬 기색을 보였다.

"……즉, 물놀이인가. 지금 강가는 이 세상의 천국?!"

"그대로 진짜 천국으로 직행하기 전에 말해두겠는데, 다들 총을 들고 있으니까."

하루토가 우뚝 굳었다. 세오는 한껏 한숨을 내쉬고 나무국자를 냄비에 넣고 휘저었다. 이제 됐나 싶어서 잼을 살펴보고 불을 껐다.

뚜껑을 덮었을 때 지각동조가 기동했다.

입대할 때 목 뒤에 임플란트 주입된 레이드 디바이스와 동조 대상 설정 등의 가변정보등록용 귀걸이 형태의 데이터태그. 그 두 가지가 기동을 알리며 가상의 열기를 띠었다. 귀걸이를 손가락으로 튕겨서 수신 상태로 전환했다.

"액티베이트. ……음?"

동조 대상이 누군지 알고 세오는 녹색 눈동자에 냉기를 띠었다. 마찬가지로 귀걸이를 한 손으로 누르며 웃음을 참던 하루토와 시선을 주고받으며 동조 상대에게 물었다.

"신. ……무슨 일이야?"

그 크기에 비해 수량이 상당한 강 근처에 빨래터가 있고, 그 강물과 모래밭에는 스피어헤드 전대의 여자대원 여섯 명이 한창 물놀이를 즐기는 중이었다.

"카이에, 뭐 하고 있어? 멍청히 서 있지 말고 이리 와."

왠지 구석에서 머뭇거리는 동료에게 크레나는 뛰어다니던 발을 멈추고 말을 붙였다. 쇼트보브 스타일로 한 마노종의 어두운 갈색 머리와 고양이 같은 금색의 금정종^{아 가 트} 눈동자.

전투복 상의를 벗어서 소매를 허리에 둘러 묶었고, 올리브드랍색의 탱크톱과 그 밑의 풍만한 곡선을 햇볕에 드러냈지만, 동료들도 같은 차림이라서 딱히 부끄럽지 않다.

"저기, 잘 생각해 보니 이것도 나름대로 창피한 차림 같다……."

흑발흑안, 조그만 체구에 상아색 피부를 가진 극동흑종^{오리엔타}인 카이에는 왜인지 남자 말투지만 물론 여자다. 젖어서 달라붙은 탱크톱이 신경 쓰이는지 얼굴을 붉히고, 기사의 투구장식처럼 긴 포니테일이 목덜미부터 희미한 가슴 계곡에 얽혀서 분명히 꽤 아름답긴 하다.

　"그보다, 이래도 되나……? 우리만 물놀이를 하고…… 푸웃!"

　푸른색이 도는 은발을 등 뒤로 길게 늘어뜨린 앙쥬가 두 손으로 물을 떠서 퍼부었다. 야전복 상의를 벗지 않았지만, 지퍼를 배꼽 아래까지 내린 모습은 다소곳한 그녀 나름대로 편히 해방한 모습이었다. 머리 색깔처럼 월백종의 피가 진한 그녀지만, 눈동자는 증조모 쪽에게서 물려받은 천청종^{셀레스타}의 엷은 청색이다. 단적으로 순혈주의인 공화국에서는 그 정도의 혼혈이라도 에이티식스 취급을 받는다.

　"카이에는 고지식하다니까. 괜찮아, 빨래는 다 했으니까."

　다른 여자대원들도 저마다 말했다.

　"그보다 신도 알면서 허가해 줬잖아."

　"으, 응. 오늘은 더워질 것 같다면서 어쩐 일로 조금 웃었어."

　"그 철가면 대장도 그런 점으로는 나쁘지 않아."

　그리고 갑자기 크레나를 보며 씨익 웃었다.

　"눈치 없어서 미안. 너도 신도 당번이 아니니까, 구실을 만들어서 둘이 있게 해 주면 좋았을걸."

　갑작스러운 말에 크레나는 새빨개졌다.

　"아, 아냐! 난 딱히 그런 게 아냐!"

"무슨 생각을 하는 건지 모를 그런 녀석의 어디가 좋은 걸까."

"그러니까 아니라니까!"

"참고로 카이에는 어때?"

"신 말인가? 흠. 나쁘진 않다고 생각한다. 과묵한 면도 스토익해서 괜찮고."

"자자자자자자잠깐, 카이에?!"

그 순간 허둥대는 크레나의 모습에 카이에는 웃음을 참았다. 정말이지 알기 쉽다.

"그래, 그래, 딱히 아무도 마음이 없다면 내가 노려도 되겠네. 그럼 당장 오늘 밤에라도 동방의 전통인 '밤중에 잠자리 덮치기'를⋯⋯."

"카, 카이에?! 저기, 딱히 난 신에게 별생각 없지만, 저기, 그런 건 안 좋다고 생각해! 여성으로서 몸가짐이랄까, 아무튼 그런⋯⋯."

안절부절못하는 크레나를 보면서 여자들은 씨익 웃었다.

"""""크레나, 귀여워."""""

속았다는 사실을 한발 늦게 깨닫고 크레나는 소리쳤다.

"진짜!"

"오, 여기 있구나."

버스럭 하고 덤불 소리가 나며 동료 대원인 다이야가 얼굴을 내밀었다. 훌쩍하게 큰 키. 청옥종의 밝은 금발과 푸른 눈동자.

참고로 남자다.

"""""""꺄아아아아아아아아아아아아아아아악!"""""""

"꺄아아아아아아아!"

여성이란 종족이 모두 선천적으로 갖는 초음파 병기의 집중포화와 근처의 투척 가능한 물체의 포격을 받아 다이야는 황급히 덤불 너머로 후퇴했다.

"야! 누구냐, 권총 던진 녀석! 총알 장전되어 있어. 위험하잖아."

""""""꺄아아아아아아아아아아아아아아악!"""""""

"꺄아아아아아아!"

두 번째 융단폭격을 정통으로 맞은 다이야는 완전히 침묵했다.

허둥지둥 옷을 입는 다른 여자들을 흘겨보며 앙쥬가 다가가서 살펴보았다.

"그래서 왜 왔어, 다이야 군?"

"거기선 귀엽게, '괜찮아?' 라고 말해 주면 좋겠는데, 앙쥬."

"어머나괜찮아다이야군?"

"어, 미안, 잘못했어. 무표정하게 국어책 읽기는 그만둬 주세요. 눈물이 나와요…….'

목덜미까지 확실하게 잠가서 야전복을 챙겨 입은 카이에가 주위를 둘러보며 다른 소녀들의 상황을 확인한 뒤에 말했다.

"휴우. 이제 나와도 된다, 다이야. ……무슨 일이지?"

"어, 어어. 실은 소인이 오늘부터 전령 아르바이트를 시작해서."

누군가에게 전언을 부탁받은 모양이다. 이제야 야전복 위로 풍만한 몸을 껴안아 숨기면서 크레나가 입술을 삐죽였다.

"그런 건 지각동조를 쓰면 되잖아. 왜 일부러?"

다이야는 벅벅 머리를 긁었다.

"아니, 여자들끼리 즐겁게 놀고 있는데 동조를 연결했다가 우연히 사랑 이야기라도 들으면 서로 머쓱하잖아. '크레나는 신을 좋아해.' 같은 소리가 나오면."

"어……!"

본인은 절대로 하지 않을 귀여운 목소리로 흉내내는 바람에 크레나는 귀까지 새빨개졌고, 주위에서 카이에 이외의 여자대원들은 멋대로 떠들었다.

"흠, 결과적으로 엿본 건 좋지 않지만, 그 점에 대해선 정확한 판단이네."

"우리한테는 재미있지만, 크레나는 찜찜하겠어."

"그보다 바로 그 이야기를 하고 있었고."

"그래. 다음에 신이 연결할 만한 타이밍에 그 이야기하자. 무슨 반응을 할지 볼만하겠어."

"크레나의 반응이 말이지. 신은 틀렸어. 그 철가면 저승사자는 안색도 안 변할 거야. 안 귀여워."

"나나나나나나는 그런 말 안 해! 그만해!"

""""크레나, 귀여워.""""

"우와아아아, 다들 바보오오오오오오!"

그 자리의 전원(다이야 포함)이 한목소리로 말하는 바람에 크레나는 머리를 싸쥐고 절규했다.

어깨를 흔들고 큭큭 웃으면서 카이에가 물었다.

"그래서 결국 전언이란 건 뭐지?"

그 질문에 다이야는 표정을 지웠다.

"어. ……바로 그 신의 전언인데."

그 말에 소녀들의 표정이 일제히 긴박해졌다.

　사람은 빵만으로 살 수 없다.

　수천 년 전 짜증나게 구세주처럼 굴었던 놈의 말이지만, 지당하다고 생각한다. 인생에는 과자나 커피, 더 말하자면 음악이나 게임, 그런 사치품이 필요하다. 이 지옥에 그들을 처넣은 공화국의 하얀 돼지들은 최소한의 먹이 말고는 가축에게 줄 필요성을 전혀 느끼지 않는 모양이지만.

　또 뒤집어보자면, 인간에게는 우선 매일의 식사가 중요하다는 소리이기도 하다.

　"자, 파이드. 여기서 문제다."

　장기보존 식량이나 멋대로 자라난 텃밭의 야채, 도망쳐서 야생화한 가축이나 버려진 오락용품을 조달하러 정기적으로 탐색하는 도시의 폐허.

　잔해에 파묻힌 광장에서 전대 부대장인 라이덴은 기지 부속의 생산 플랜트의 합성식재료와 시청사의 재해용 비축창고에서 가져온 빵 통조림을 콘크리트에 늘어놓았다. 정갈한 장신에 대충 입은 야전복. 흑철종 순혈^{아이젠}의 쇳빛 머리는 짧게 쳤고, 야성미가 강한 예리한 얼굴.

　맞은편에는 친숙한 《스캐빈저》…… 전투 중 《저거노트》를 따라다니며 탄약이나 에너지팩을 보급하는, 각진 본체에 짧은 네 개의 다리가 난 이상한 외모의 무인기가 웅크려서 렌즈형 광학 센서로 눈앞의 물체를 뚫어져라 바라보았다.

"어느 쪽이 쓰레기지?"

"삐이."

파이드는 즉각 크레인암을 뻗어서 합성식을 휙 내버렸다.

날아가는 하얀 덩어리를 지켜보면서 라이덴은 남아있는 빵을 깨물었다. 무인기라도 알 만큼 맛이 간 물건. 그걸 태연히 식량이라고 말하는 하얀 돼지들의 미각은 대체 어떻게 된 걸까.

필요한 물품은 모두 현장에서 생산할 수 있도록 각 강제수용소와 기지에는 생산 플랜트와 자동공장이 부속된다.

생산조절과 동력공급도 지하 케이블을 통하여 벽 너머에서 온다. 정말 쓸데없이 고도의 자동급식 시스템이지만, 애초에 이쪽을 돼지라고 말하길 꺼리지 않는 하얀 돼지들이 준비한 물건이다. 생산된 물품은 정말로 최소한으로 필요한 만큼, 식량이란 명목으로 매일 합성되는 것은 왜인지 죄다 플라스틱 폭탄과 비슷하고, 당연하다고 해야겠지만 기가 막힐 만큼 맛이 없다.

따라서 조금이라도 나은 것을 먹고 싶으면 이렇게 9년 전에 버려진 폐허에 조달하러 오게 된다. 다행스럽게도 초계의 필요가 없는 이 부대는 그만큼 시간도 에너지팩도 남으니까 탐색에 시간도 쪼갤 수 있고 《저거노트》를 탈것으로 가져올 수 있다.

"그렇게 됐으니 파이드. 오늘 조달 목적은 이쪽의 쓰레기가 아닌 쪽이다. 다른 식료품도 포함하여 가져갈 수 있는 데까지 가져간다."

"삐이."

털썩 앉아있던 곳에서 일어서는 라이덴, 철컥철컥 하는 시끄러운 발소리를 내면서 파이드도 따라왔다. 기체의 잔해부터 포탄 조각까지 재활용이 가능한 모든 무기질을 긁어모아서 컨테이너에 가득 채워 가져가는 것도 그들《스캐빈저》에게 설정된 임무 중 하나다. 라이덴의 명령은 조금 다르지만.

참고로《스캐빈저》는 별명인데, 전투 중에 자기 재고가 떨어지면 격파된《저거노트》나 같은《스캐빈저》의 잔해를 뒤지고, 전투가 없을 때도 주울 수 있는 파편을 찾아서 전장을 기어다니는 그 모습이 보통이 아니다. 그래서 프로세서는 모두 제식명이 아니라 《스캐빈저》라고 불렀다. 탄약이나 에너지가 떨어질 걱정을 없애주는 든든한 전우이자, 동류의 시체를 탐욕스럽게 뜯어먹을 기회를 엿보는 기계로 된 시체 청소부.

파이드는 이미 5년 가깝게 신을 따라다니는《스캐빈저》다.

신이 예전에 속했던 부대가 그를 남기고 전멸했을 때, 유일하게 전손을 면했지만 움직일 수 없게 된 파이드를 견인해서 데리고 온 뒤로 함께 지낸다는 모양이다.

최소한의 학습기능은 있다고 해도 은혜를 느낄 정도의 고등사고가 쓰레기 수집기에게 있을 것 같지 않지만, 그 이후로 신을 최우선 보급대상으로 인식했는지 몇 번이나 부대가 바뀌어도 따라오고 출격할 때는 반드시 곁에서 대기한다. 융통성이 하나도 없는 다른《스캐빈저》에게서는 생각할 수 없을 만큼 충성심이 있는 모습이다. 형식넘버를 봐도 전쟁 초반에 투입된 초기형의 생존기로, 오래된 만큼 학습량도 많았겠지만.

그리고 그렇게까지 기특하게 충성을 다하여서 신에게 받은 이름이 파이드. 멍멍이나 흰둥이처럼, 개에게 붙이는 이름이다. ……역시 그 바보는 머리가 이상하다.

"삐이."

"음?"

따라오던 파이드가 갑자기 걸음을 멈추어서 라이덴이 돌아보았다.

광학 센서가 향하는 곳을 보니, 잔해에 가린 화단의 나무 밑동에 완전히 변색되어 쓰러진 백골 사체가 웅크리고 있었다.

"……음."

그래서 불렀나 싶어서 라이덴은 백골에게 다가갔다. 엉망으로 낡은 야전복. 뭉개진 손으로 녹슨 어설트 라이플을 품었고, 목뼈에 인식표의 사슬이 걸려있으니까 에이티식스는 아니다. 아마도 9년 전, 방패가 되어 스러진 공화국 정규군 장병 중 하나일까.

한 발짝 뒤에서 따라오는 파이드가 삐익 하고 또 전자음을 울렸다. 뭐라도 가지고 돌아갈 건지 묻는 것이다. 신이 붙인 버릇 때문에 파이드는 전투 이외의 시간은 전사자의 유품을——사체 그 자체는 하얀 돼지가 일부러 금칙사항으로 설정해서 회수할 수 없다——우선해서 줍는 경향이 있다.

잠시 생각한 뒤 라이덴은 고개를 내저었다.

"필요 없어. ……이 녀석은 이대로 놔두면 돼."

이건 아는 나무다. 벚나무. 대륙 극동부 원산, 봄이 시작될 즈음에 흐드러지게 꽃을 피우는 나무다. 올해 꽃구경 시즌에 카이에의 제안으로 이 도시 중심가의 벚나무 가로수를 기지의 전원이 보러 왔지만, 밤의 어둠 속에 스며들듯이 보이는 연홍색 꽃들은 보름달의 달빛 속에서 저 세상의 것처럼 아름다웠다.

그 꽃을 올려다보며 꽃을 요람 삼아 잠든 병사를 이제 와서 어두운 땅 속에 가둘 수도 없겠지.

어쩌면 이 백골은 백계종일지도 모르지만, 싸우다가 죽은 자의 유골이다. 돼지 취급은 어울리지 않는다.

짧게 묵도를 올리고 고개를 들었을 때 귀걸이가 환각의 열기를 띠었다.

[——산책조들. 들리나?]

"세오인가. 무슨 일이지?"

바로 옆에 있는 것처럼 명료한 목소리. 동조하는 건 폐허에 있는 전원, 대표로 라이덴이 대답했다.

[예보가 바뀌었어. 한바탕 쏟아지겠어.]

라이덴은 험악한 눈을 하였다. 바라보니 동쪽 하늘, 《레기온》 지배영역 상공에, 눈이 좋은 그가 응시하지 않으면 모를 정도의 농담으로 희미하게 은색으로 반짝이는 무리가 퍼지기 시작하였다.

전파 및 가시광을 흡수하고 굴절하여 착란하는, 나비의 모습과 크기의 비행형 《레기온》, 방전교란형. 습격할 때 제일 먼저 전개하여 레이더를 기만, 거의 완벽하게 본대를 숨긴다. 《레기온》이 급습할 때 가장 중요한 요소이다.

"언제지?"

[두 시간 뒤 정도겠지, 래. 제일 가까운 무리에 후방에서 다른 무리가 합류하고 있다고. 아마 보급. 끝나는 대로 올 거야.]

가장 가깝다고 해도 눈으로 보는 건 불가능, 이미 레이더도 기만에 걸린 저쪽 상황을 다 들여다보는가 싶은 것처럼 세오는…… 그 전언의 주인은 말하였다.

"라저, 바로 돌아가지. ——치세, 크로트. 들었지. 루트 12 입구에 집합."

[라저.]

[이번에도 《양치기》는 없는 모양이니까, 단순히 힘으로 밀어붙이는 거겠지. 상대의 진로에 달렸지만, 포인트 304 부근에서 매복, 일망타진이 될까.]

탐색조에게 지시하고 본인도 조금 떨어진 곳에 세워둔 자신의 기체로 가는 라이덴에게 웃음기가 섞인 목소리로 세오가 말했다.

"《양》뿐인가. ——완전히 봉이군."

결코 말만큼 쉬운 싸움은 아니지만, 단순한 전술밖에 취하지 않는 《양》과의 교전은 《양치기》가 인솔하는 그것보다 몇 배는 쉽다. 귀찮은 적이 없다고 일찍부터 안 만큼 마음이 편하기도 하다.

이거 정말이지 저승사자님 만만세——그렇게까지 생각하다가 라이덴은 문득 얼굴을 찌푸렸다.

장본인에게는 어떨까.

잃어버린 머리를 찾아서 싸움터를 방황하는, 붉은 눈동자의 저승사자에게는.

라이덴 일행이 기지로 돌아오자 다른 열여덟 기는 이미 출격 준비를 마쳤고, 격납고의 입구와 가장 가까운 위치에 있는 자기 기체의 앞에서 세오가 성질 더러운 고양이처럼 씨익 웃었다.

"늦어, 라이덴. 지뢰라도 밟은 게 아닌지 걱정했잖아."

"안 늦었어. 그보다 농담이라도 지뢰 소리는 하지 마."

"아, 미안."

자주지뢰로 날아간 쿠조. 이 전대를 편성한 지 두 달, 쿠조는 세 번째 전사자다.

프로세서의 소모율은 대단히 높다. 매년 10만 명 이상이 입대하고 1년 뒤까지 살아남는 건 그중 천 명도 안 된다. 그래도 맨몸으로 육탄공격을 가하는 것 말고는 방법이 없던 그들의 양친들과 비교하면 훨씬 낫다. 구식 로켓런처나 폭약을 껴안고 《레기온》에게 돌격하는 것이 유일한 전술이었던 당시의 소모율은 하루에 5할을 넘는 때도 있었다고 한다.

그와 비교하면 이 부대의 낮은 소모율은 경이적이지만, 결국 여기도 최전선이고 격전지다.

손해가 없는 싸움 따윈 없다.

죽음만큼은 언제나, 누구에게도 평등하고 갑작스럽다.

"다 왔군. 주목."

조용하면서도 잘 퍼지는 목소리가 들려서 전원이 자세를 바로 했다.

제1구역의 지도 위에 투명한 커버를 하나 덮어서 필요한 정보를 기입한 작전도 앞에 어느새 조용하게 내리쬐는 달빛처럼 신이 서 있었다.

새하얀 얼굴, 완전히 익숙해진 사막 위장 야전복, 전대장을 뜻하는 대위 계급장. 이런 때에도 벗지 않는 하늘색 스카프가 그 불길한 별명의 유래 중 하나다.

그렇게 숨기고 있을 뿐이지, 그 저승사자는 이미 목을 잃어버린 게 아닐까.

"상황을 설명하지."

〈저승사자〉의 별명을 가진 전대장의 차갑고 냉철하며 붉은 두 눈동자가 대원들을 비추었다.

적의 총 숫자부터 진로, 대응하는 작전까지, 간결하지만 이상하게 명확한 브리핑을 마치고 프로세서들은 각자의 《저거노트》에 탑승한다. 하나 같이 10대 중반부터 후반, 아직 얼굴이나 체형에 어린 티가 남은 소년병뿐.

부족한 마지막 파츠를 캐노피 안에 수납하여 21기의 기갑병기가 잠시 동안의 단잠에서 눈을 뜬다.

유인탑승식 자율 무인 다각기갑병기, M1A4 《저거노트》.

절지동물처럼 가늘고 긴 네 다리. 전갈 같은 유기적인 외형의 작은 몸체. 오래된 뼈 같은 색깔의 백갈색 장갑으로 몸을 지키며, 격투용 서브암의 중기관총 두 정과 와이어 앵커 한 쌍, 건마운트암의 58mm 활강포.

전체적인 실루엣은 배회성 거미, 한 쌍의 격투 암과 번쩍 쳐든 주포 포신은 전갈의 갈퀴와 꼬리 같으며, 그들 에이티식스의 단짝이자 마지막 잠자리다.

매복지점으로 고른 폐도시의 무너진 교회 뒤에 숨긴 《저거노트》의 비좁은 콕핏에서 신은 감고 있던 두 눈을 떴다.

킬존을 메인스트리트로 설정하고, 그 주위에 전대의 각 소대를 사선이 겹치지 않도록 배치한 포위망의 한곳. 전위 담당인 제1소대, 제3소대와 화력 집중을 맡는 제2소대, 제4소대가 제각기 유닛을 짜고 메인스트리트의 좌우에, 유탄을 장비한 제5소대와 유격반인 제6소대가 스트리트의 끝에 각자의 《저거노트》를 숨기고 있다.

해상도가 구린 광학 스크린에 별생각 없이 눈을 준 채로, 탐지한 적기의 숫자와 대형에 눈을 가늘게 떴다.

《저거노트》의 콕핏은 전투기와 흡사해 다수의 스위치들이 배치된 좌우 조종간과 각종 액정 표시식 계기가 있다. 유일한 차이는 방탄유리가 아니라 장갑판인 캐노피에 갇혀 있기 때문에 기체 밖이 전혀 보이지 않는 것으로, 삼면의 광학 스크린과 정보표시용 홀로그램 윈도우가 그걸 대신하지만 암흑과 폐쇄감을 완화해 줄 정도는 아니다. 그래서 흔히들 관짝이라고 말했다.

적 부대의 대형은 교칙대로, 그리고 상정한 대로 마름모꼴——호위를 둔 정찰대의 후방에 4개 부대가 각각 마름모꼴의 정점을 형성하며 진군하는 기갑부대의 전형적인 진격대형이다. 숫자, 성능에서 이쪽을 아득히 능가하는 《레기온》은 기책을 쓰는 일이 없고, 그 전술은 비교적 예상하기 쉽다.

전술이 간파당하더라도 상관없을 정도로 상대를 웃도는 대전력을 투입하는 것이 예부터 변함없는 전술의 정석이긴 하지만.

곱절이니 뭐니 어중간한 비율이 아니다. 《군단》이란 이름을 그대로 재현한 대군. 그건 평소와 다를 바가 없다.──정상적인 군대라면 무모하다고, 절망적이라고 작전 입안 단계에서 회피책을 모색하는, 소수가 압도적인 다수와 싸우는 사투가 《저거노트》, 그들 에이티식스의 전투다.

문득 옛날에 누군가가 읽어준 성경의 한 구절이 기억 속에서 떠올랐다.

누구였더라.

이미 얼굴도 목소리도 잘 떠올릴 수 없다.

마지막으로 본 모습과 마지막 목소리에 덧씌워져서 알 수 없다.

그 말만큼은 기억한다.

──예수님께서 마귀 들린 자에게 물으시니.

지각동조 저편에서 아주 희미한 잡음에 섞이듯이 신이 뭔가 중얼거리는 것을 듣고 라이덴은 두 다리를 뻗은 자세에서 몸을 일으켰다. 잔해 속에 숨은 지금 메인스크린은 콘크리트의 잿빛으로 뒤덮였고, 레이더 스크린은 패시브로 설정한 상태.

모국어인 공화국어가 아니니까 무슨 소린지는 알 수 없었다. 디키트 에이 레기오 노멘 미히──그 이외에는 알아들을 수 없었다. 세오가 짜증내며 말했다.

[신, 지금 읽은 거 혹시 성경? 취미도 안 좋네. 게다가 그거 인용으로는 최악이잖아, 악취미야!]

"무슨 소리야?"

[*악마인지 망령인지, 그자에게 구세주님이 이름을 물었더니 숫자가 많으니까 '레기온'이라고 답했대.]

라이덴은 침묵했다. 과연, 악취미가 맞군.

새로운 동조대상이 지각동조에 추가되었다.

[핸들러 원이 전대원들에게.──죄송합니다, 늦었습니다.]

방울을 흔드는 듯한 귀여운 목소리가 동조한 청각을 통해 귀에 닿았다. 〈저승사자〉를 두려워하여 그만둔 전임자 대신 배속된 새 핸들러다. 목소리를 듣기론 아마도 비슷한 또래 소녀.

[적 부대가 접근중입니다. 포인트 208에서 요격을.]

[언더테이커가 핸들러 원에. 인식하고 있습니다. 포인트 304에 전개 마쳤습니다.]

신이 담담하게 대답하고, 동조 너머에서 숨을 삼키는 낌새가 있었다.

[빠르군요. ……대단하네요, 언더테이커.]

정말로 감탄하는 듯한 핸들러에게 라이덴은 당연하다고 속으로 말해 주었다. 신이나 이 부대의 프로세서들이 가진 퍼스널 네임이란 수많은 전투경험을 뜻하는 일종의 칭호다.

대다수의 프로세서는 소대명과 숫자를 합친 식별부호를 작전

---

* 마르코 5:9 / et interrogabat eum quod tibi nomen est et dicit ei Legio nomen mihi est quia multi sumus.

중에 사용한다. 다른 이름을 쓸 수 있는 것은 연간 생존율 0.1퍼센트 미만의 전장에서 그 죽음의 1년을 살아남은 고참병뿐이다. 죽어간 대다수에겐 없었던 재능과 소질, 무엇보다 그것을 갈고 닦을 악운을 가진, 악마나 저승사자의 눈에 든 괴물들.

그런 이들은 그 뒤로는 좀처럼 죽지 않는다. 어이없이 간단히 죽어가는 수많은 동료들을 뒤로하고, 셀 수 없을 정도의 사선을 넘나들며 생환한다. 그런 고참병에게 일반 프로세서가 바치는 존경과 두려움이 담긴 칭호가 퍼스널 네임이다. 자기들이 도달할 수 없는 영역에 도달한 그들의 영웅에게, 그리고 적과 동료의 죽음을 쌓으며 계속 싸운 괴물들에 대한 최소한의 칭호.

스피어헤드 전대의 프로세서는 전원이 칭호를 가졌다. 그것도 4년에서 5년의 경험을 가진 최고참뿐이다. 성안 깊숙한 곳에 계신 공주님의 지휘 따원 없어도 별로 상관없다.

동시에 조금 감탄했다.

포인트 208은 현재 시점에서 《레기온》의 습격을 탐지했을 경우 가장 좋은 요격 지점이다. 착임한 지 불과 일주일, 그저 선량하기만 한 아가씨는 아닌 모양이다.

경고음.

다리 끝 진동 센서가 감지. 홀로그램 윈도우가 떠오르고 줌 온.

앞쪽, 빌딩의 잔해를 좌우로 거느린 메인스트리트의 완만한 경사, 햇빛을 등진 정점에 검은 그림자가 하나, 다음 순간 능선 전체가 쇳빛으로 물들었다.

왔다.

레이더 스크린이 순식간에 적성 유닛의 점으로 메워졌다.

기계장치 마물의 군대가 침식하는 그림자처럼 폐허의 잿빛을 덧칠하여 다가왔다.

서로 50에서 100미터 정도의 간격을 둔, 질서정연한 대오. 제일 가벼운 척후형(아마이저)조차도 10톤을 넘는다고는 생각할 수 없는, 뼈가 스치는 듯한 경쾌한 구동음과 거의 없는 발소리가 셀 수 없을 정도로 겹치다가 나뭇잎들이 스치듯이 샤악……하고 흩어졌다.

그 이상한 모습과 위용.

세 쌍의 다리를 바쁘게 움직이고 동체 하부의 복합 센서 유닛과 어깨 위의 7.62mm 대인기총을 섬세하게 좌우로 휘두르면서 선두를 가는, 식인어처럼 예각적인 겉모습의 척후형.

76mm 다연장 대전차 로켓런처를 짊어지고 두 앞다리에 고주파 블레이드의 예리한 빛을 번뜩이는, 다리 여섯 개 달린 상어처럼 사나운 모습을 한 근접엽병형(그라우볼프).

50톤급의 전차 차체에 한 아름은 될 여덟 개의 절지다리가 있고, 위압적인 120mm 활강포로 오만하게 진행 방향을 바라보는 전차형(뢰베).

상공에 전개한 방전교란형 무리가 햇빛을 가로막아 어두운 구름이 주변을 뒤덮은 가운데, 《레기온》의 피이자 신경망인 유체 마이크로머신이 뿌린 잔해가 은가루나 싸락눈처럼 흩날렸다.

척후형의 정찰대가 킬존 안으로 들어왔다. 매복 중인 제1소대 앞을 알아차리지 못하고 통과했다. 본대를 선도하면서 각 부대의 앞을 통과하여, 최후미의 전차형이 지금 포위망 안에——.

THE BASIC DRONES

[〈레기온〉 기본 전력]

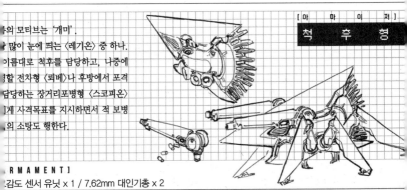

…의 모티브는 '개미'.
…많이 눈에 띄는 〈레기온〉 중 하나.
…름대로 척후를 담당하고, 나중에
…할 전차형 〈뢰베〉나 후방에서 포격
…담당하는 장거리포병형 〈스코피온〉
…게 사격목표를 지시하면서 적 보병
…의 소탕도 행한다.

…RMAMENT]
…감도 센서 유닛 x 1 / 7.62mm 대인기총 x 2

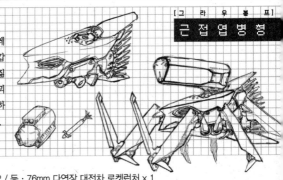

…의 모티브는 '늑대'.
…특징은 앞발에 달린 근접전용 블레
…로, 기민하게 움직여 상대의 장갑
…육식동물처럼 가른다. 또한 등에 짊
…로켓런처도 방심할 수 없는 파괴
…지녔다. 다만 그 운동성을 확보하
…한인지 장갑은 별로 두껍지 않다.

…RMAMENT]
…발 · 대장갑 고주파 블레이드 x 2 / 등 · 76mm 다연장 대전차 로켓런처 x 1

…의 모티브는 '사자'.
…력한 화력에서 유래한다.
…에 장비한 120mm 포(저거너트의
…는 57mm이므로 곱절이 넘는 구경
…는 온갖 것을 분쇄한다.
…도 두껍지만 덩치도 커서, 숲처럼
…물이 많은 곳으로 유인하는 것이
…적인 전술이다.

…RMAMENT]
…부 120mm 활강포 x 1

도달했다. 우리에 들어왔다.

[사격 개시.]

신의 호령과 함께 미리 담당 자리에서 조준을 맞추고 있던 모든 기체가 방아쇠를 당겼다.

첫 공격은 제4소대가 선두 집단에 일제사격, 그리고 제1소대가 최후미의 뒤를 포격. 연약한 척후형과 장갑이 얇은 뒷부분을 맞은 전차형이 쓰러지고, 즉각 전투태세를 취한 《레기온》의 대열에 나머지 기체들이 날린 포탄이 꽂혔다.

작렬. 폭음. 찢어진 금속파편과 마이크로머신의 은색 피가 검은 불길을 배경으로 흩어졌다.

동시에 21기의 《저거노트》가 사격 위치를 이탈.

어떤 이는 차폐물에서 나와서 또 포격, 어떤 이는 차폐물을 따라서 이동, 먼저 사격한 동료기를 노리는 《레기온》에게 측면이나 후방에서 포격을 쏟아부었다. 그 무렵에는 처음에 공격했던 《저거노트》도 엄폐에 들어가서 다른 적기의 측면으로 돌아가기 위해 이동을 개시하였다.

《저거노트》는 한없이 글러먹은 기체다.

중기관총탄에도 뚫리는 얄팍한 알루미늄 합금장갑에 무한궤도 타입의 전차보다는 좀 나은 정도의 기동성, 전차형에 맞서 싸우기에는 너무나도 부족하고 빈약한 주포.

가느다란 네 다리는 보행제어 프로그램을 개발할 시간이나 기술이 부족했던 건지(다각보행제어는 다리 숫자에 비례하여 복잡해진다), 아무튼 그 바람에 기체 중량에 비해 접지압이 높아서 동부전선에 많은 습지대처럼 연약한 지반에서는 다리가 빠진다. 영화나 애니메이션의 전투 로봇처럼 점프하거나 뛰는 등 눈이 돌 정도의 고속으로 뛰어다니거나 날아다니는 건 완전 꿈. 무심코 웃음을 터뜨리고 싶어질 정도인 걸어다니는 관짝이다.

그렇게 약해 빠진 《저거노트》는 소형 화기를 장비한 척후형이라면 몰라도 근접엽병형이나 전차형과 정면에서 싸워도 이길 수 없다. 여럿이서 연계하고 낮은 기동력을 지형이나 차폐물로 커버하면서 장갑이 약한 측면이나 후방으로 돌아가서 공격하는 게 정석이다. 이 땅에서 스러진 에이티식스의 선배들이 엄청난 희생을 치르면서 창조, 계승, 발전시키고 또 후진들이 물려받아서 7년 동안 계속 전해져 온 전술이다.

그렇기에 그걸 토대로 몇 년이나 계속 싸운 스피어헤드 전대의 프로세서들은 누구보다도 이 싸움에 익숙했다. 기본적으로는 연계를 짜는 소대 안에서 지시도 연락도 필요 없다. 서로가 서로의 마음을 한 점 오차 없이 파악하고 협조를 통해 작전행동을 할 수 있다.

게다가.

무심코 사나운 웃음이 입가를 스쳤다.

이쪽에는 〈저승사자〉의 가호가 있다.

무너진 건축물과 잔해의 그늘 속을 목 없는 해골의 퍼스널 마크를 가진 《저거노트》――《언더테이커》가 달렸다.

적기의 사선에는 한시도 몸을 드러내지 않고, 하지만 자기 조준에서는 결코 놓치는 일이 없다. 척후형을, 근접엽병형을, 때로는 전차형까지도 교묘하게 사각으로 들어가서 해치우고, 동료의 포격영역으로 유인하여 격멸시켰다.

적 부대의 연계를 휘젓기 위해서 일부러 혼자 돌출하여 적진 깊숙하게 파고드는 것이 선두에서 적과 겨루는 전위 중에서도 근거리 전투에 특화된 신의 역할이며, 동시에 가장 특기로 삼는 전투 스타일이다.

한시도 사라지는 일 없는 접근 경보의 붉은 빛이 비치는 핏빛 두 눈동자에 적성 유닛의 점으로 메워진 레이더 스크린 따윈 이미 보이지도 않았다. 그 별명처럼 전사자의 순서를 정하는 저승사자의 냉철함으로 해치울 적기를 선정하는 차가운 시선이 문득 희미한 개탄으로 흔들렸다.

또 직접 나서지는 않나.

무의미한 생각은 잠시, 자기가 당긴 방아쇠가 일으킨 폭염에 휘말려 사라진다. 다음 적기에 시선과 의식이 넘어가고, 사격과 사격 사이 때마다 흩어진 동료에게 가장 효율 좋은 살육의 지시를 날린다.

"——제3소대. 교전 중인 소대를 유인하여 남서로 후퇴. 제5소대는 현재 위치에서 대기. 사격 존에 적 소대가 진입하거든 일제 사격으로 해치워."

[다이야 라저. ……앙쥬, 이참에 재장전해 둬.]
블 랙 독

[세오 라저. 이쪽을 쏘지 말라고, 블랙독!]
래핑폭스

"하루토. 방위 270. 거리 400. 빌딩을 넘어서 온다. 머리 내민 놈을 쏴."
 [라저. 키노, 도와줘.]

 멀리서 연이은 포성이 폐허의 잔해를 흔들었다.

 빌딩 벽면을 수직으로 올라가는 경이적인 이동을 통해 위에서 기습할 생각이던 근접엽병형들이 뛰어내린 순간에 기관총 사격을 맞고 공중에서 넝마조각이 됐다.

 다음 표정을 정하려고 시선을 돌리다가 그것의 움직임을 알아차린 신은 힐끗 시선을 보냈다.

 "전기 공격 중지. 산개."

 갑작스러운 지시에도 모두가 즉각 반응했다. 이유가 뭐냐는 얼빠진 질문은 아무도 하지 않았다. 전선이 고전한다면 《레기온》이 투입하는 병종은 단 하나——.

 이이이이이이이잉, 하고 접근하는 새된 굉음.

 전장의 곳곳, 아득히 멀리에서 날아온 포탄이 꽂히고 작렬. 불타버린 검은 흙이 거품이 터지듯이 날아갔다.

 후방에 전개된 155mm 자주포형 《레기온》, 장거리포병형의 포격 지원이다.

 지원 컴퓨터가 탄도를 역산, 발사 위치를 동북동 30킬로미터 부근으로 특정했지만, 그런 원거리를 공격할 수 있는 무기가 이쪽에 없는 이상 쓸데없는 정보. 장거리 포격에는 불가결한, 탄착 확인용 전진관측기의 잠복위치를 지형과 적기의 전개 상황에서 추정하고——.

[핸들러 원이 전대원들에게. 전진관측기의 추정위치를 송신하겠습니다. 후보는 세 곳, 확인과 제압을.]

신은 힐끔 시선을 들었다. 디지털 맵 위에 세 개의 광점이 켜진 것을 슬쩍 보고 파악한 적기의 위치와 대조하여 후방의 빌딩들에 잠복한 저격수 크레나에게 표적을 지시했다.

"크레나. 방위 030, 거리 1200 빌딩 옥상에 4기."

[라저. 맡겨줘.]

"핸들러 원. 지향 레이저를 통한 데이터 전송은 이쪽의 위치가 특정될 우려가 있습니다. 작전 도중의 지시는 구두로만 부탁합니다."

[음…… 미안합니다.]

"다음 관측기가 나올 겁니다. 계속해서 위치 특정 부탁합니다."

기쁜 듯한 미소의 기운이 지각동조 너머에서 솟아났다.

[예!]

밝은 목소리를 내는 핸들러 소녀에게 살짝 눈살을 찌푸리고──깜빡이는 접근경보와 울려 퍼지는 외침에 신은 의식을 전장으로 되돌렸다.

아군의 손해도 개의치 않고──실질적으로 무인기들끼리의 전투이기에 가능한 전술이다──쏴대는 포탄의 폭풍이 귀를 찌르는 전장 속에서 라이덴은 다음 사냥감을 찾아 뛰어다녔다.

오가는 화선은 아직 적기가 훨씬 많다. 흩날리는 중기관총탄 한 방이 치명상, 전차포 같은 걸 맞으면 순식간에 가루가 된다.

차폐물을 따라 이동한 폐허의 그늘에는 선객이 있었다. 《언더테이커》. 탄약을 다 쓴 모양인지 《스캐빈저》──역시나 파이드였다──에게서 보충을 받고 있었다.

"조금 많군."

[오리 사냥이잖아. 즐기면 돼.]

세오와의 대화를 듣고 있었던 모양이다. 야유를 흘렸다.

[⋯⋯정말로 생각보다 전차형이 많군. 보급하는 김에 합류했을까.]

부슬비가 내리기 시작했으니까 우산을 쓸까 정도의 목소리였다. 아니, 신이 동요하는 모습을 라이덴은 본 적도 없다. 아마 죽을 때도, 죽어서도 이 녀석은 이렇겠지.

[차폐물이 한정되는 만큼 귀찮아. 조만간 이쪽의 이동 패턴도 해석되겠지. 그 전에 줄이는 편이 좋겠어.]

파이드의 크레인암이 탄창 컨테이너를 죄다 교환하고 보충 완료. 《언더테이커》가 일어섰다.

[전차형은 내가 맡지. 다른 놈들 상대랑 원호 지휘는 맡기겠어.]

"알았어, 언더테이커. ⋯⋯또 알드레히트 영감 속을 썩이진 마."

희미하게 웃는 기척. 《언더테이커》가 폐허에서 뛰쳐나갔다.

《저거노트》의 최대속도로 차폐물 사이를 교묘하게 통과하여 전차형 4기 소대에게 접근. 무모한 짓이라는 말로는 부족한, 옆에서 봐도 자살행위 그 자체인 돌격에 핸들러 소녀가 비명 같은 소리를 내었다.

[언더테이커! 대체 무슨⋯⋯?!]

전차형 한 대가 포탑의 방향을 바꾸어 포격. 직전에 《언더테이커》는 기체를 가볍게 옆으로 돌려서 회피에 성공했다. 다시 포격. 또 빗나갔다.

포격. 포격. 포격. 포격——인간도 병기도 평등하게 잿더미로 만드는 120mm 포탄의 연속 사격을 《언더테이커》는 족족 회피하며 전진했다. 포신의 방향을 보고 할 수 있는 기동이 아니다. 경험으로 기른 감만을 믿는, 목 없는 백골이 기어다니는 모습과 비슷한, 악몽과도 같은 기체 조종.

애가 탔는지 전차형이 기체의 방향을 돌렸다. 폭발하는 듯한 속도로 튀어오르고 그 자체가 흉기인 여덟 개의 다리로 지면을 박차면서 맹진, 접근하는 적기에 정면에서 맞섰다.

강철 몸의 가차 없는 중량을 움직이면서도 발소리는 전혀 없다. 정지 상태에서 한달음에 최고속도에 달하고, 순식간에 《언더테이커》의 눈앞에 육박했다. 강력한 쇼크 업소버와 고성능의 리니어 액츄에이터가 가져오는, 말도 안 될 정도의 운동성능.

여덟 개의 다리를 움츠렸다가 도약했다. 짓밟아버릴 셈이다, 지금——.

그 순간 《언더테이커》가 뛰었다.

옆으로 뛰어서 전차형의 돌격을 회피하고, 공중에서 방향을 돌리더니 착지와 동시에 재도약. 전차형에게 달라붙어서 다리 관절을 발판 삼아서 순식간에 포탑 위로 올라가서 앞다리를 벌리고 극단적으로 몸을 기울인 자세로 건마운트암의 주포를 강철색의 장갑에 들이댔다.

눈에 보이는 곳 중에서 가장 장갑이 얇은, 포탑 뒷부분 위쪽에.

격발.

신관의 최저기폭거리 설정을 소거한 고속철갑유탄이 장갑을 관통, 초속 8000미터에 달하는 고성능 폭약의 파괴적인 폭발을 기체 내부에 퍼뜨렸다.

검은 연기를 피우며 무너지는 전차형에서 뛰어내렸을 때, 《언더테이커》는 두 번째 전차형을 표적으로 정했다. 좌우로 짧게 뛰는 것으로 탄막을 피하면서 접근하고, 다리에 참격── 격투암의 선택 무장이지만 신 이외에는 장비한 녀석을 본 적이 없는, 강력하지만 대단히 사정거리가 짧은 고주파 블레이드의 일격.

몸이 기울어진 적기의 상판에 포격을 먹이고, 침묵한 기체를 방패로 삼아서 다음 기체의 포격을 막았다. 폭염이 전차형의 빈약한 센서를 가린 틈에 근처의 고가다리에 와이어 앵커를 쏴서 고속 상승, 적기를 놓쳐서 포구가 어정쩡하게 움직이는 전차형의 포탑으로 뛰어내려서 영거리사격을 먹였다.

[어…….]

핸들러가 경악하는 게 동조 너머로 느껴졌다.

이 알루미늄 관의 개발자가 보면 기겁을 하든가 거품을 물고 기절하겠지. 그야말로 신들린 듯한 기동에 라이덴은 눈을 가늘게 떴다.

《저거노트》는 본래 이런 전투를 하도록 만들어지지 않았다. 화력도 장갑도 기동력도 부족한 채로 급하게 만들어진, 총만 쏠 수 있으면 된다는 자살병기다. 고작 한 기로 전차형을, 그것도 연이어서 몇 기나 격파한다는 건 불가능하다.

물론 대가도 크다.

안 그래도 빈약한 《저거노트》의 다리는 한계 이상의 부하에 전투가 끝날 때쯤이면 덜걱대며 망가지겠고, 주력인 전차형을 지키려는 다른 《레기온》의 집중공격의 표적도 된다. 그만큼 라이덴이나 다른 이가 전차형 이외를 격파하기도 쉬워지니까 결과적으로는 전투도 빨리 끝난다지만, 솔직히 말해서 왜 신이 아직 전사하지 않았는지 신기하기 짝이 없다. 죽지 않는 정도가 아니라 5년이나 이런 식으로 살아남은 괴물이지만.

항상 아깝다고 생각했다.

3년 동안 함께 싸웠다. 3년 동안 라이덴은 신의 오른팔이었다. 즉, 3년 동안 계속 넘버 투였다. 마찬가지로 '네임드' 인 라이덴이라도 같은 짓을 할 순 없다. 비견할 만한 건 하나도 없다──저 목 없는 저승사자야말로 틀림없는 전투의 천재다. 그저 살아남는 악운을 가진 것만이 아니라, 충분한 시간과 장비를 준다면 혹시 이 전장에서 모든 《레기온》을 섬멸할 핵이 될지도 모르는, 그런 불세출의 영웅의 기량이다.

다만 신은 태어나야 할 전쟁의 시대를 완전히 그르쳤다. 아득한 과거, 기사의 시대라면 후세에 이어지는 무훈시의 주인공이 됐겠고, 마지막으로 인간끼리 싸웠던 전쟁의 시절이라면 영웅으로 전쟁사에 찬란히 이름을 새겼겠지.

이 바보 같은 전장에서는 그럴 걸 바랄 수도 없다.

인간의 존엄도 권리도 없고, 죽어서 들어갈 묘도 없거니와 새길 이름도 명예도 없는, 소비성 병기로서 죽을 때까지 혹사당한 끝에 전장 구석에서 남들 모르게 스러지는 게 그들의 숙명. 이 전장에서 스러진 수백만의 동포와 마찬가지로 썩어버린 자신의 백골 외에 남길 게 하나도 없다.

방전교란형의 안개가 걷히고 햇빛이 돌아왔다. 살아남은 《레기온》이 장거리포격형의 지원을 받으면서 철수를 시작했다. 냉철한 자동병기들은 동료가 얼마나 부서지든지 복수하려고 하지 않는다. 손해가 일정치에 달하고 목표를 이룰 수 없다고 판단하면 순순히 무기를 거두고 물러날 뿐이다.

기울어진 태양의 햇살이 전차형의 잔해 속에 선 《언더테이커》의 윤곽에 쏟아졌다.

그 모습은 번쩍 치켜든 오래된 칼끝에 반짝이는 달빛처럼 아름다웠다.

야간습격이나 야간출격 임무가 없으면 저녁 식사 뒷정리부터 취침까지의 몇 시간은 자유시간이다.

뒷정리가 끝난 주방에서 앙쥬가 전원에게 돌릴 커피를 끓여서 돌아오자, 기지의 전원이 모여 있는 격납고 앞 광장은 모형 사격 놀이로 떠들썩하였다.

"자, 곰돌이 임금님 한 방, 토끼 기사 두 방. 하루토 군의 합계 점수는 7점이 되겠습니다!"

"이런, 두 발 빗나갔나. 역시 핸드건은 아무래도 안 맞아."

"어차, 파이드에게서 갑작스러운 도전입니다! 눕혀 놓는다! 상대하는 키노 선수의 실력은 과연!"

"진짜냐…… 에잇! 완전 틀렸잖아! 다음! 다음 녀석 얼른 나와!"

"나인가. 어어, ……카이에 타니야, 싸움에 임하겠다!"

"예이, 2점."

"우웃, 다섯 발 전부 명중. 역시나 라이덴."

"헹, 식은 죽 먹기지."

"키익! 건방진 소리나 하고 말이야. 크레나, 가라! 진짜 실력이란 걸 보여줘!"

"오케이, 잘 봐! 파이드, 그거 늘어놓지 말고 던져!"

"""우오오오오, 대단해애애애애!"""

"……왠지 오늘은 파이드가 까칠한데. 타워형이라니 난이도가 높잖아."

"신, 네 차례."

"음."

"……우와아아아아, 한 방에 클리어냐. 여전히 귀여운 맛이 없어……."

오늘 요리에 쓰고 남은 대량의 깡통을 표적으로 삼고 각자 휴대한 권총을 쓰는 사격. 점수 대신 세오가 매직으로 귀여운 동물 일러스트를 쓱쓱 그리고, 각자가 사격을 하면 떨어진 깡통을 파이트가 주워 와서 타워나 피라미드 모양으로 도로 쌓았다.

시끌시끌한 그 모습에 앙쥬는 가볍게 미소 지었다.

성대한 저녁 식사였다. 해체하여 호쾌하게 구운 멧돼지 고기에 숲에서 마음대로 딸 수 있는 구즈베리 소스, 텃밭의 야채샐러드와 우유캔과 버섯의 크림수프. 식당에서 먹을 만한 요리가 아니다 싶어서 테이블을 밖으로 내오고, 당번만으로는 손이 부족하여 결국 기지요원들이 죄다 덤벼들어 조리했다.

즐거웠다. 이렇게 보면 다들 즐거운 것 같아서, 그것이 너무나도 기뻤다.

자기가 쏜 깡통이 딸그락딸그락 무너지는 것을 보지도 않고 조금 떨어진 곳에서 혼자 책의 페이지를 넘기는 신의 앞에 커피 머그잔을 내려놓았다.

"수고했어."

힐끔 시선이 돌아오는 것이 대답이었다. 눈치를 채고 다가온 다이야에게 커피가 가득 담긴 쟁반을 맡기고 앙쥬는 맞은편에 의자를 끌어와서 앉았다.

묵묵히 페이지가 넘어가는 두꺼운 책에 시선을 두고 물었다. 막사에서 기르는, 몸은 까맣고 다리만 하얀 새끼고양이가 페이지로 장난치느라 분투하는 게 묘하게 흐뭇했다.

"재미있어?"

"별로."

그렇게 말한 뒤에 스스로도 너무 건성이라고 생각했을까. 조금 생각하는 시간을 두고 말을 이었다.

"다른 생각을 하는 동안에는 의식하지 않을 수 있을까."

"……그래."

희미하게 쓴웃음을 짓고 앙쥬는 다시금 물었다. 그것만큼은 그 누구라도 대신할 수도, 나눌 수도 없으니까.

"항상 수고가 많아."

레이드 디바이스가 지잉 하고 열기를 띠었다.

[전대원 여러분. 지금 괜찮습니까?]

핸들러 소녀의 목소리가 울렸다. 착임한 지 일주일, 첫날부터 계속해서 반복된 저녁 식사 후의 교류 시간이다.

"문제없습니다, 핸들러 원. 오늘은 수고 많았습니다."

대표로 신이 대답했다. 재주 좋게도 시선은 계속 책을 향한 상태로 말하며 페이지를 넘기려다가 새끼고양이가 방해하는 통에 책을 들어서 피했다.

즐겁게 있던 대원들이 재빨리 권총에 장전했던 총알을 빼고 홀스터로 되돌렸다. 반란 방지를 위해 에이티식스가 소형화기를 갖는 것은 금지됐다. 딱히 검사도 없으니까 어느 부대고 방치된 인근 군 시설에서 가져와서 사용하고 있지만.

[예, 당신들도 수고 많았습니다, 언더테이커. ……무슨 게임이라도 하고 있었습니까? 방해했다면 미안합니다, 계속해 주세요.]

"그냥 시간 죽이기입니다. 신경 쓸 필요 없습니다."

대화하고 싶지 않거든 동조를 끊어도 상관없다고 첫날에 말했던 것을 핑계 삼아서 얼른 동조를 끊은 동료들이 뻔뻔하게 나이프 던지기 대회를 시작한 것을 보면서 신은 말했다. 라이덴이나 세오, 카이에 등 몇 명은 마침 도착한 커피를 즐길 마음이 들었는지, 각자 머그컵을 손에 들고 근처 의자나 테이블에 앉았다.

[그렇습니까? 왠지 아주 즐거운 모양이군요. ……그런데.]

핸들러는 슬쩍 자세를 고친 기색이었다. 똑바로 이쪽을 바라보는 고지식한 시선의 느낌.

[언더테이커. 오늘은 조금 잔소리할 게 있습니다.]

상관의 질책보다는 우등생 반장의 주의 같은 투로 하는 말에 신은 무심코 커피를 입으로 가져갔다. 벽 너머의 핸들러가 하는 말따윈 진지하게 받아들여 봤자 소용없다.

"뭡니까?"

[초계와 전투 보고서. 전송 미스가 아니었더군요. ……읽어봤더니 죄다 똑같았습니다.]

신은 무심코 시선을 올렸다.

"설마 다 읽었습니까?"

[당신이 스피어헤드 전대에 배속된 이후의 것은.]

"……너, 아직도 그 짓을 하고 있었어?"

라이덴이 황당함을 숨기지 않으며 한 말은 일단 무시했다.

"전선의 상황을 그쪽이 알아서 뭐에 씁니까. 괜한 짓을 하는군요."

[《레기온》의 전술이나 편성 경향의 분석은 우리 핸들러의 직무 중 일부입니다.]

한소리 한 뒤에 핸들러는 다소 어조를 누그러뜨렸다.

[어차피 안 읽을 테니까 안 보낸다는 생각은 이해합니다. 그건 이쪽의 잘못이니까 화내지 않겠습니다. 하지만 앞으로는 착실하게 작성해 주세요. 나는 읽을 테니까요.]

귀찮게.

그렇게 생각하며 신은 입을 열었다.

"읽고 쓰기는 서투릅니다."

"너 진짜 성격도 좋다."

다이야가 중얼거린 것은 역시나 무시하고, 두꺼운 철학서의 페이지를 넘겼다.

물론 핸들러는 이 자리에 없으니까 그런 걸 알 수 없다. 어렸을 적에 강제수용소에 들어간 지금의 프로서서는 제대로 초등교육을 받지 않았다고 생각한 걸까, 어색하게 머뭇거렸다.

[아…… 미안합니다. 하지만 그렇다면 훈련이라고 생각하고 써보세요. 언젠가 반드시 도움이 될 테니까요.]

"과연 그럴까요."

[…….]

핸들러는 눈에 띄게 기운을 잃었다. '읽고 쓰기 정도는 하는데 말이지.' 라고 말하듯이 코웃음을 치며 세오가 나이프를 표적에 던졌고, 귀여운 새끼돼지 공주님이 아래로 굴러떨어졌다.

머그컵을 두 손으로 들고 카이에가 고개를 갸웃거렸다.

"아니, 도움은 되겠지, 언더테이커. 애초에 독서가 취미고…… 지금 그것도 철학서? 꽤 어려워 보이지 않나."

동조 너머에서 뭔가 어마어마한 침묵이 흘렀다.

핸들러가 말했다. 여태까지와 마찬가지로 부드러운 울림, 아마도 미소조차 짓고 있을 텐데도 왜인지 이상한 박력을 띤 목소리로.

[언더테이커?]

"…………알겠습니다."

[이전 것도 보내주세요. 전투보고서도 전부.]

"······미션 레코더의 데이터 파일이면 되겠습니까?"

[안 됩니다. 직접 쓰세요.]

신은 혀를 찼고, 조심조심 눈치를 살피던 카이에가 두 손을 모으고 기세 좋게 고개를 숙이느라 포니테일이 흔들렸다. 신은 '너한테 한 게 아냐.' 라고 말하듯이 한 손을 들었다.

참 나······. 신은 한숨을 쉬었다. 핸들러는 애초에 왜 보내지 않았는지 그 이유를 떠올린 모양이었다. 화를 억누르고 일단 진지한 목소리로 말을 이었다.

[분석이 되면 대책을 세울 수 있습니다. 정예인 당신들의 전투 기록이라면 더욱. 모든 전선의 소모율이 내려갈 수 있고, 그것은 당신들에게 좋은 일일 테니까 부디 협력해 주세요.]

"······."

신은 대답하지 않았고, 핸들러 소녀는 서글프게 침묵했다. 프로세서가 핸들러를 신용하지 않는 원인이 모두 핸들러 쪽에 있다는 것을 자각했겠지.

그리고 답답한 분위기를 타개하자고 생각했는지 애써서 밝은 목소리로 말했다.

[그러고 보면 문서의 날짜가 꽤나 예전 것이었는데, 어느 분에게 물려받았습니까? 아니면 혹시 그 무렵부터?]

"아, 이 녀석의 이건 처음부터 그랬어, 핸들러 원. 내가 만나기 전부터 계속 그랬어."

장난스러운 어조로 라이덴이 끼어들었다. 핸들러가 놀라서 눈을 깜빡이는 기척.

[베어볼프는 언더테이커와 이전부터 아는 사이입니까?]

카이에가 어깨를 으쓱였다.

"그보단 태반이 그래. 예를 들어 다이야와 앙쥬는 입대 이후로 계속 같은 부대였고, 나는 하루토랑 1년 함께 있었어. 세오와 크레나는 재작년부터 신 과 라이덴의 부대에 있었고. ……두 사람도 만난 지 2년 정도 됐던가?"

"3년이야."

라이덴이 대답하고 핸들러가 잠시 침묵했다.

[……종군한 지 얼마나 됐습니까……?]

"다들 4년차인가? 아, 언더테이커는 제일 길어서 올해로 5년차야."

핸들러의 목소리가 밝아졌다.

[그럼 언더테이커는 임기 종료까지 얼마 안 남았군요. ……퇴역하면 하고 싶은 일 있습니까? 가고 싶은 곳이나 보고 싶은 것.]

전원의 시선이 신에게 모였다. 역시 책에서 시선도 떼지 않는 채로 신은 뜬금없이 대답했다.

"글쎄. 생각한 적도 없군요."

[그렇, 습니까……. 하지만 앞으로 생각해 봐도 좋으리라 생각합니다. 뭔가 떠오를지도 모르고, 분명 즐거우리라 생각합니다.]

신은 희미하게 웃었다. 깜빡깜빡 졸던 새끼고양이가 두 귀를 세우고 고개를 들었다.

"그럴지도 모르겠군요."

제3장 어두운 저승 옆에서, 당당한 너의

레나가 스피어헤드 전대의 핸들러로 착임하고 보름이 경과했다.

그날 출격에서도 전사자는 없어서 레나는 느긋한 기분으로 완전히 일과가 된 프로세서들과의 지각동조를 기동했다. 저녁 식사 후, 밤 시간의 자기 방.

보름 동안 출격횟수는 다른 부대보다 훨씬 많았음에도 불구하고 스피어헤드 전대의 프로세서 중에 전사자는 나오지 않았다. 베테랑이 모인 정예부대란 말은 사실이겠지.

"전대원. 오늘도 수고 많았습니다."

일단 들려오는 것은 희미한, 멀리서 잡담하는 듯한 잡음. 프로세서들이 대답하면 그 목소리에 지워질 정도의 소리, 아마도 격납고의 소음이나 다른 구역의 야전 소리.

[수고 많았습니다, 핸들러 원.]

평소처럼 언더테이커가 처음에 대답했다. 결국 〈저승사자〉 같은 별명의 흔적도 느껴지지 않는, 항상 침착하고 조용한 목소리.

그 외에도 몇 명의 기척이 동조 너머에 있었고 그중 몇 명이 연이어 인사해 왔다.

말은 정중하지 않지만 부대의 좋은 형님격이라는 전대 부대장

베어볼프.

별거 아닌 잡담에도 잘 응해 주는, 예의 바르고 성실한 키르쉬블뤼테.

장난스러운 분위기 메이커인 블랙독.

부드러운 목소리를 가진, 우아한 스노윗치.

소녀처럼 부드러운 목소리면서 하는 말은 꽤 신랄한 래핑폭스.

언더테이커는 첫인상처럼 과묵한 성격인지 사무적인 연락 말고는 별로 말하지 않지만, 아무래도 매번 동조에 응해 주는 전원이 그 곁에 있는 모양이다. 동조하지 않는 대원도 같은 자리에 몇 명 있는 모양인 걸 보면, 그를 따르는 거겠지.

"언더테이커. 일단 저번에 요구를 냈던 보충물자의 반입일에 관한 이야기입니다만……."

핸들러와 신의 사무적인 대화를 들으면서 라이덴은 주워온 크로스워드 퍼즐 잡지로 한가한 밤 시간을 죽였다.

낡은 병영의 막사, 그 안의 신의 방. 주위에는 마찬가지로 이 방을 모임의 장소로 삼은 몇몇이 제멋대로 시간을 죽이고 있었다. 세오가 스케치에 몰두하고, 하루토와 카이에와 크레나는 카드 게임에 열중하였고, 묵묵히 예쁜 무늬의 레이스를 짜는 앙쥬와 망가진 라디오를 수리하는 다이야. 식당과 다른 방에서도 거기를 모임 장소로 삼은 이들이 있어서 떠드는 소리가 멀리서 들려왔다.

전대장인 신은 보고서 작성을 포함하여 몇몇 서류 작업이 있으므로 집무실을 겸해 막사 안에서 제일 넓은 방을 사용한다. 거기에 라이덴이 이런저런 부대 일을 상담하러 오고, 두 사람에게 장난을 치러 동료들이 얼굴을 내밀고, 그러다가 모임 장소가 됐다는 느낌이다.

방의 주인인 신 본인은 독서 공간만 확보할 수 있으면 다른 건 아무래도 좋은지, 고양이를 데리고 있든 체스 끝에 시끄럽게 말다툼이 일어나든 눈앞에서 광대 춤을 추든(이전에 정말로 쿠조와 다이야가 해 보았다) 전혀 관심이 없었다. 지금도 핸들러와의 대화는 건성이고, 자기 위치인 방구석의 파이프 침대에서 베개를 쿠션 삼아 끌어다 놓고 어디의 도서관에서 가져온 낡은 소설을 묵묵히 읽고 있었다. 품에는 또 매일 밤처럼 얌전히 잠든 다리가 하얗고 몸이 까만 새끼고양이.

정말이지 평화롭다고 생각하며 머그컵의 커피를 입으로 가져갔다. 스피어헤드 전대에서 대대로 레시피가 전해진 대용 커피. 재료는 막사 뒤에서 재배한 민들레인데, 플랜트에서 합성한 괴상한 풍미의 검은 가루로 끓인 괴상한 액체보다 훨씬 맛있다.

……할망구에게 먹이면 뭐라고 할까.

엄격하고 고집스러워서 사치를 하나도 하지 않았지만, 유일하게 커피만큼은 더없이 즐겼던 그 노파.

기호품의 재현성은 85구 안의 생산 플랜트라도 수용소나 기지의 합성식품과 큰 차이가 없다.

마치 진흙탕 같다고 매번 한탄했던 그 노파는 지금도 합성품이 맛없다고 개탄하고 있을까.

우리를 아직도 불쌍하게 여기고 있을까.

방울을 흔드는 듯한 핸들러의 목소리를 가로막듯이 새끼고양이가 높은 소리로 냐옹 하고 울었다.

대화 도중에 냐옹 하고 높은 소리가 들려서 레나는 눈을 깜빡였다.

"고양이……입니까?"

[아, 막사에서 기르고 있지요.]

대답한 것은 블랙독이었다.

[참고로 주워온 건 납니다. 여기에 갓 배속됐을 무렵에 전차포를 맞아서 날아간 집 앞에서 울고 있길래. 부모형제는 납작해졌지만 이 녀석만 무사해서.]

[그런데 왜인지 언더테이커를 제일 잘 따르지.]

[전혀 귀여워하지도 않고, 고양이가 애교 부려도 건성으로 쓰다듬을 뿐인데.]

[따른다고 할까, 좋은 침대라고 생각하는 거 아냐? 지금도 그렇잖아.]

[그래. 독서 중에는 안 움직이니까. 그럼 블랙독을 절대 안 따르겠네. 시끄러우니까.]

[너무해! 그보다 부조리해! 개선을 요구한다! 우~우~!]

떠드는 프로세서들의 모습에 레나는 가볍게 웃었다. 이러고 있으면 정말로 극히 평범한 동년대의 소년소녀들이다. 이 자리에 없는 게 신기할 정도로.

"이름은 뭐라고 하나요?"

흐뭇한 마음에 묻자, 동조한 전원이 거의 동시에 대답했다.

[까망이.]

[하양이.]

[니케.]

[꼬마.]

[키티.]

[레마르크.]

[……그러니까 지금 읽는 책의 저자명으로 부르는 건 아무리 그
래도 너무 대충이니까 그만두라니까. 그보다 뭐 읽는 거야, 진짜
취미도 안 좋아…….]

래핑폭스의 마지막 말만이 이름이 아니었다.

레나는 혼란에 빠졌다.

"어어……. 여러 마리입니까……?"

[이야기 들었잖아. 한 마리야.]

더더욱 혼란에 빠졌다. 보다 못한 블랙독이 도와주었다.

[다리 끝만 하얀 검정고양이죠. 그래서 이름도 까망이든 하양이
든 다 되고요. 딱히 이름을 정하지 않아도 다들 그때 내키는 대로
마음대로~ 적당히~ 부르니까 최근에는 그쪽을 보며 말만 하면
다가오게 됐지요.]

그렇군.

"……하지만 왜 그렇게?"

[……어어. ……그게.]

조금 머뭇거리고 대답하려다가.

갑자기 블랙독이 동조를 끊었다.

갑자기 크레나가 의자를 걷어차듯이 일어나서 뛰쳐나가고, 근처에 있었으니까 다이야가 뒤를 쫓았다. 의자가 쓰러지는 커다란 소리가 났다.

[……? 저기, 무슨 일입니까?]

다이야의 동조는 끊겼고, 크레나는 애초에 동조하지 않았다. 아무튼 신이 적당히 둘러댔다.

"아. 쥐가 나왔을 뿐입니다."

[쥐?!]

"……너무 대충이잖아."

슬쩍 말한 세오의 목소리는 핸들러에게 닿지 않았던 모양이다.

[쥐가 나왔습니까…….]

쥐가 무척 싫은지 조심조심 묻는 목소리에 건성으로 대답하면서 신은 크레나가 나간 조악한 문을 바라보며 눈을 가늘게 떴다.

복도 구석에서 다이야가 따라잡자, 크레나는 자기 속을 가라앉히도록 짧게 세게 숨을 내뱉었다.

왜 다들 저런 것과.

목소리를 듣기만 해도 구역질이 난다. 짜증이 나서 가만히 있을 수가 없다. 여태까지 밤의 이 시간은 모두와 함께 보낼 수 있는, 기분 좋은 소중한 시간이었는데.

"크레나."

"왜 다들 그런 여자랑."

"지금뿐이야. 조만간 저 공주님 쪽에서 연결하지 않게 돼."

평소의 경박함이 거짓말인 것처럼 차가운 눈으로 다이야는 어깨를 으쓱였다. 여태까지와 똑같다. 핸들러는 누구든 저 〈저승사자〉를 견딜 수 없다.

신의 별명의 진짜 유래를 그 소녀는 아직 모른다. 우연히 그런 적이 최근에 없었을 뿐이다. 그런 행운은 오래가지 않는다.

평범한 하얀 양 사이에 섞인, 재수 없고 이단적인 검은 양.

그런 생각으로 이름을 붙였는데, 지금은 《하얀 양》보다 훨씬 많다.

더욱 귀찮은 《양치기》도 많다.

크레나가 빠드득 이를 악물었다. 알고 있다. 알고는 있지만.

"신, 저런 녀석은 얼른 망가뜨리면 될 텐데."

들끓는 마음에 따라 독살스러운 목소리가 나왔다.

"하얀 돼지 따위에게 신경 쓸 것도 없는데. 동조율도 최저로 설정해 놓고."

"그게 보통이니까 그렇겠지. 신도 딱히 좋아서 망가뜨린 게 아니겠고."

소음이 지배하는 전장에서 올바른 의사소통을 꾀하기 위해 지각동조의 동조율은 아주 가까운 거리, 발언자의 목소리를 들을 수 있을 정도로 낮게 설정하는 게 일반적이다.

다이야가 조용히 물었다. 비난이 아니라 그저 걱정스럽게.

"그래도 말이지. 그 말을 신에게 할 수 있어? 마음에 안 드니까 너의 그걸로 부숴달라고, 그 녀석에게 할 수 있어?"

"……"

크레나는 입술을 깨물었다. 다이야의 말이 옳다. 실언이었다.

신은, 부대의 모두는 동료고 가족이다. 가족에게 그런 심한 소리는 절대로 할 수 없다.

신에게는 그것이 일상이다.

그런데.

"미안. ……하지만 역시 못 참아. 그 녀석들은 아빠와 엄마를 죽였어. 쓰레기처럼 사격의 표적으로 삼았어."

강제수용을 위한 호송 도중의 밤이었다. 어디에 맞을지, 얼마나 하면 죽을지를 내기 대상으로 삼은 백계종 병사들은 웃으면서 양친을 가지고 놀다 죽었다.

일곱 살 연상이었던 언니는 수용 직후에 전장으로 보내졌고, 지금 열다섯 살인 크레나보다 한 살 아래일 때 죽었다.

그때 쓰레기들을 쫓아내고 피로 젖으면서 양친을 치료하고, 결국 구할 수 없어서 크레나와 언니에게 사과했던 것도 백계종, 백은종 군인이었지만.

"하얀 돼지는 죄다 쓰레기야. ……절대로 용서 못 해."

잠시 뒤에 두 사람은 돌아왔고, 그때는 화제가 쥐 이야기에서 전선 특유의 풍경이나 에피소드 이야기로 넘어가고 최종적으로 예전에 카이에가 보았던 유성우 이야기가 나왔다.

시선을 보내는 라이덴에게 다이야는 어깨를 한 차례 으쓱인 뒤 라디오 수리로 돌아갔고, 크레나는 신의 옆, 바닥에 앉아서 새끼 고양이를 들어서 안았다. 사실은 새끼고양이를 안고 싶었던 게 아니다.

신이 자리에 고쳐 앉아 자리를 비우고 그녀를 부르자, 새끼고양이를 안고 얌전히 따랐다. 내키지 않는 얼굴을 하면서도 거리를 두고 침대 구석에 조용히 앉았다.

[——정말로? 키르쉬블뤼테. 정말로 그렇게 많은 별이?]

"셀 수 없을 정도였다. 2년 정도 전이었을까, 하늘 끝에서 별들이 후두둑 떨어졌다. 하늘 가득 빛이 흐르고——그건 장관이었지."

키르쉬블뤼테——카이에는 크레나가 빠져나간 자리에서 카드를 돌리며 끄덕였다.

그 유성우라면 라이덴도 보았다. 다만 적도 아군도 괴멸한 전장 한복판에서, 옆에 있던 것은 신뿐이고, 덤으로 《저거노트》의 에너지가 줄줄이 바닥나서, 잃어버렸던 파이드가 찾아줄 때까지 꼼짝도 할 수 없었다는 운치도 없고 웃기지도 않는 상황에서.

빛을 가져오는 인간이 없으니까 전장의 밤은 어둡다. 칠흑 같은 어둠이라는 것은 그런 것을 말하겠지. 지상은 죄다 어둠으로 물든 가운데에 푸르스름한 불꽃색의 빛이 계속해서 하늘을 흐르며 메우고, 짓눌릴 만큼 장엄하면서도 일절 소리도 없는 그 광경은 세계가 부서져서 그 파편이 불타며 쏟아지는 듯한, 이 세계의 마지막 밤처럼 처절한 아름다움이었다.

마지막으로 보는 게 이거라면 나쁘지 않을지도, 같은 소리를 하필이면 신을 상대로 한 것은 일생의 오점이다. 그 바보는 코웃음을 쳤다.

"그런 것은 두 번 다시 볼 수 없겠지……. 유성군 자체는 매년 볼 수 있다고 하지만, 유성우라면 수십 년 주기, 게다가 그 정도 숫자라면 백 년에 한 번도 없는 모양이다. ……아아, 이건 전에 있던 쿠조에게 들었는데."

[그건 아쉽군요……. 나도 보고 싶었는데요.]

"그쪽에서는 볼 수 없었나?"

[밤새 시내의 불이 꺼지지 않아서. 이쪽에서는 항상 별을 볼 수 없습니다.]

"그래."

카이에는 희미하게 웃었다. 그리워하는 웃음.

"그러고 보면 그랬을지도 모르지……. 이쪽은 밤이 진짜로 어둡다. 사람이 적고 장소도 떨어져 있고, 잘 때는 등화관제가 있지. 그러니까 이쪽에서는 평소에도 별이 예뻐. 하늘에 가득한 별이라는 게 이런 거겠지. 그건 틀림없이 여기 생활의 좋은 점이다."

[…….]

말을 마친 카이에, 핸들러는 침묵했다. 예상도 하지 않았던 대답이었겠지. 이 세계의 지옥에 있을 프로세서의 입에서 좋은 점이라는 말이 나오다니.

차분한 목소리가 들려왔다.

마음을 굳히고 물어보기로 결심한 목소리였다. 매도도 규탄도 받아들일 책임이 자기에게 있다는 듯한.

[키르쉬블뤼테. ……우리를 증오합니까?]

카이에는 잠시 머뭇거렸다.

"……그야 물론 차별당하는 건 힘들고 분하다. 수용소 생활은 힘들었고, 싸우는 건 언제든 무섭지. 그러니까 그걸 우리에게 강요하고, 에이티식스는 인간이 아니라 가축이니까 괜찮다고 말하는 놈들을 좋아할 순 없다."

뭔가 말하려고 하는——아마도 사죄나 자책을——핸들러를 가로막듯이 카이에는 말을 이었다. 그녀가 그런 말을 하게 할 생각은 없었다.

"하지만 백계종이 죄다 못된 사람이 아니라는 것도 안다. ……에이티식스 전원이 꼭 착하기만 한 것도 아닌 것과 마찬가지로."

[예……?]

카이에는 문득 씁쓸하게 입가를 일그러뜨렸다.

"나는 극동흑종이니까. 뭐, 수용소에서도 이전 부대에서도 많은 일이 있었다."

그녀만이 아니다. 앙쥬도 그렇고, ……아무런 말이 없지만 아마 신도 그렇다. 박해자의 피를 이은 백계종과의 혼혈이나 강제수용의 구실이 된 제국의 핏줄, 그것도 귀한 혈통은 에이티식스들의 불만의 대상이 되기 쉬웠고, 공화국에서는 극단적인 소수파인 동방, 남방계 민족도 별다른 이유도 없이 마찬가지였다.

에이티식스라고 오로지 피해자만 있는 건 아니다.

세계는 항상 보다 숫자가 적고 약한 이에게 차갑다.

"아무튼 마찬가지로 백계종 중에도 좋은 사람이 있는 건, 뭐, 난 본 적이 없지만 동료 몇몇은 알고 있으니까 이해한다. 그러니까 백계종이라는 이유만으로 증오하지 않아."

[그랬습니까…… . 나는 그럼 그분들에게 감사해야 하겠군요.]

카이에는 슬쩍 몸을 내밀었다. 동조한 상태에서도 마주 보고 이야기하는 듯한 동작은 무심코 나온다.

"나도 질문이 있어. 왜 그렇게 우리에게 마음을 주지?"

문득 불꽃의 이미지가 뇌리에 파고들어서 신은 눈을 들었다.

화재나 불장난의 기억은 없는데 이것은 핸들러의 기억일까.

[예전에 당신들과 같은 프로세서 분에게 도움을 받은 적이 있어서…… .]

레나는 떠올렸다.

[우리는 이 나라에서 태어나 이 나라에서 자란 공화국 시민이야.]

[지금은 아무도 그걸 인정하려고 하지 않지만, 그러니까 그 사실을 우리는 증명해야만 해. 나라를 지키며 싸우는 건 시민의 의무이자 긍지야. 그러니까 우리는 싸우지.]

도와준 그 사람의 그 말에 응하고 싶다고 생각하여 나는.

[자기는 공화국의 시민이라고 증명하기 위해 싸운다고 말씀하셨습니다. 그 말에 우리는 부응해야만 한다고 생각합니다. 싸우라고 요구하면서 지켜보지도 않고, 당신들을 알려고도 하지 않는 것은 거기에 반하는 행동입니다. ……용서받을 수 없습니다.]

그것은 너무나도 겉만 번지르르한 말이라서 라이덴은 슬쩍 눈을 가늘게 떴다.

카이에는 고개를 갸웃거리며 들었고, 다 들은 뒤에 생각하면서 입을 열었다.

"핸들러 원, 당신은 처녀구나."

──푸웃?!

핸들러가 입에 머금었던 차 같았던 것을 뿜어내는 소리가 들렸다. 동조한 전원이 뿜었다.

동조하지 않은 크레나와 하루토가 놀라기에 앙쥬가 설명하였고, 두 사람도 웃음을 터뜨렸다.

핸들러 소녀는 콜록콜록 기침을 했다.

카이에는 그런 반응에 눈을 껌뻑이면서 안색이 파래졌다.

"……아! 미안, 잘못 말했다! 처녀 같구나, 야!"

보통 그렇게 틀리지 않는다. 그리고 별 차이도 없다.

다이야와 하루토는 죽을 기세로 책상이나 벽을 쾅쾅 두드렸고 (옆방에서 시끄러워! 라는 키노의 고함소리가 들렸다), 어쩐 일로 신까지 어깨를 떨며 큭큭 웃었다.

카이에는 한층 허둥거렸다.

"어어, 그러니까 말이지. 세계는 꽃밭이라고 생각하는 여자애

같다고 할까, 흠 없이 완벽한 사상을 품었다고 할까, 그러니까 내가 말하고 싶은 건."

핸들러는 분명히 새빨개진 얼굴로 굳어 있다.

"……당신은 악인이 아니다. 그러니까 충고하는 건데."

간신히 마음을 추스르고 카이에는 말했다.

"당신은 그 일에 맞지 않는다. 하물며 우리와 엮이려 하면 안 돼. 우리는 그런 기특한 이유로 싸우는 게 아니고, 그러니까 당신이 우리랑 엮일 필요도 없다. ……후회하기 전에 다른 사람하고 바꾸는 게 좋다."

악인이 아니다, 라고 카이에는 말했다.

좋은 사람이라고는 말하지 않았다.

그 이유가 뭘까. 이때의 레나는 생각도 할 수 없었다.

†

"핸들러 원이 전대원들에게. 레이더에 적을 포착."

그날도 스피어헤드 전대는 모든 기체가 출격해 관제실의 스크린을 보면서 레나는 말했다.

"적 주력은 근접엽병형, 전차형의 혼성부대, 또한 이를 따라오는 대전차포병형이——."

[파악하고 있습니다, 핸들러 원. 포인트 478에서 요격 준비.]

"아…… 알겠습니다, 언더테이커."

적의 배치와 대처 작전을 전하려다가 도중에 말이 잘려서 허둥대며 뒤늦게 승인했다.

베테랑이 모인 스피어헤드 전대에게 레나의 지휘는 별로 필요가 없어서, 이 무렵 레나의 주된 일은 그들이 충분히 그 전투능력을 발휘할 수 있도록 지원하는 것이었다. 적 정세를 분석하거나 필요한 보급을 우선적으로 받을 수 있도록 조정하거나 자료창고에서 담당전역의 상세한 정보를 뒤지거나.

최근에는 전투구역 후방에 있는 요격포의 사용 허가를 받으려고 진정을 거듭하고 있었다. 사거리가 긴 요격포를 쓸 수 있으면 장거리포병형의 포격 지원을 다소나마 억누를 수 있다. 싸움이 꽤 편해질 터인데, 요격포는 한 번 쏘면 재설치할 필요가 있다. 에이티식스 따월 위해서 그런 수고를 들이기 싫다면서 수송부가 뻗댔기 때문에 허가가 나오지 않는 상태였다. 거기에 대해 푸념했을 때 래핑폭스는 '그건 이미 녹슬지 않았을까?'라고 말했다.

[언더테이커. 건슬링어, 위치에 도착했어.]

[래핑폭스가 언더테이커에. 제3소대도.]

각 소대의 배치가 착착 끝나간다. 《레기온》의 진로가 보인 것처럼 완벽한 매복의 포진.

스피어헤드 전대의 프로세서들은 《레기온》의 습격이나 진행 방향을 거의 예지하는 것처럼 움직인다. 뭔가 그들밖에 모르는 전조나 판단 기준이 있는 걸지도 모른다.

이게 끝나면 물어보자고 레나는 생각했다. 혹시 다른 전대에서도 응용할 수 있으면 급습으로 죽는 프로세서가 줄어들지도 모른다. 귀중한 정보가 각각의 현장에서 이용하는 걸로 끝나서 집약, 축적, 주지도 되지 않는 것도 이 일그러진 전투 시스템의 커다란 결점이다.

그건 그렇고, 어젯밤에 용케 발견한 제1전투구역의 전역지도를 보면서 말했다.

"언더테이커. 건슬링어의 배치를 건슬링어에게서 3시 방향 거리 500으로 이동해 주세요. 거기에서는 보이지 않겠지만, 높은 지대가 있습니다. 능선사격이 되겠고 시야를 더 넓게 확보할 수 있을 겁니다."

잠시 침묵이 있은 뒤에 언더테이커가 대답했다.

[확인하겠습니다. ……건슬링어, 그 위치에서는 보이나?]

[잠깐, 10초 줘. ……응, 분명히 있어. 이동할게.]

"주공인 제1소대와는 정반대 쪽의 위치가 됩니다. 언더테이커의 기본전술인 착란에 이은 각개격파 때, 전투 초반의 본대 위치에 대한 기만으로 이어질 겁니다."

베어볼프가 웃었다.

[말하자면 미끼란 건가. 공주님 같은 목소리면서 대단하군.]

"……전차형, 대전차포병형은 앙각을 취할 수 없습니다. 높은 곳에 있는 건슬링어를 직접 포격할 수 없고, 포격 위치 변경시에도 주변 지형이 차폐물이 될 테니까……."

[착각하지 마. ……나쁘지 않은 생각이야, 그렇지, 건슬링어?]

[모두에게 도움이 된다면 뭐든지 할게.]

척척 대답한 소녀의 목소리가 쌀쌀맞게 변해서 레나를 향했다.

[새 지도라도 발견했어? 편리하네.]

레나는 쓴웃음을 지었다. 이 건슬링어란 소녀에게서는 호감을 얻지 못한 모양이라 평소에는 동조해 주지 않고, 이따금 대화할 때면 노골적으로 퉁명스러운 태도를 취한다.

레나의 수중에 있는 지도는 과거에 국군이 세월과 노력을 들여서 자세하게 작성한 것이지만, 전시인 현재에 방어거점인 전선기지에는 비치되지 않았다고 한다. 대신 사용되는 것은 이전에 스피어헤드 전대원이 폐허 어딘가에서 가져온 지도로, 거기에 대대로 덧붙여가면서 운용했다나. 그 때문에 요격하기 쉬운 지점이나 이동하기 쉬운 진격 루트에는 어느 정도 밝지만, 그 이외의 지형지물에 관해서는 현장의 그들도 모르는 바가 많다.

"나중에 전송할까요?"

전투 중에 보내기에 데이터 용량이 너무 크지만, 끝나고 여유로울 시간이라면 괜찮겠지.

야유하는 투로 베어볼프가 말했다.

[괜찮겠어? 적성시민에게 군사기밀인 지도를 주다니.]

"괜찮습니다. 활용하지 않으면 정보의 가치가 없지요."

잘라 말하자 베어볼프는 허를 찔린 듯이 침묵했다. "헤에." 하고 가벼운 감탄을 띤 한숨.

애초에 레나가 종이박스 산 사이에서 발굴할 때까지 소재도 불명이었던 미관리 자료다. 복사는 물론이고 분실이나 도난이 있어도 파악할 수 없는 상황에서 기밀이고 뭐고 없다.

9년 전의 전쟁 초반에 정규군 장병은 후방요원에 이르기까지 전투에 내몰려서 괴멸하였기 때문에, 자료도 업무도 제대로 인계되지 않아서 그대로 어디 있는지 알 수 없게 된 자료가 많다.

그것을 문제시해야 할 직업군인의 정상적인 긍지도.

"그리고 여러분은 에이티식스가 아닙니다. 적어도 나는 그런 식으로 부를 생각이……."

[예이예이. ……어차, 온다.]

단숨에 긴박이 동조 너머를 채웠다. 몇 명이 어딘가 즐거운 기색마저 띠는 것은 전투에 익숙한 고참병이기 때문일까, 전투에 임하여 대량으로 방출된 아드레날린의 영향일까.

배에 울리는 포성이 동조를 통해 귀에 닿았다.

전투는 정신없이 《레기온》의 붉은 점을 착착 줄이면서 이행됐다.

스피어헤드 전대는 전투구역 안의 원생림을 경유하여 제1소대를 우회시켜서, 화력은 세지만 기동력, 방어력이 낮은 대전차포병형을 먼저 섬멸. 이어서 근접엽병형과 전차형의 혼성부대를 원생림 안으로 끌어들이고 분단하여 각개격파를 거듭하였다. 장애물이 많은 숲속이면 자잘한 움직임이 어려운 전차형은 기동력을 살릴 수 없고 사거리도 크게 제한된다. 공간이 없으니까 《레기온》은 소대 규모의 부대로 분산될 수밖에 없고, 압도적일 정도의 수적 유리함도 살릴 수 없다.

옆에서 보기엔 익숙한 작업인 것처럼, 하지만 실제로는 그럴 리가 없는 전투. 지금도 날아오는 포탄을 아슬아슬한 타이밍으로 피하는 《저거노트》 한 기——《키르쉬블뤼테》가 나무들 너머로 뛰어들어서 그대로 전차형의 좌측면을 노리기 위해 질주했다.

레나는 소름이 끼쳤다. 전차형의 위치가 이상하다. 다른 적기의 위치에서 보면 그것은 거기에 있을 리가 없다. 본래 항상 염두에 두어야 할 원호가 거기서는 불가능하다.

황급히 확인한 진행방향. 전역지도상에 명기된, 하지만 아마 키르쉬블뤼테는 모르는, 겉보기로는 뭔가로 파묻힌 그것——.

"그쪽은 안 됩니다, 키르쉬블뤼테!"

[어?]

제지는 이미 늦어서.

《키르쉬블뤼테》를 알리는 점이 레이더 스크린 위에서 부자연스럽게 멈추었다.

"큭……. 뭐지, 습지……?!"

갑자기 크게 기울면서 정지한 기체 안에서 카이에는 짜증스럽게 머리를 흔들며 신음했다. 스크린의 영상으로는 기체의 두 앞다리가 반쯤 지면에 파묻혔고, 그건 어두운 원생림 안, 작은 초원으로 보이는 습지였다. 접지압이 높은 《저거노트》가 힘들어하는 연약한 지반.

물러나면 빠져나올 수 있다. 그렇게 판단하고 두 조종간을 고쳐 쥐고——.

[키르쉬블뤼테, 거기서 벗어나!]

신의 경고에 고개를 들었다. 시선을 따라서 《키르쉬블뤼테》의 광학 센서가 위를 향했다.

눈앞에 전차형이 있었다.

"……아."

전차포탄의 최저기폭거리 안. 그러니까 전차형은 냉철하게 앞다리를 휘둘렀다. 거기에 낀 자가 아무리 울부짖든 개의치 않고 짓뭉개는 톱니바퀴의 무자비함으로.

"싫어."

울음을 터뜨리기 직전의 어린애처럼 힘없는 목소리였다.

"죽기 싫어."

신음소리를 내며 50톤 중량을 고속 구동시킨 거대한 다리가 《키르쉬블뤼테》를 옆으로 날려버렸다.

접합부가 약해서 일정 이상의 충격을 받으면 그 안에 든 사람까지 통째로 날아가는, 프로세서들이 기요틴이라고 부르며 싫어하는 크램쉘 형태의 캐노피가 그 별명 그대로 날아갔다.

잘려나간 둥그런 무언가가 툭 하고 떨어지고, 녹음 너머로 굴러가서 사라졌다.

말을 잃은 것은 잠시, 노성과 비통함과 분노가 통신망을 뒤흔들었다.

[키르쉬블뤼테?!————제길!]

[언더테이커, 회수하러 갈게, 1분만 줘! 저대로 내버려 둘 순 없어!]

거기에 응하는 신의 목소리는 한없이 조용했다. 얼음을 가둔 겨울밤의 깊은 호수 같았다.

"안 돼, 스노윗치. ……낚시다. 매복이 있어."

카이에를 죽인 전차형이 아직 근처에 숨어 있다. 부상당한 전우나 사체를 미끼로, 회수하러 접근하는 적병을 죽이는 방식. 고전적인 저격병의 상투 전술.

숨을 삼킨 앙쥬가 격정에 계기판을 두들기는 둔한 소리. 보다 못해 《스노윗치》가 쏜 57mm 유탄이 《키르쉬블뤼테》와 그 주변을 폭염으로 뒤덮었다.

"키르쉬블뤼테는 전사. 키노, 제4소대의 원호에 임해. ……적 잔존병도 그리 많지 않아. 키르쉬블뤼테의 빈자리를 찔리기 전에 정리한다."

[라져.]

응답은 비통함과 분노를 띠면서도 감정에 지배되지 않아 냉정했다. 동료가 눈앞에서 날아가는 광경도, 갑자기 시그널 로스트로 변하는 우군기의 표식도, '네임드'인 그들은 진절머리 날 만큼 보았다. 슬퍼하는 것은 전투가 끝난 뒤에, 그럴 수 없으면 같은 사체가 될 뿐이라고 싫을 만큼 명심한 이성이 감정을 버리고 필요한 냉철함을 지켰다. 전장이라는 광기에 적응해버린, 인간보다는 전투기계에 가깝게 되어버린 의식이 이뤄낸 그것.

고작 한 호흡, 정말 찰나만 발을 멈추었던 네 다리의 거미들이

찰칵찰칵 하는 기분 나쁜 소리를 내며 다시금 나무 그늘 속의 암흑을 기어다니기 시작했다.

저승이 코앞에 있는 희미한 어둠 속, 죽은 동료의 길동무로 너나 할 것 없이 목 졸라 죽여 끌고 가려고 꿈틀거리고 방황하는 망자의 백골처럼.

그로부터 머지않아서 《레기온》 부대는 전멸했다. 철수한 것이 아니라 말 그대로 전멸당했다.

그것이 남은 프로세서들의 의지처럼 느껴져서 레나는 가슴이 아팠다.

그저께, 고작 그저께에 나누었던 유성우 이야기와 긍지 높은 말이 되살아나서 후회가 밀려들었다.

혹시 더 일찍 이 지도를 발견했으면.

혹시 경고가 한발 빨랐으면.

"상황 종료.──전대원 여러분, 수고하셨습니다."

[…….]

대답하는 목소리는 없었다. 다들 제각기 슬퍼하는 거겠지.

"키르쉬블뤼테는…… 아쉽게 됐습니다. 내가 더 제대로 했으면…….."

그 순간.

무시무시한 침묵이 동조 너머를 채운 듯하였다.

[……아쉬워?]

래핑폭스가 되물었다. 폭발 직전의 뭔가를 억지로 억눌러서, 조용하면서도 어딘가 삐걱대는 듯한 목소리였다.

[뭐가 아쉬워? 네가 보기론 에이티식스 한두 마리가 어떻게 죽든 집에 돌아가면 싹 잊어버리고 저녁이나 즐길 정도의 이야기잖아? 얌전한 목소리나 하고, 뻔뻔해.]

무슨 소리를 하는 건지 한순간 정말로 알 수 없었다.

곧바로 말이 나오지 않는 레나를 어떻게 생각한 것인지 한숨을 섞어가면서 래핑폭스는 말을 이었다. 이번에는 적의를 숨기지도 않고 노골적으로 험악함이 어린 목소리로.

[네가 차별을 하지 않네, 돼지 취급하지 않네, 고결하고 선량한 정의입네 하는 착각 속의 성녀님 기분을 즐기고 싶다면 이쪽이 한가한 때에 얼마든지 어울려주겠어. 하지만 분위기 좀 파악해. 이쪽은 방금 동료가 죽었어. 그럴 때까지 네 위선에 어울려줄 순 없다고. 그 정도는 알아먹어.]

"위──."

위선?

[아니면 뭔데? 동료가 죽어도 아무 생각이 없을 거라고 생각해? ──아하, 그럴지도, 너희에게 에이티식스는 에이티식스, 너처럼 고상한 인간님과는 다른 인간 이하의 돼지겠지!]

"아……."

뜻하지도 않은 말을 들어서 머릿속이 새하얗게 됐다.

"아닙니다! 나는 그런……!"

[아냐? 뭐가 아닌데? 우리를 전장에 몰아넣고 병기 취급이나 해

서 싸우게 하고, 자기만 벽 안에서 느긋하게 구경이나 하고, 그걸 태연한 얼굴로 누리는 지금 너의 그 상태가 에이티식스 취급이 아니면 대체 뭔데?!]

"……."

동조를 통해 전해지는 프로세서들의 감정은.

몇몇은 무관심하고, 기타 다른 이들은 래핑폭스를 포함하여 정도의 차이는 있어도 차가운 시선을 하고 있는 듯했다. 적의나 경멸, 아니면 체념. 그런 차가운 감정.

[에이티식스라고 부른 적이 없어? 부른 척이 없을 뿐이겠지! 뭐가 나라를 지키는 게 시민의 긍지고, 뭐가 거기에 부응해야 한다는 거야. 우리가 원해서 싸운다고 생각해? 너희가 우리를 가두었어! 싸우라고 강제했어! 9년 동안 수백만 명이나 죽였잖아?! 그걸 막지도 않고, 그저 매일 다정하게 말을 걸면 그게 인간 취급이라니, 머리 어떻게 된 거 아냐? 애초에 너!]

그리고 래핑폭스는 한 치의 용서도 없이 그걸 후비며 찔렀다.

인간으로서 접했다고 생각했다. 그것만큼은 하려고 했던 레나의 결정적인 가축 취급인 그 증거를.

[우리 이름조차, 한 번도 물어본 적이 없잖아!]

숨이 막혔다.

"아……."

돌이켜보니 정신이 멍해졌다. 그랬다. 모른다. 듣지 않았다. 그

누구의 이름도, 반드시 처음에 대답해 주는 언더테이커도, 제일 많이 대화에 응해 준 키르쉬블뤼테의 이름조차도, 물론 자기 이름조차도 말하지 않았다. 핸들러 원. 그들의 관리자이자 감시자라는 역할명만으로 태연하게 말하였다.

합의가 있었다고 해도, 그렇지 않다면 같은 인간을 상대로 허용되기 어려운 무례다.

그런 짓을 태연하게. 전혀 자각도 없이 하였다.

가축은 가축으로 대접해야 해.

태연하게 그렇게 말한 어머니와 여태까지 자신의 행동에. 말로 하지 않았다는 것 이외에 대체 무슨 차이가——.

온몸이 바들바들 떨렸다. 눈물이 뚝뚝 흘러내리고 아무런 말도 할 수 없는 주제에 꼴사나운 오열이 새어나오려는 것을 두 손으로 입을 틀어막아서 참았다. 자각하지 않았을 뿐이었다. 모두를 짓밟으며 내려다보고, 그걸 당연하게 생각하며 부끄럽게 여기지도 않은 스스로의 추악함이 두려웠다.

베어볼프가——아니, 여태까지 그렇게 불렸던, 이름도 얼굴도 모르는 유색종 소년이——목소리를 낮게 깔고 끼어들었다.

[세오.]

[라이덴! 이런 하얀 돼지를 감쌀 것——!]

[세, 오.]

[……큭, 알았어.]

혀 차는 소리가 한 차례. 뚝 하고 래핑폭스의 기척 자체가 동조에서 사라졌다.

마음속의 감정을 그걸로 토해내려는 듯한 탄식을 길게 내뱉은 뒤 베어볼프가 이쪽으로 의식을 돌렸다.

[핸들러 원. 동조를 끊어줘.]

"……베어볼프, 저기."

[전투는 끝났다. 이미 관제할 의무도 없겠지. ……래핑폭스의 말이 지나쳤지만, 우리도 너와 친하게 잡담하고 싶은 기분이 아니야.]

목소리는 차갑지만 규탄의 울림이 없는 그 어조는 레나에게 오히려 더 잔혹하게 느껴졌다.

무례함을 탓하지 않고 질책도 않는 것은 포기했기 때문이다. 무슨 말을 하든 귀담아듣지 않는다. 말을 하는 척할 뿐이지 누구의 말이든 듣지도, 받아들이지도 않는다. 사실은 자기가 한 말의 의미조차도 이해하지 못하는, 사람의 형태를 한 돼지다, 그렇게 체념했기 때문이다.

"……미안합니다."

떨리는 목소리로 가까스로 대답하고 한 템포 뒤에 동조를 끊었다. 아무도 그 말에 대답하지 않았다.

동료들의 그것과 함께 핸들러와의 동조를 끊은 뒤, 세오는 아주 기분이 안 좋았다.

잠시 뒤에 앙쥬가 동조를 연결했다.

[세오 군.]

"……나도 알아."

퉁명스러운 목소리가 나왔다.

너무나도 어린애 같은 그 울림이 싫어서 세오는 짜증스럽게 입술을 삐죽거렸다.

[마음은 알지만 지나쳤어. 아무리 사실이라고 해도 그런 식의 말은 좋지 않아.]

"알고 있어. ……미안."

알고는 있다. 그러면 안 된다고 다들 정했고, 그건 그렇게 말로 할 것도 없이 자연스럽게 이해한 것이었으니까 여태까지 계속 지켜왔는데.

하고 싶은 말을 죄다 떠오르는 대로 사납게 쏟아냈지만, 그래도 마음은 정리되기는커녕 더욱 짜증이 나고 뒤숭숭해서 안 좋았다. 분노를 퍼부을 이유도 없는, 둘도 없는 동료들에게까지 바로 덤벼들 정도로.

깨뜨려버렸다. 중요한 약속이었는데, 그런 하얀 돼지 때문에.

그래도 참을 수 없었던 것은 분명.

[……대장 때문에?]

"……그래."

머릿속에 떠오르는 커다란 뒷모습.

열두 살에 입대해서 최초로 배치된 부대의 대장이었다.

밝고 쾌활하며, 부대 안에서도 미움을 샀다. 세오도 그때는 정말 싫어했다.

웃는 여우의 퍼스널 마크는 그에게 물려받았다. 대장의《저거노트》의 캐노피 밑에서 밝게 웃던 여우는 그 무렵 그림 따윈 그려본 적도 없었던 세오의 실력으로 몇 번이나 다시 그려도 입꼬리를 곤두세우고 웃는, 심술궂은 여우의 그림으로밖에 보이지 않았다.

그와 똑같은 얼굴을 하고 성녀 행세를 하는 하얀 돼지가 선량한 척 카이에의 죽음을 한탄하는 것을 세오는 용서할 수 없었다.

용서할 수 없었지만, 그 때문에 저지른 짓은 결국.

"⋯⋯미안, 카이에."

불타버린 《키르쉬블뤼테》의 잔해를 바라보며 눈을 감았다. 묘를 만들어 줄 수도, 데리고 돌아갈 수도 없는, 너무나도 익숙해진 동료의 주검.

"돼지랑 똑같은 짓을 해서 네 죽음을 더럽혔어."

많은 일이 있었을 텐데도 마지막까지 원망하지 않았던, 긍지 높은 너를.

누군가가 죽은 날의 밤, 대원들은 홀로, 혹은 누군가와 함께 각자의 방식으로 그 죽음을 추모한다. 그러니까 이날 밤 신의 방을 찾아오는 이는 없었다.

달빛과 별빛이면 충분하니까 전등을 끈 방, 차갑고 푸른빛이 들어오는 책상 앞에 앉아서 조용히 눈을 감았던 신은 조심스럽게 유리창을 두드리는 소리에 그 핏빛 눈을 떴다.

막사 바깥 창문 밑, 거기 있는 파이드가 2층인 여기까지 크레인 암을 뻗어서 그 끝의 매니퓰레이터로 집은 몇 센티미터 정도의 얇은 금속조각을 내밀었다.

"고마워."

"삐이."

그것을 받자, 파이드는 광학 센서를 한 차례 깜빡인 뒤에 찰칵거리며 발길을 돌렸다. 컨테이너에 가득한 잔해를 자동공장의 재생로로 옮기는 《스캐빈저》의 본래 역할.

미리 펼쳐둔 천 위에 금속조각을 놓았을 때 지각동조가 기동했다.

간단한 공구함을 넣은 꾸러미를 풀려던 손을 순간 멈추고 신은 눈썹을 찌푸렸다. 동조 대상은 신 한 명, 상대는 이 기지의 그 누구도 아니다.

[…….]

저쪽에서 연결해왔으면서도 상대가 아무 말도 없었기에 신은 한 차례 탄식한 뒤에 입을 열었다. 동조 너머의 초연한 기척.

"무슨 일입니까, 핸들러 원?"

움찔 하고 어깨를 떨 듯이 기척이 흔들리고, 그것을 끝으로 말이 없었다. 주저하는 듯한 침묵에 신은 아무런 관심도 없이 상대가 말을 꺼내기를 기다렸다.

중단된 작업을 재개하고 꽤 시간이 지난 뒤에 간신히 핸들러 소녀는 조심스럽게 입을 열었다. 거칠게 거절당할 것을 예상하여 조심스럽게 말을 붙이듯이 가녀린 목소리. 신은 이번에는 손을 멈추지 않았다.

[……저기.]

거절당하면 얌전히 끊자고 생각했다.

그럴 각오였으니까 여태까지와 마찬가지로 조용한 목소리에 레나는 오히려 겁을 집어먹었다.

몇 번이나 호흡을 가다듬고 이번에야말로 말하자고 몇 차례나 생각하고서야 간신히 목소리가 나왔다.

"……저기, 언더테이커. 지금, 괜찮습니까……?"

[예. 말씀하시죠.]

조용하고 온화한, 감정이랄 것이 전혀 없는 목소리가 담담히 대답했다.

그것은 역시 여태까지와 전혀 다를 것 없는 목소리와 어조라서, 그것들은 침착한 성격 때문이 아니라 이쪽에게 아무런 관심도 없기 때문이라는 것을 처음으로 깨달았다.

또 겁먹어 움츠러들려는 마음을 질타하여 깊이 고개를 숙였다.

아마 이것도 사실은 비겁한 짓이다.

사실은 처음부터 전원에게 말해야 했다. 하지만 래핑폭스나 베어볼프가 더 연결해 주지 않을 것을 알면서도 동조를 시도할 용기는 없어서.

"미안합니다. 낮의 일도, 여태까지의 일도. 정말로 미안했습니다. ……저기."

무릎 위에 둔 두 손을 꾹 움켜쥐었다.

"나는 레나. 블라디레나 밀리제라고, 합니다. 이렇게, 늦은 시간이지만…… 당신들의 이름을, 가르쳐줄 수 없겠습니까……?"

잠시 동안 침묵이 있었다.

레나에게는 두려울 정도의 침묵이었다. 멀리서 들리는 희미한 잡음과 그것을 더욱 뚜렷하게 하는 침묵.

[……래핑폭스의 말을 신경 쓰는 거라면.]

무관심한 목소리였다. 차갑게 들이대는, 그저 사실만을 말할 뿐이라는 목소리.

[그건 필요 없습니다. 딱히 그게 우리 모두의 뜻인 것은 아닙니다. 현재의 상황을 당신이 만든 것도 아니고, 당신 혼자의 힘으로 철회할 수 있는 게 아님을 압니다. 당신에게 불가능한 일을 하지 않았다는 비난이 있었다고 마음 상할 필요는 없습니다.]

"하지만…… 이름도 알려고 하지 않았던 것은 내 잘못입니다."

[그것도 필요가 없기 때문이겠죠. 왜 《레기온》에게 방수되지 않는 지각동조에서도 의무적으로 식별부호를 사용하게 하고 프로세서의 인사 파일도 공개되지 않는다고 생각합니까?]

레나는 입술을 다물었다. 별로 유쾌하지 않을 그 대답은 쉽사리 상상이 갔다.

"핸들러가 프로세서를 인간으로 생각하지 않게 하려고, 입니다."

[예. 프로세서는 대부분 1년도 못 가서 죽습니다. 그 대량의 죽음을 핸들러 혼자서 짊어지는 건 너무 버겁다고 생각했겠죠.]

"그건 비겁합니다! 나는."

사실을 깨닫고 목소리에서 힘이 사라졌다.

"나도 비겁했습니다. ……비겁한 채로 있고 싶지 않아요. 내게 이름을 말하는 게 싫지 않다면, ……부디 가르쳐 주지 않겠습니까?"

의외로 끈질긴 핸들러 소녀에게 신은 다시금 탄식했다.

"……오늘 전사한 키르쉬블뤼테의 이름은 카이에 타니야라고 합니다."

[!]

동조 너머에서 기쁜 듯한 감정이 솟아났지만, 그것이 오늘 죽은 소녀의 이름이라는 사실을 생각했는지 곧 자제하였다. 대조적으로 신은 담담하게 동료들의 이름을 말했다.

"부대장인 베어볼프가 라이덴 슈가. 래핑폭스, 세오토 릿카. 스노윗치, 앙쥬 에마. 건슬링어, 크레나 쿠쿠미라. 블랙독, 다이야 이르마──."

스무 명 전원의 이름을 다 말하고, 마지막으로 핸들러가 마무리를 지었다.

[나는 블라디레나 밀리제입니다. 부디 레나라고.]

"방금 들었습니다. ……계급은."

[아…… 그렇군요. 소령입니다. 갓 달았지만요.]

"그럼 앞으로 밀리제 소령님이라고 부르겠습니다. 괜찮겠습니까?"

[……으음.]

어디까지나 상관으로 대하려는 신에게 레나는 쓴웃음을 지은 듯했다.

그리고 문득 물어보았다.

[오늘은 아무도 없는 모양인데. ……뭘 하고 있었습니까?]

잠시 신은 침묵했다.

"——이름을."

[예?]

"카이에의 이름을 남기고 있습니다. ……우리 에이티식스에게는 묘가 없으니까."

작은 금속조각을 푸르고 투명한 달빛에 비추었다. 얇은 장방형의 알루미늄 합금에 공구로 새긴 카이에의 풀네임과 핑크색과 검정색 염료로 적힌 문자의 일부. 다섯 개 꽃잎의 벚꽃 위에 그녀의 민족의 글자로 '벚 꽃'이라고 적힌 그것은 카이에가 탄 《저거노트》의 퍼스널마크다.

"처음에 있던 부대에서 다른 이들과 약속했습니다. 죽은 이의 이름을 그 녀석의 기체 파편에 새겨서, 살아남은 이가 가지고 있자고. 그렇게 마지막까지 살아남은 이가 도착하는 장소까지 전원을 데려가자고."

실제로 그 무렵에는 전사자의 기체 조각마저 회수할 수 없는 경우가 많았다. 긁어모은 금속조각이나 나뭇조각에 못으로 긁어서 이름을 새긴 것만이 그 사람이 존재한 증거였다.

거의 확실하게 기체 조각을 입수할 수 있게 된 것은 파이드가 그것을 학습한 뒤였다. 최대한 캐노피 바로 밑, 퍼스널 마크가 그려진 장갑표면의 일부를 떼어오는 것도.

그것들은 모두 《언더테이커》의 콕핏 비품함에 들어있다. 최초에 있던 부대의 대원들, 그 뒤로의 전원. 그런 그들과 나눈 약속을 이루기 위하여.

"그때는 내가 마지막이었고 여태까지 계속 그랬습니다. 그러니까 나는 데려가야만 합니다. 나와 함께 싸우고 죽은 모두를, 내가 도달하는 곳까지."

 레나는 그 조용한 목소리에 가슴이 흔들렸다.

 조금 전까지와 달리 아무런 감정이 없기 때문이 아니라는 걸 왠지 알 수 있었다.

 갑자기 부끄러워졌다.

 주위의 죽음을, 수많은 죽음을, 그저 묵묵히 받아들이고 물려받아서, 한탄 한마디도 늘어놓지 않고 당연하다는 듯이 그걸 모두 짊어지고서.

 자신은 낮에 한 사람의 죽음으로 드러난 진실을 똑바로 보려고 하지 않은 채 한탄만 했다. 그러므로 그때는 동료의 죽음을 조용히 짊어지려는 그들에게 너무나도 못된 짓을 한 것이리라.

 "여태까지, 몇 명이나 됩니까······?"

 [561명입니다. 카이에를 포함해서.]

 즉답에 드디어 입술을 깨물었다. 레나는 자신이 지휘한 자들 중에서 죽은 사람의 숫자도 기억하지 못한다. 훨씬 더 적은데도 정확히 몇 명이냐고 묻는다면 떠올려서 헤아려야만 한다.

 "······그러니까 당신은 《장의사》인 거군요."

 [그런 이유도 있습니다.]

 수많은 동료를 조용히 매장하고. 만들 수 없는 묘 대신 작은 알루미늄 묘비와 기억을 품고.

모두가 따르는 것도 당연하다. 이 언더테이커란 소년은 마음 착한 거겠지——.

거기까지 생각하고.

레나는 눈을 치떴다.

[언더테이커, 저기.]

그렇게 불리고도 아직 그 사실을 깨닫지 못했다는 점에서 신이 그 근본에 품고 있는, 만사에 대한 관심이나 집착이 적다는 점이 드러났다. 그것은 레나에 대한 것이든, 그리고 신 자신에 대한 것이든.

[당신의 이름을 못 들은 것 같습니다만……?]

신은 눈을 깜빡였다. 이름을 밝히고 싶지 않습니까? 라고 물어왔지만 그런 것은 아니다. 단순히 잊어버린 것이다.

"실례했습니다. 신에이 노우젠입니다."

신으로서는 이름도 퍼스널 네임도 식별을 위한 기호, 어느 쪽으로 불리든 상관없으니까 짧게 말했는데—— 하지만 레나가 크게 숨을 들이마시기에 시선을 들었다.

[노우젠……?!]

멍하니 중얼거리는 레나를 이상하게 여길 틈도 없이.

콰당! 하고 동조 너머에서 의자나 뭔가가 쓰러지는 소리가 났다. 기세 좋게 일어나는 기척.

[혹시 쇼레이 노우젠이라는 분을 모릅니까?! 듈라한이라는 퍼

스널 네임의, 목 없는 해골 기사의 퍼스널 마크를 단……!]

신은 살짝 눈을 치떴다.

✝

"전장을 보러 가자, 레나. 거기서 무슨 일이 일어나는지, 그 전부를."

그날 공화국 육군 대령 바츨라프 밀리제는 열 살이 되는 외동딸 레나를 데리고 정찰기로 전선에 나갔다.

"……전쟁을, 하고 있지요? 아버님?"

"음, 그래. 그리고 그와 동시에 우리는 더 심한 짓을 하고 있다."

바츨라프는 공화국 정규군의 몇 안 되는 생존자로, 그와 부하들이 가족과 동포를 지키려고 필사적으로 싸우는 동안에 사랑하는 조국은 그들의 긍지를 짓밟는 악법을 제정하였다.

지켜야 할 시민의 일부를 인간 이하로 규정하고, 내쫓아서 가두고 싸우게 한다.

어느 작은 마을에서 일어난 사건은 지금도 잊을 수 없다.

전멸한 정규군 대신 즉석에서 긁어모은 신병은 태반이 스스로의 부족함과 태만함 때문에 실직한 이들로, 교육도 부족하였고 무엇보다도 처음으로 받은 임무가 같은 시민에게 총을 들이대고 내쫓는다는 것이었다. 애초부터 부족했던 도덕은 순식간에 땅에 떨어지고, 어떤 부대든지 약탈과 폭행이 만연하였다.

두 자식의 눈앞에서 그 양친을 웃으면서 가지고 놀다 죽이던 자들도 기억한다.

언니인 듯한 소녀의 비통한 통곡과 동생인 듯한 여자아이의 울지도 못하고 얼어붙었던 눈동자를 지금도 바츨라프는 잊을 수 없다.

그 아이들은 평생 백계종도 공화국도 용서하지 않겠지.

"……그만두게 해야 해……. 이런 짓은, 하루빨리……."

어린 딸에서 벽의 바깥 모습을 보여주기 위해 정찰기를 천천히 날았다.

제1구의 주민은 바깥으로 나가는 일이 거의 없다. 가장 바깥 구역인 생산 플랜트가 있는 구릉지와 태양광, 지열, 풍력 발전 플랜트가 있는 평원과 숲을 넘어서 산맥 같은 그랑 뮬의 위용을 내려다보는 동안은 처음 보는 광경에 눈을 반짝이던 레나도 조악한 병영을 철조망과 지뢰밭으로 둘러싼 강제수용소가 저녁의 초원에 점점이 있는 황량한 풍경이 펼쳐질 무렵에는 얼굴을 흐리며 입을 다물었다.

가라앉은 표정으로 창밖을 바라보는 딸에게 바츨라프는 미소를 지었다. 똑똑한 아이다. 애써 말로 가르치지 않아도 이렇게 보고 배우고 생각하는 거겠지.

아무리 그래도 군용기를 개인적인 용도로 가져와서 허가도 없는 민간을 태우는 것은 명확한 규율 위반이지만, 알 바 아니었다. 어차피 지금 공화국군은 근무 시간 중에 도박이나 게임, 근무가 끝나면 술과 여자밖에 흥미가 없는, 군인이라고는 이름뿐인 쓰레기밖에 없으니까.

"전선기지를 조금 넘은 정도까지는 돌아볼 수 있을까. 전장도 보여주고 싶군."

　조종간을 잡은 파일럿에게 말했다. 보통 85구 밖으로 날 기회라 곤 전혀 없었는데 정찰기로 장거리 비행 허가가 나와서 신이 난 얼굴을 한 파일럿은 가볍게 고개를 끄덕였다.

　"알겠습니다, 대령님. ……하지만 그 근처는 규칙상 수송대 녀 석들이 비행을 금지한 구역입니다만?"

　"뭐, 문제없겠지. 경합구역까지 들어가는 것도 아니고, 게다가 이 속도면 밤은 되어야 도착해. 《레기온》들은 움직이지 않아."

　《레기온》은 기본적으로 주행성으로, 그것은 그들이 전기로 구 동하기 때문이다. 평소에는 지배지 안쪽의 발전공장형_{아 트 미 랄}에게서 에 너지팩을 공급받지만, 그걸 다 쓴 긴급시에는 《레기온》 각자가 수납식 패널을 펼쳐서 태양광 발전을 한다. 밤에는 당연히 발전 할 수 없으니까 움직일 수 없는 상태로 격파되는 것을 피하기 위 해 야전을 피하는 경향이 있는 모양이다.

　본심을 말하자면 《레기온》과의 치열한 전투도 레나에게 보여주 고 싶었는데…….

　그렇다고 딸의 안전과 맞바꿀 수는 없어서 자그만 뒷모습을 보 며 바츨라프는 쓴웃음.

　다만 바츨라프는 잊고 있었다.

　어쩌면 그 자신도 전장에서 죽는 것은 에이티식스뿐이라고, 남 의 일처럼 생각했든가.

《레기온》 포위 속에서 다른 나라와의 교류가 완전히 사라지고, 항공기의 지상공격도 이루어지지 않는 이유.

슈타펠슈바인.

개전과 동시에 공화국의 거의 전역에 뿌려져서 항공 전력을 괴멸시킨 존재. 전자방해용 나비들 사이에 몸을 숨기고, 지금은 바늘의 산을 이룬 대공자주포형 《레기온》.

인간이 만든 불빛이 드문 전쟁터의 어두운 밤하늘에 귀를 찌르는 굉음과 함께 붉은 폭염이 흩어졌다.

좌익 쪽의 로터에 피탄. 정찰기는 불꽃의 꼬리를 내뿜으며 기울고 순식간에 지표면으로 다가가서──.

그 광경을, 야간 초계임무에 나갔던 어느 전대의 전대장이 목격했다.

"……어이, 지금 그거 정찰기인가?"

"어? 음. 됐어, 내버려둬, 듈라한. 어차피 또 유람비행하는 멍청이 돼지겠지. 하얀 돼지가 몇 마리 죽든 우리 에이티식스로선 만만세잖아."

전대장은 아랑곳 않고 캐노피를 닫더니 기체를 일으켜 세웠다. 붉은 머리칼. 안경 안쪽의 검은 눈동자.

"어이, 듈라한……"

"구조하러 간다. ……너희는 초계를 계속해."

눈을 뜨자 불바다였다.

두 손을 짚어 상체를 일으키고 웅크려 앉은 뒤 레나는 주위를 두리번거렸다.

죄다 불타고 있었다. 아버지도 불에 타서 움직이지 않았다. 가슴부터 위가 사라진 모습이었다.

밖에서 뭔가, 소리치는 목소리와 커다란 소리가 들려서 해치에서 기어나갔다.

불꽃색을 둔하게 반사하는 은색의 커다란, 올려다봐야 할 정도로 커다란 괴물이 있었다.

유리처럼 빛나는 붉은 눈. 어깨 위의 범용기관총의 흉흉한 납빛. 곤충처럼 복잡한 다리 움직임과 동체가 전혀 움직이지 않아서 뭔가의 위를 미끄러지는 듯한 기분 나쁜 걸음.

맞은편에는 파일럿이 있고, 뭔가 소리치면서 마구잡이로 어설트 라이플을 난사하였다. 대부분이 빗나갔고 몇 발 맞았지만 장갑에 튕겨서 그냥 불꽃만 튀길 뿐, 척후형은 전혀 개의치 않았다. 느긋하게 다가와서 아무렇게나 앞다리를 휘둘렀다. 무슨 농담처럼 상반신이 잘려서 날아간 파일럿의 하반신이 피의 기둥을 뿜으며 쓰러졌다.

척후형의 복합 센서 유닛이 이번에는 뚜렷하게 레나를 향했다.

어쩔 수도 없이 몸이 움츠러든 그 순간.

[──생존자가 있다면 귀를 막고 엎드려!]

거기에 끼어든 잡음 섞인 스피커의 대음성. 흔들리는 불꽃의 커튼을 뚫고 네 다리 달린 거미가 검은 밤하늘과 붉은 불길을 배경으로 뛰어들었다.

측면에 그려진 목 없는 해골 기사의 퍼스널 마크가 레나의 눈에 새겨졌다.

두 개의 격투암이 든 중기관총을 겨누고 격발. 귀를 찢는 굉음으로 중기관총이 포효했다.

보병용 어설트 라이플 따윈 이거에 비교하면 장난감이나 마찬가지, 콘크리트 방벽도 장갑차도 간단히 넝마로 바꾸는 중기관총탄의 매서운 폭풍이 돌아보려던 척후형을 덮쳤다.

장갑이 얇은 척후형은 순식간에 갈가리 찢어져서 원래 모습을 알 수 없는 고철로 변해 쓰러졌다.

중기관총의 요란한 총성에 멍해진 고개를 조심스럽게 든 레나의 앞에 거미가 철컹철컹 무거운 발소리를 내며 다가왔다.

[괜찮니?]

인간의 목소리와 말이 들려왔지만 무서웠다. 말도 없이 웅크리고 있자, 거미의 몸이 쩌억 갈라지고 뒤로 일어서더니 안에서 인간이 일어났다.

핏빛의 붉은 머리. 검은 테 안경을 낀 이지적이고 마른 체격의 스무 살 정도의 청년이었다.

목숨을 구해 준 오빠는 쇼레이 노우젠이라고 이름을 말했다.

오빠의 [기지]라는 장소, 수많은 기계 거미가 늘어선 건물의 입구 근처. 제1구에서 본 것과 전혀 다른, 하늘을 가득 메우는 별빛이 조용히 내리쬐었다.

[기지]에는 그 외에도 사람이 몇 명 있었지만, 오빠는 가까이 가면 안 된다고 했고 그 사람들도 다가오지 않았다. 멀찍이 있었지만 노려보는 걸 알았기에 조금 무서웠다.

아무튼 그가 가르쳐준 이름에 레나는 눈을 깜빡였다. 모르는, 아주 낯선 울림의 이름이었다.

"……이상한 이름…….."

"그래, 제국에서도 우리 집안밖에 쓰지 않는 드문 성인 모양이니까. 이름도 그렇고."

쓴웃음을 지으며 오빠는 어깨를 으쓱였다.

"레이면 돼. 발음이 어렵겠지. 우리 일족의 전통적인 이름인 모양인데, 공화국 사람들에게는 익숙하지 않아서."

"공화국 사람이 아냐?"

"양친이 제국 출신이고, 나랑 동생은 공화국 출신. ……그래, 남동생이 있어. 딱 너랑 비슷한 또래일까. ……자랐다면 말이지……."

그렇게 말했을 때 레이는 웃고 있지만 아주 쓸쓸해 보였다. 그립고 괴로운, 어딘가 먼 곳을 바라보는 시선.

"못 만나?"

"……그래. 아직 돌아갈 수 없으니까."

종군하는 에이티식스는 임기가 끝날 때까지 단 하루의 휴가도 주어지지 않는다는 것을 레나는 아직 몰랐다.

배고프지 않아? 라는 말을 들었지만 저녁을 못 먹었는데도 공복을 느끼진 않았다. 고개를 내젓자 레이는 가슴 아픈 얼굴을 하더니 단 거라면 마실 수 있을 거라며 초콜릿을 녹인 뜨거운 물을 가져다주었다.

그게 여기에서 파격적인 대접이라는 사실을 나이 어린 레나도 눈치챌 수 있었다.

"……아버님이."

"음?"

"우리는 유색종 사람들에게 못된 짓을 했다고, 가르쳐 주셨어. 오빠는 유색종인데, 왜 날 지켜줬어?"

솔직한 질문을 던지자, 레이는 난처한 얼굴을 했다. 레나에게는 아직 어려운 질문을 했을 때 얼버무리지 않고 대답하려는 어른들이 하는 얼굴.

"……그래. 분명히 우리는 지금 못된 짓을 당하고 있지. 자유를 빼앗기고 존엄을 짓밟혔어. 그건 누구에게도 허용되지 않고, 허용해서도 안 되는 짓이야. 우리는 그런 짓을 당했고, 시민도 인간도 아니라 야만스럽고 우둔하고 저열한 돼지로 낙인이 찍혔어."

검은 눈동자에 한순간 깊고 차가운 분노가 반짝였다.

"그래도 우리는 이 나라에서 태어나 이 나라에서 자란 공화국 시민이야."

그 말은 조용하지만 결연하고 강하게 레나의 귀에 닿았다.

"지금은 아무도 그걸 인정하려고 하지 않지만, 그러니까 그 사실을 우리는 증명해야만 해. 나라를 지키며 싸우는 건 시민의 의무이자 긍지야. 그러니까 우리는 싸우지. 싸우고 지켜. 지켜내겠어. ……말만 많은 쓰레기와 똑같이 대접받는 건 참을 수 없어."

레나는 눈만 깜빡였다. 싸운다. 지키기 위해서. 증명하기 위해서. 하지만 그렇게 큰 괴물을 상대로.

"무섭지 않아……?"

"무서워. 하지만 싸우지 않으면 살아남을 수 없으니까."

어깨를 으쓱이고 웃다가 레이는 문득 밤하늘에 가득한 별을 올려다보았다.

찰랑찰랑 소리가 날 듯한, 하지만 아무런 소리도 없는 게 오히려 무서울 정도인, 칠흑 같은 밤하늘을 가득 메우고 반짝이는 별들의 광채. 그 틈새에 넓고 깊게, 엄연하게 퍼진 무구한 허무의 어둠.

여태까지 짓고 있던 웃음이 사라졌다. 맹세처럼 진지하게 말이 이어졌다.

"나는 죽지 않아. 죽을 수 없어. 반드시 살아서 동생이 있는 곳으로 돌아가야만 해."

†

그때 레이의 진지한 옆얼굴과 말을 레나는 열여섯 살이 된 지금도 또렷하게 기억한다.

그러니까 그와 같은 패밀리 네임을 듣고 레나는 무심코 흥분한 나머지 그 자리에서 일어섰다. 의자를 걷어찬 것도, 찻잔이 떨어져 깨진 것도 몰랐다.

레이의 말처럼 제국에서도 드문, 정말로 드문 패밀리 네임인지, 여태까지 레이 말고 '노우젠'이란 성을 가진 사람을 레나는 만난 적 없었다. 그 이름. 같은 일족이든가, 아니면 레나와 딱 비슷한 또래의 이 소년은 혹시──.

그리고 신은 대답했다.

한순간의 망연자실에서 깨어난 듯한 목소리. 처음으로 듣는, 어딘가 멍한 느낌이 남은 목소리였다.

[……형입니다.]

"형. ……그럼."

만날 수 없다고 하면서도 만나고 싶어 했다. 반드시 돌아가겠다고 맹세하듯이 말했다──.

그가, 그의 동생인가.

"만나고 싶다고, 돌아가야만 한다고 말씀하셨어요……. 형은 지금 어디에 있습니까?"

두려움과 만감으로 말한 레나에게 이미 평소의 냉철함을 되찾은 목소리로 신은 말했다.

[죽었습니다. 5년 전, 동부전선에서.]

아.

"……죄송합니다."

[아뇨.]

짧은 대답이었다. 정말로 아무래도 좋다는 목소리였다.

동생에 대해 말할 때의 레이의 모습과는 너무나도 큰 온도 차이에 레나는 당혹스러웠다. 누군가의 죽음에는 익숙해졌다는 것과도 다른 듯한, 싸늘한 침묵.

무슨 말을 해야 할지 머뭇거리고 있자, 이윽고 신이 조용히 입을 열었다.

[제대하면 하고 싶은 일이 있냐고 전에 물었지요.]

"아…… 예."

[지금도 제대하더라도 하고 싶은 일은 딱히 없습니다. 다만 해야만 하는 일은 있습니다. ……나는 형을 찾고 있습니다. 5년 동안 계속해서.]

레나는 고개를 갸웃거렸다. 이미 죽었다는 레이, 그걸 안다는 소리는.

"시신을…… 말입니까?"

희미하게 웃는 기척이 있었다.

웃는 게 아니었다. 말하자면 비웃는 것에 가까웠다. 하지만 훨씬 더 차가웠다.

처절할 정도로 예리하기에 눈을 빼앗기는, 날카롭고도 위태로운 얼음칼날 같은. 광기와도 같은.

[──아뇨.]

†

다음 날.

신에게서 일의 자초지종을 듣고, 머지않아 전원과 동조를 연결한 핸들러는 진지한 사죄의 말을 한 뒤에 한 명 한 명의 이름을 물었다. 그 바람에 세오는 아주 심기가 안 좋았다.

"……신. 괜한 짓 하지 마."

"후회했잖아. 내용은 모를까, 그런 식으로 말한 걸."

보지도 않은 듯하면서도 의외로 보았다. 다 꿰뚫어 본 것 같아서 살짝 열이 받았다.

다이야는 히죽거리고, 앙쥬는 왜인지 흐뭇하니 지켜보고 있고, 으으 제길, 크레나 넌 왜 관계없다는 얼굴로 고개를 돌리는데. 그때 너도 비슷하게 열 받아서, 내가 소리치지 않았으면 네가 화냈을 주제에.

"그보다 너도, 어어, 밀리제 소령이랬나? 신한테 내 이름을 들었잖아?"

[들었습니다. 하지만 여러분 본인에게서 들은 것은 아닙니다.]

본인에게 허가를 받지 않았으니까 알더라도 부를 수 없다는 건가. 거참 귀찮군.

신은 아무 말도 없고, 레나는 자기가 잘못했다는 걸 아니까 몸을 움츠리고 야단맞기를 기다리는 어린애 같고, 세오는 드디어 귀찮아졌다. 분노를 계속 유지하는 것이 그런지, 계속 고집을 피우는 것이 그런지는 모르겠다.

"처음에 배속된 부대의 전대장이 말이지."

갑작스러운 화제 전환에 레나는 당혹스러운 기색이었다. 아랑곳하지 않고 말을 이었다.

"바보처럼 긍정적이고, 밝고, 원래부터 군인이라서 말도 안 되게 강하고, ⋯⋯백계종이었어."

동조 너머에서 작게 숨을 삼키는 소리가 들렸다.

"처음 방어전에서 살아남았는데 에이티식스만 싸우게 하는 건 이상하다면서 멋대로 최전선까지 돌아온 괴짜라서. 부대 전원이 대장 앞에서는 아무 말도 안 했지만 뒤로는 험담밖에 안 했어. 실제로 싫어했고. 아니, 그도 그렇잖아? 똑같은 프로세서라고 해도 대장은 나서서 여기로 왔어. 우리는 그런 선택지가 처음부터 없었어. 이쪽에 온 뒤로도 싫어지면 언제든지 다 내던지고 벽 너머로 돌아갈 수 있어. 동료인 척하는 게 뻔뻔하다고. 싸구려 동정 놀이에 언제 질려서 돌아갈지 다들 내기를 했어."

[⋯⋯.]

"하지만 아니었어.──대장은 끝까지 돌아가지 않았어. 돌아가지 않고 죽었어. 다른 프로세서를 지키려고, 후퇴할 때 뒤를 지키다가, 죽었어."

마지막 목소리를 들은 건 세오였다. 대장을 남기고 후퇴하는 도중 제일 가까이에 있던 것은 세오였고, 흘려들어도 상관없으니까 들어달라면서 무전 통신이 들어왔다.

──너희가 나를 싫어하는 건 안다. 당연한 일이니까 아무 말도 하지 않았다.

——나를 싫어하는 건 당연하지. 너희를 도우러 온 것도, 구하러 온 것도 아니야.

　——나는 그저. 너희만 싸우게 하면 스스로를 용서할 수 없다고 생각하고. 그게 무서워서. 스스로를 위해 전장에 왔다. 그런 날 용서할 수 없는 건 당연하지.

　——용서하지 말아다오.

　그리고 갑자기 무전은 노이즈를 내뱉으며 침묵했다. 그렇게 될 것을 알고 있었으니까 동조하지 않은 거란 사실을 그때서야 간신히 깨달았다. 전사를 각오하고, 두 번 다시 돌아가지 않을 각오로, 이 죽음의 전장에 돌아온 것이란 것도.

　이야기를 더 했으면 좋았다고 처음으로 후회하고, 지금도 아직 후회하고 있다.

　"딱히 대장하고 똑같은 짓을 하라는 생각을 하는 건 아냐. 다만 벽 안에 있고 백계종인 이상, 너는 우리와 대등하지 않고, 우리는 너를 동료로 인정할 수 없어, 그것뿐."

　하고 싶은 말을 다 마친 뒤 한 차례 기지개를 켰다. 동료들은 다들 알고 있는 일이고, 몇 번이나 반추하여 생각한 과거다. 이제 와서 이야기해봤자 상처 입지도 않는다.

　"이상, 아무래도 좋은 이야기 끝. ……아, 나는 세오토 릿카. 세오든 릿카든 귀여운 돼지든 멋대로 불러."

　[아무래도 좋은 게 아닙니다. ……어제까지 정말 미안했습니다.]

　"그건 이제 됐어. 귀찮아."

　[카이에가 말했던 좋은 사람이란 건…… 그분이었군요.]

"대장만이 아니야. 다들 그 사람 나름대로 필사적으로 싸운 이들이야."

그들의 동포가 만든, 빌어먹을 이 세계와.

[…….]

계속해서 라이덴이 이름을 밝혔다.

"전대 부대장, 라이덴 슈가다. ……일단 먼저 사과하지. 네가 매일 밤에 접촉하는 것을 우리는 성녀 행세 하는 위선자 돼지가 스스로 얼마나 돼지인지도 모른다고 한심해하며 비웃었다. 그 부분을 사과하지. 미안하다. 그리고."

흑철색의 두 눈동자가 차가운 빛을 띠며 가늘어졌다.

"세오가 말했듯이 우리는 너와 대등하지도, 동료라고 생각하지도 않아. 너는 우리를 짓밟고, 위에서 번지르르한 소리나 하는 바보다. 그건 무슨 일이 있든 변하지 않고, 그러니까 그렇게밖에 보지 않아. 그래도 상관없다면 심심풀이로 여태까지처럼 상대해 주겠지만, 개인적으로는 그것도 추천하지 않겠어. 너는 핸들러에 맞지 않아. ……그만두는 편이 낫다."

레나는 살짝 웃은 듯했다.

[심심풀이라도 된다면 앞으로도 연결하도록 하겠습니다.]

라이덴은 쓴웃음을 지었다. 늑대처럼 정갈한 얼굴에 어딘가 인간미 넘치는 색이 배었다.

"너도 꽤나 바보군. ……음, 그래. 지도, 얼른 보내줘. 너 어제는 우느라 바빠서 잊어버렸잖아."

레나는 이번에야말로 웃었다.

[바로 보내죠.]

　주고받는 목소리를 대수롭잖게 들으면서 신은 문득 어제 레나가 한 말을 떠올렸다.

　쇼레이 노우젠.

　오래간만에 듣는 이름이었다.

　이제 두 번 다시 들을 일 없다고 생각했던 이름이었다. 그런 이름이었다는 것조차도 어느덧 잊어버리고 있었다. 신이 그 사람을 이름으로 부르는 일은 끝까지 없었으니까.

　무심코 오른손이 목의 스카프를 붙잡았다.

　형.

인터챕터 목 없는 기사

소속부대가 괴멸되고, 폐허가 된 시가지까지 쫓겨서 숨은 채 밤이 되자 조용히 눈이 내리기 시작했다.

방치된 서고 안에서 입대 이후 1년이 지나는 동안 장갑에 무수하게 자잘한 상처가 난 《저거노트》에 등을 맡기고 신은 잠시 동안 단잠에 몸을 맡기며 날이 밝기를 기다렸다.

열두 살의 작은 몸에 눈 오는 밤의 추위는 꽤나 힘들었다. 무너진 곳 없는 두꺼운 벽의 도서관, 그 제일 깊숙한 곳에 있는 창문 없는 서고에서 얇은 모포를 둘렀다. 얼마 전까지 폐허 안을 배회했던 《레기온》들은 에너지가 바닥나고 눈에 덮이는 것을 피하기 위해 철수를 시작했다. 날이 밝으면 아무 일 없이 기지로 돌아갈 수 있겠지. 그 전에 파이드라고 이름 붙인, 지난 부대 때부터 왜인지 묘하게 따르는 《스캐빈저》가 올 것도 같지만.

문득 이름을 부르는 소리가 들린 듯해서 눈을 떴다.

한 차례 죽은 뒤로 들리는 듯한 망령들의 소리와는 다르다. 소리가 아니라 그냥 부르고 있다고 느끼는 감각.

꽤나 전에 사라진 뒤로 두 번 다시 들리지 않게 된 이것은.

이끌리듯이 밖으로 나갔다.

눈은 주철과 암회색의 석재를 고루 사용한 시가지를 이미 절반 이상 순백색으로 물들여 희미한 그림자로 만들었다. 소리도 없이 사납게 무수하게 흩날리고 쌓여서, 거리도 잔해도 밤의 어둠조차도 자신의 색을 침식하는 하얀 마귀의 조용한 폭거에 영혼마저 표백된 듯한 공허함.

눈과 잔해에 파묻힌 대로를 내디디면서 거리의 중앙 광장으로 나갔다.

광장 안쪽, 두 개가 나란히 있는 첨탑 중 한쪽이 무참하게 무너진 성당 폐허. 눈과 어둠의 천 너머에 검게 솟은 그 거대한 사체 앞에.

덩그러니 쓰러진 백골 같은, 녹슨 《저거노트》가 쓰러져 있었다.

캐노피는 날아갔는지 어디에도 없었다. 비바람에 녹슬고 찌그러지고 구부러진 장갑에 희미하게 남은, 목 없는 해골 기사의 퍼스널 마크.

눈에 다리가 걸리면서 다가가서 콕핏을 내려다보았다.

"……형."

어떻게 알았냐고 물어도 '알기 때문에'라고밖에 대답할 수 없었다. 신에게 그것은 어떤 논리나 이유도 없이, 그저 그렇게 확신할 수 있는 사실에 불과했다.

내려다본 콕핏, 조용히 눈이 쌓이는 하얗고 좁은 어둠에는 이미 한마디 말도 없는, 목 없는 형의 변색된 백골이 덩그러니 누워있었다.

제4장 내 이름은《레기온》, 우리는 많기에

　휴대단말의 메일 착신음에 눈을 뜬 레나는 몸을 일으키고 크게 기지개를 켰다. 기동한 채로 놔둔 정보단말의 홀로그램 스크린이 건카메라의 영상을 일시정지 상태로 투영하고, 프린트아웃한 전투보고서의 종이의 바다.

　동향인 방은 커튼 너머의 햇빛으로 밝다. 옷걸이에 던져둔 비치는 소재의 얇은 가운을 맨살 위에 걸치고 손으로 대충 머리를 가다듬으면서 침대에서 내려왔다.

　메일을 여니 아네트가 보낸 것이었다.

　[다음 달에 혁명제잖아. 다음 휴가 때 파티 드레스 보러 가자.]

　조금 생각한 뒤 짧게 답신을 입력하여 송신.

　[미안. 지금 조금 바빠. 다음에 또 이야기해 줄래?]

　금방 답신이 돌아왔다.

　[레나, 너 요새 좀 그렇다?]

　계속해서 또 한 줄.

　[에이티식스에게 헌신해 봤자 아무것도 안 되거든?]

　레나는 힐끗 뒤를 돌아보았다.

　어젯밤, 잠들기 전에 조금이지만 분석했던 스피어헤드 전대의 전투 기록. 작성자의 예리함이 엿보이도록 정확하게 정리된 전투보고서에 《저거노트》의 미션 레코더 데이터 파일. 왜인지 초계보고서만큼은 여전히 내용이 없지만, 그 이외에는 그야말로 보물 산, 《레기온》을 상대로 싸운 정보의 보물창고.

아무것도 안 된다니 천만의 소리.

이건 분명 모두를 살아남게 할 힘이 된다.

[미안해.]

†

"──그건 가는 게 좋지 않았습니까?"

평소에는 《언더테이커》의 콕핏에 놔둔 어설트 라이플을 정비하면서 지각동조 너머의 잡담에 신은 담담하게 대답했다. 보고에 따르면 초계를 나가 있어야 하는 시간, 연락과 보고 사이의 한때.

오후, 막사의 자기 방. 부품으로 장난치면 귀찮겠기에 쫓아낸 새끼고양이가 포기할 줄 모르고 문을 박박 긁었다.

[하지만 그때 혹시 습격이 있으면.]

레나는 계속 불만인 듯했다. 고지식한 그녀답다고 할지, 융통성이 없다고 할지.

"어떻게든 됩니다."

[애초에 전쟁 중에 파티라니.]

"아마 지금도 어딘가는 전투를 하고 있습니다. 벽 안에서 뭘 하든지 전선에서는 아무런 영향도 없습니다."

고정핀을 뽑아 노리쇠를 노리쇠 뭉치에서 제거하고, 펼친 천 위에 놓았다. 어설트 라이플 파워 《레기온》에게 거의 통하지 않지만, 아예 쓸모가 없는 것은 아니고 만에 하나의 경우 이게 마지막 무기가 되니까 소홀히 할 수 없다.

"그러니까 그건 가도 된다고 생각합니다. 적정 분석은 고맙습니다만, 소령님의 사적인 시간을 점유하면서까지 할 건 아닙니다."

그렇게 말하자 레나는 잠시 침묵하였다.

[혹시 괜한 짓이었습니까……?]

"아뇨, 도움은 됩니다."

본심이었다. 도움도 안 되는 지휘관의 자기만족을 위해 시간을 깎는 짓을 신은 하지 않는다.

"우리는 결국 전선밖에 모르니까요. 교육을 받은 장교의 시점, 대국을 바라보는 넓은 시야에서의 정보 분석은 귀중합니다."

[……다행이다.]

"하지만 거기에만 얽매일 필요는 없습니다."

레나가 입을 다무는 기척. 약실 폐쇄 돌기의 핀을 뽑으면서 신은 어디까지나 담담하게 말하였다.

"너무 전장에 얽매여 있으면 나처럼 됩니다."

농담인지 본심인지 모를 신의 말에 레나는 다소 탄식했다.

"노우젠 대위도 가끔은 농담을 하는군요. ……알겠습니다. 하찮은 파티와 하이힐과 드레스의 답답함을 열심히 즐기고 오죠."

이쪽도 농담으로 받아주자, 신은 살짝 웃은 듯하였다.

[혁명제의 파티입니까. 그러고 보면 그런 축제도 있었군요.]

"뭐 기억나는 것 있습니까?"

신은 잠시 생각했다.

[······불꽃놀이가 있었던가요? 궁전 앞, 분수가 있는 정원에서.]

레나는 고개를 들었다.

"그렇습니다. 제1구의 대통령부 류느 궁전 앞. ······제1구에 살았습니까?"

제1구의 거주구역은 왕정시대부터 이어진 고급주택가로, 주민들도 오래전부터 살던 사람이······ 과거의 귀족계급인 백은종이 태반을 차지했다. 유색종 주민은 9년 전에도 꽤나 드문 부류였다.

혹시 어딘가에서 스쳐 지나간 적이 있을지도 모른다. 그렇게 생각하니 왠지 안타까운 기분이 들었다.

[별로 기억하지 못하지만, 아마도 가족과 함께······ 형과 손을 잡고 갔던 기억이 있습니다.]

앗 하고 레나는 몸을 움츠렸다. 또 저질렀다.

"미안합니다."

[······뭐가, 말입니까?]

"너무 무신경하지요. 저번에도, 저기······ 형이나 가족은······."

[아하······.]

추욱 어깨를 늘어뜨리는 레나와 대조적으로 신의 어조는 역시나 아주 쌀쌀맞았다.

[괜찮습니다. 거의 기억하지 못하니까요.]

"예?"

[가족에 대해선 단편적인 기억이 얼마 남았을 뿐이지, 이미 얼굴도 목소리도 떠오르지 않습니다.]

"……."

그것을 정이 없다는 식으로 생각할 순 없었다.

가족과 헤어졌을 때, 신은 아직 꽤나 어렸을 터였다. 하물며 5년에 걸친 사투의 나날.

소중한 추억조차도 전쟁의 불길에 타서 사라지는 것은 어쩌면 어쩔 수 없는 일이겠지.

한순간── 폐허의 전장에서 돌아갈 길을 잃고 멍하니 서 있는 조그마한 아이가 보인 듯하였다.

"──반드시 살아서 돌아가야만 한다고 말했어요. 당신이 있는 곳으로."

최대한 정확하게. 기억 속 레이의 말을 떠올려서, 그걸 말했을 때의 레이를 그리며 레나는 말했다.

지각동조는 서로의 의식을 경유하여 서로의 목소리를 전달한다. 동조 때 얼굴을 마주 보고 말하는 정도의 감정도 전달된다.

신 자신은 빼앗겼다고 하지만 레나가 기억하는 레이의 기억이 전해지면 좋겠다. 그 모습과 말, 지금도 레나의 안에 남은 마음이.

"많이 자랐을 거라며 그리워했습니다. 소중한 가족이라고, 생각하는 게 전해졌습니다. 형은 정말로 당신에게 돌아가고 싶어 했어요."

[……. 그렇다면 좋겠습니다만.]

긴 침묵 후에 돌아온 말은 살짝 흔들리는 울림을 띠고 있었다. 그렇다면 좋겠다고 생각하면서도 그렇지 않다는 것을 더없을 만큼 깨달았다고 말하는 느낌.

"대위……?"

신은 대답하지 않았다. 건드리지 말아달라는 의도를 눈치채고 레나도 입을 다물었다. 침묵 너머로 작은 금속음만이 희미하게 울렸다.

마지막으로 조금 크게 울린 특징적인 음향에 레나는 고개를 갸웃거렸다. 지금 그건?

"대위, 혹시 지금 라이플의 분해정비를 하고 있지 않습니까?"

신은 잠시 주저하였다.

[……그렇습니다만.]

"지금 초계행동 중일 텐데요."

침묵.

묘하게 엉망인 초계보고서의 이유는 그런 건가. 레나는 힘껏 한숨을 내쉬었다.

그런 것치고 스피어헤드 전대의 초동은 여전히 이상하게 빠르다. 어떻게 레이더보다 빠르게 《레기온》의 습격을 탐지하는 건지는 아직 듣지 못했다.

"당신이 필요 없다고 판단한다면 그런 거겠지만. ……라이플도."

에이티식스가 소형화기류를 갖는 것은 금지되어 있지만.

"필요하니까 사용하는 것일 테니 아무 말 않겠습니다만. 관리는 철저히 하세요."

[……죄송합니다.]

대답하는 목소리는 다소 의외라는 듯하여서 레나는 눈을 깜빡였다.

"저기, 무슨 이상한 말이라도 했습니까?"

[아뇨…… 소령님은 화낼 줄로만, 알았으니까.]

역시 다소 의외라는 말에 레나는 무심코 시선을 이리저리 움직였다.

그건 분명히 배속 당초에는 보고서 제출에 대해 깐깐하게 굴거나, 너무나도 규율이 흐트러진 국군 본부의 동료들의 행동에 대해 푸념을 늘어놓았지만.

"딱히…… 의미도 없는 규칙이나 금지사항에 연연할 만큼 고지식하진 않습니다. 거듭 하는 말이지만, 당신들이 전장에서 필요하다, 혹은 불필요하다고 판단한 것이겠지요. 그 판단을 나는 존중할 테니까요."

전장에 없는 내가 뭐라고 할 수 있는 입장은 아니니까.

잠시 괴롭게 생각하다가 한차례 고개를 내저어 생각을 바꾸었다.

"그렇긴 해도 역시 전장에서는 예비 무기도 그렇게 정비를 소홀히 하지 않는군요. 공화국의 어설트 라이플은 무거우니까 이쪽에서는 훈련은 고사하고 들고 다니기도 싫어하는데."

대구경, 풀사이즈의 소총탄을 사용하는 공화국 육군 제식 모델은 그렇기 때문에 전체가 튼튼한 금속으로 만들어졌다. 경장갑과의 전투를 고려한 구경이지만, 그 결과로 대단히 무겁다.

하지만 신은 의아해하는 기색이었다.

[무섭다? 고 하셨습니까?]

정말로 의아해 하는 어조에 레나는 놀라다가 갑자기 깨달았다.

그래, 당연하지 않은가. 남자니까.

의식한 순간 괜히 부끄러워졌다.

그러고 보면, 말하고 보니 단둘이, 비슷한 또래의 남자와 이렇게 오래 이야기한 적 없었다.

[……소령님?]

지각동조로는 얼굴을 맞대고 있는 정도의 감정도 전해진다. 신으로서는 갑자기 레나가 새빨개진 것 같겠지.

"아, 아무것도 아닙니다. 예에."

갑자기 동조 너머의 분위기가 긴박해졌다.

소리도 없이 신이 일어서는 기척이 있었다. 어딘가 먼 곳으로 시선과 의식이 향했다.

저음의 반주 같은 평소의 잡음이 아주 조금 강해진 듯하였다.

"……노우젠 대위?"

[관제 준비를 시작해 주세요.]

들여다본 정보 단말에는 역시 아무런 경보도 없었다. 하지만 신은 분명히 말했다.

[《레기온》이 옵니다.]

이번에는 사전에 신과 동조했던 것도 있어서 소대장 이상이 참가하는 작전회의에 레나도 참가했다.

적의 총 숫자, 부대 전개 상황, 진격로, 항상 이렇게 상세하게 적정을 파악하고 요격 작전을 세우나 싶어서 레나가 내심 혀를 내두를 정도의 정보량을 토대로 회의가 진행됐고, 거기에 레나도 몇 가지 작전안을 제시했다. 최종적으로 채용된 작전을 추인하고 브리핑을 거쳐서 작전이 시작됐다.

"주력은 근접엽병형의 단종병 편성으로 여겨집니다."

매복 위치에 각각 숨은 대원들과 동조하여 왜인지 유일하게 불투명했던 적 병종과 편성에 대해 레이더의 정보와 여태까지의 전투에서 얻은 정보를 토대로 레나는 추론했다.

"생산성과 정비효율로 볼 때 지난번 전투에서 집중적으로 격파한 전차형의 정수 배치는 완료되지 않았을 겁니다. 그렇다고 대전차포병형을 앞세워 밀어붙이는 작전은 생각할 수 없습니다."

기동력도 없고 장갑도 얇은 대전차자주포는 숨어서 기다리는 병종이다. 겉모습이 비슷하다고 해서 전차처럼 운용하다 괴멸한 실책은 무한궤도식 전차 여명기에 인간이 숱하게 저질렀다.

"대경장갑용 유탄이 거의 통하지 않는 전차형이라면 모를까, 비교적 경장갑인 근접엽병형만으로 편성됐다면 장거리포병형의 포격 지원도 한정적이겠죠. 미리 척후형을 부수면 거의 무력화시킬 수 있다고 생각됩니다."

[베어볼프가 전원에게. 지금 확인했다. 소령의 예상이 정답이야.]

정찰 나갔던 라이덴이 말했다. 감탄을 뛰어넘어서 조금 기막히다는 듯한 어조로.

[그렇긴 해도…… 생산성이네 정비효율이네, 너 정말 제대로 자긴 하는 거야?]

　갑자기 신이 입을 열었다.

　[소령님. 이번에는 지각동조를 끊어 주실 수 있겠습니까?]

　"예?"

　[시가전에서 근접엽병형이 이 정도로 많으면 아무래도 난전이 됩니다. 적과의 접촉이 많아집니다. 이렇게, ……이 많은 상황에서 나와 동조하는 건 위험합니다.]

　신의 말은 한 마디 한 구절 모두 완벽한 공화국어였지만, 그 말의 의미를 이해할 수 없어서 레나는 눈썹을 찡그렸다. 지금 신이 뭐라고 말했지?

　검은 양이 많아?

　[자세하게는 나중에 설명하겠습니다. 동조를 끊어 주세요.]

　당장에라도 전투가 시작되려는 상황이다. 설명할 시간도 아까운 건 당연하겠지만, 레나로서는 이유도 듣지 못한 채로 직무방치를 요구받았으니 반사적으로 울컥했다.

　"다른 대원들과는 지금도 동조하고 있지요. 방전교란형의 전파방해도 있고, 무전으로는 만에 하나의 경우에 이어지지 않을 우려가 있습니다. 동조는 끊지 않겠습니다."

　반발심이 치밀어서 거부했다. 신은 그래도 뭐라고 더 말하려다가 드디어 무시할 수 없는 위치까지 다가온 《레기온》 때문에 다음 말을 삼켰다.

　[……충고는 했습니다.]

쌀쌀맞은 말치고는 씁쓸한 느낌이 담긴 목소리로 말하고 《언더테이커》가 일어섰다.

　전투는 신의 예고대로 적과 아군이 뒤섞인 난전이 됐고, 전파 방해 하에서 가까스로 점이 표시되는 레이더 스크린을 노려보면서 레나는 한 손으로 귀를 눌렀다. 대체 뭘까. 잡음이 심하다. 이 방의 소리가 아니니까 신이나 다른 이들이 듣는 전장의 소리겠지만, 대체 뭐지?

　적성 유닛의 붉은 점이 우군 유닛의 푸른 점으로 접근했다. 《언더테이커》. 신의 기체. 아득히 먼 전장에서는 그야말로 육박이라고 할 거리, 완전한 근접엽병형의 사거리에 두 개의 광점이 교차하고──.

　누구의 것인지 모를 목소리가 기묘하게도, 확실하게도 귓속에 울렸다.

　[──엄마.]

　죽어가는 이의 마지막 숨소리, 의식도 몽롱한 상태로 중얼거리는 듯한, 그런 공허한 목소리였다.

　멍하니 얼어붙은 사이에도 목소리는 계속됐다. 거기 담긴 추억도 감정도 죽음의 허무함 앞에 흩어진, 막막한 목소리가 계속됐다.

[엄마, 엄마, 엄마엄마엄마엄마엄마엄마엄마엄마엄마엄마엄마
마엄마엄마엄마엄마엄마엄마엄마엄마엄마엄마엄마엄마엄마
엄마엄마엄마엄마엄마엄마엄마엄마엄마엄마엄마엄마엄마엄마
마엄마엄마마――.]

"히익――?!"

소름이 돋았다.

두 손으로 귀를 틀어막았다. 지각동조를 통한 소리이기에 그런
방어는 아무런 의미도 없었다. 어머니를 찾는 마지막 목소리가
귀에 뛰어들었다. 말이 아닌 단순한 소리의 연쇄로 전락한, 그저
공허한 마지막 숨소리가 망가진 것처럼 집요하게. 뱃속에 울리는
포성이 어머니를 부르는 소리를 날려버리고, 그래도 같은 음색의
다른 신음이 뒤이어서 계속해서 파고들었다.

[살려줘살려줘살려줘살려줘살려줘살려줘살려줘살려줘살려
줘살려줘살려줘살려줘살려줘.]

[뜨거워뜨거워뜨거워뜨거워뜨거워뜨거워뜨거워뜨거워뜨거
워뜨거워뜨거워뜨거워뜨거워뜨거.]

[싫어…… 싫어…… 싫어싫어싫어싫어싫어싫어싫어싫어싫어
싫어싫어싫어싫어싫어싫어싫어싫어.]

[엄마, 엄마, 엄마, 엄마엄마엄마엄마엄마엄마엄마엄마엄마
마엄마엄마엄마엄마엄마엄마엄마.]

[죽기 싫어. 죽기 싫어. 죽기싫어죽기싫어죽기싫어죽기싫어죽
기싫어죽기싫어죽기싫어죽기싫어.]

"아, 아……. 아아아아아악……!"

사고도 이성도 뭉개지는 단말마의 신음소리, 그 도가니 사이에서 신의 목소리가 들렸다.

　[소령님! 동조를 끊어주세요! 밀리제 소령님!]

　침착한 소년치고 드물게 초조함을 띤 목소리, 하지만 공황에 빠진 레나에게는 닿지 않았다. 세계 귀를 틀어막고, 도망치듯이 몸을 움츠리고, 지워버리듯이 비명을 지르면서도 그칠 줄 모르는 죽음의 목소리의 제창에 드디어 정신이 날아가서──.

　[칫.]

　혀 차는 소리와 함께 신이 동조를 끊었다. 마지막 순간의 목소리들이 순간 사라졌다.

　"············ 아······."

　천천히 고개를 들고 조심조심 손을 떼었다. ······아무것도 들리지 않는다. 프로세서 전원과의 동조가 끊어졌다.

　공황으로 가쁜 호흡과 두려움으로 벌어진 눈동자, 어느 틈에 의자에서 떨어져서 주저앉은 바닥 위에서 레나는 관제실의 희미한 어둠을 응시하였다.

　······지금, 그건······?

　동조하였던 프로세서 중 누구도 아니었다. 누구의 목소리도 아니었고, 그보다 훨씬 더, 셀 수 없을 만큼 훨씬 더 많았다.

　그리고 신음소리 중에 희미하게 들린 목소리. 그건.

　──죽기 싫어.

"……키르쉬블뤼테…… 카이에……?"

　레나와의 동조를 절단했을 때는 《검은 양》의 무리가 몰려왔고, 귀를 찌르는 단말마의 절규의 폭풍에 신은 눈을 가늘게 떴다. 무리의 태반은 근접엽병형이라서, 장갑을 물처럼 찢는 고주파 블레이드에 연격으로 대응할 수밖에 없었던 탓에 동조를 절단하는 게 늦었다.

　절규가, 그렁거림이, 신음이, 규탄이 셀 수 없을 만큼 겹치고, 이런 근거리에서는 내장을 뒤흔들며 귀를 찌르는 핑음이 되어 들리는 단말마의 목소리. 그 탓에 이 거리라면 목소리 하나하나를 구분할 수도 있고, 동조하여 공유한 청각 속에서 그중 하나를 깨달은 세오가 신음했다.

　[최악인데……! 지금 카이에가 있었어……!]

　숨을 삼키는 기척 몇 개가 겹치고, 통신만은 순식간에 소란스러워졌다.

　[카이에가……?! 끌려간 건가……!]

　[제길……. 앙쥬가 불태웠을 텐데……!]

　동료들의 비분은 의식 끝으로 치우고, 비탄의 소리를 따라서 《카이에》의 위치를 찾았다. 지각동조를 빌린 것에 불과한 다른 이에게는 불가능해도 오리지널인 신에게는 가능하다.

　귀를 기울일 것도 없이 그것을 포착하여 곧바로 거리와 방향을 파악했다. 지푸라기 더미에서 바늘 하나를 찾는 것 같은 짓을, 인간의 오감의 영역을 뛰어넘는 정확성으로.

가장 가까이에 있는 것은——크레나인가.

"건슬링어. 방위 060, 거리 800. 15기의 집단 중 선두, 오른쪽에서 두 번째의 근접엽병형."

[라……라저.]

죽고 싶지 않다고 계속 외치는 카이에의 목소리가 포격을 먹고 뚝 끊겼다. 죽어서도 계속 남는, 완전히 부수지 않는 한 돌아갈 수 없는 망령들의 목소리.

정신을 갈아버리는 듯한 원념과 한탄의 도가니 속에서 신은 가련함 어린 숨을 한 차례 내뱉었다.

"죽은 자를 위한 싸움인가."

완전히 부수지 않으면 돌아갈 수 없는 망령들의 무리.

서로가 가야 할 장소로 돌아가기를 바라듯이.

핸들러 소녀는 더 이상 연결하지 않을 거라고 생각하며…… 왜인지 그걸 아쉽게 느끼는 스스로를 깨닫고 신은 눈살을 찌푸렸다.

†

다시금 동조해 보자고 마음에 힘을 넣었을 때는 저녁이 되어 있었다.

그 뒤로도 연결하려고 할 때마다 구역질이 날 정도의 공포에 사로잡히고, 결국 동조할 수 있었던 것은 밤도 깊어서 전선이라면 슬슬 소등 시간이 됐을 즈음이었다.

이렇게 늦은 시간은 폐가 될지도 모른다는 약한 마음이 머리를 스쳤고, 간신히 그 마음을 억눌렀다. 여기서 뒤로 미뤄서 내일로 했다간 두 번 다시 연결할 수 없다. 같은 변명을 거듭하면서 영원히 뒤로 미루기를 반복할 뿐이다.

얕고 빨라진 호흡을 의식적으로 깊게 들이마셨다가 멈추고 지각동조를 기동했다. 다행스럽게도 상대는 아직 자고 있지 않았는지 문제없이 연결됐다.

동조 상대는 한 명뿐.

동조를 끊으라고 한 건 그, 자신과 동조하면 안 된다고 말한 것도 그다. 물을 거면 제일 먼저 그에게 물어야 한다고 생각했다.

"……노우젠 대위."

신이 눈을 뜨는 희미한 기척.

"밀리제입니다. 저기, 지금, 괜찮습니까?"

이상한 침묵이 흘렀다.

왜인지 연결했을 때부터 희미하게 비가 쏟아지는 듯이 쏴아쏴아 소리.

[…………샤워 중입니다만.]

"에엣?!"

괴상한 비명. 그 말을 레나는 자기 목소리로 처음 체험했다.

귀까지 새빨개져서 허둥대며 할 말을 찾았지만, 다람쥐 쳇바퀴만 돌 뿐이지 제대로 머리가 돌지 않았다. 낮과는 다른 의미로 패닉에 빠지면서도 간신히 수습하는 말을 짜냈다.

"미, 미안해요. 그렇군요. 이미 늦었고……. 저기, 바로 끊을 테니까요."

[아뇨.]

신의 목소리는 역시 살짝 짜증이 날 만큼 침착했다.

[나는 상관없고, 이게 끝나면 바로 잘 겁니다. 질문할 게 있으실 테니 소령님만 좋다면 이대로 듣겠습니다.]

"그⋯⋯그런가요. 그럼⋯⋯."

그렇게 말해도 아무래도 아버지를 일찍 여의고 남자형제도 없고 연인도 아직 없는 레나다. 이런 상황은 다소 자극이 강해서 아직도 뜨거운 뺨을 아무래도 의식하면서 입을 열었다.

"어⋯⋯ 그렇지. 저기, 오늘 전투는 어떻게 됐죠? 누가 다치거나, 죽거나⋯⋯."

[문제없습니다. ⋯⋯그런 걸 확인하시려고 했습니까?]

"아뇨."

아무리 정예인 그들이라도 《레기온》과의 전투에서 살아 돌아오리라고 보증할 순 없다.

하물며 그런 엄청난 아비규환 속──어쩌면 그 뒤에 전멸한 게 아닐까, 누구와도 동조가 연결되지 않는 게 아닐까, 그런 게 너무나도 무서워서.

"대위. ⋯⋯오늘 전투 중에 들린 그 소리는."

그렇게 말한 순간 또 속이 서늘해졌다.

저음의 반주 같은 잡음. 깊은 숲의 나뭇잎이 스치는 듯한 소리. 멀리서 누가 떠드는 것처럼 술렁대는 소음.

그것은 거리 때문에 그렇게 들릴 뿐이지, 마지막 목소리가 무수하게 모인 것이었다.

간신히 알았다. 〈저승사자〉라는 신의 별명의 유래. 그것을 아는 핸들러 전원이 두려움을 품은 이유.

이 목소리가 바로 그 원인이다.

"대체 뭡니까……?"

[…….]

쏴아쏴아, 하는 물소리.

[예전에 죽다 만 적이 있어서.]

목에 둔한 통증이 스윽 스몄다. 둔하고 무거운, 목이 비틀리는, 목이 졸리는 듯한.

레나 자신의 감각이 아니었다. 동조를 통하여…… 그럼, 이건, 신의.

[아마도 그때 나는 죽었겠죠. 똑같은 존재니까 목소리도 들립니다…… 죽었으면서도 지워지지 않고 남아있는 망령의 목소리가.]

"……망령."

문득 아네트의 아버지의 사고 이야기를 떠올렸다.

레이드 디바이스의 신경활성률이 이론상 최대치로 설정되는 바람에 세계 그 자체의 의식 밑바닥까지 잠겼다가 돌아올 수 없게 됐다.

그런 식으로. 죽은 이들의 세상에, 그 아득한 밑바닥 속으로 돌아간다면.

죽음에 가까워져서 그 밑바닥까지 떨어질 뻔한 자는——어쩌면 지각동조가 인간들 사이를 잇듯이 가장 깊숙한 곳을 통해서 다른 뭔가와 연결되지 않을까. 예를 들면 마찬가지로 죽어서 가장 깊숙한 곳으로 떨어진, 떨어졌지만 몸이 남았기에 완전히 돌아갈 수도 없는…… 사라지지 않는 망령들과.

하지만 그건.

"《레기온》……이었지요?"

그게 들린 것은 근접엽병형에게 접근한 순간. 전투 전의 신도 그런 식의 말을 하였다.

[《레기온》 또한 망령이겠죠. 제국의 멸망과 함께 병기로서 존재 의의를 잃고, 명령한 자도 성취의 필요도 없어진 명령을 품고서 떠도는, ……망국의 군대의 망령입니다.]

"……혹시 여러분이 《레기온》의 습격을 사전에 탐지할 수 있는 것은."

[예. 목소리가 들리기 때문입니다. 그게 다가오면 나는 설령 자고 있더라도 알 수 있습니다.]

"조금 기다려 보세요……."

레나는 신음했다. 대수롭지 않게 말했지만, 그럴 만한 이야기가 아니다.

다가오면 안다?——가장 가까이에 거점을 둔 무리라도 보통 어느 정도 떨어져 있고 그 거리의 범위에서 얼마나 많은 《레기온》이 꿈틀댄다고 생각하지?!

멀리서 나뭇잎 스치는 듯한 소리 같은 망령의 목소리.

동조율을 최저로 설정한 지각동조는 발신자의 목소리와 몸이 닿을 거리의 소리, 몸에 울릴 정도의 대음향밖에 들리지 않는다.

레나에게는 희미하게 술렁대는 정도로 들리는 이 목소리들은…… 신에게는 지금 어떠한 소리로 들리는 걸까. 신과 동조했을 때 항상 들리는 이 술렁거림은.

"대위는 지금 어디까지 들립니까? 어느 거리까지 들리고, 어떤 식으로……."

[정확한 거리까지는 모릅니다만. 공화국의 옛 국경 안에 있는 《레기온》은 모두 파악하고 있습니다. ……거리가 멀고 무리를 지은 것은 개체가 아니라 집단으로 파악할 수밖에 없습니다만. "

상상을 뛰어넘는 세계였다.

설령 하나하나는 속삭이는 정도라고 해도 각 전선의 《레기온》 전부를.

그런 것을 항상. 휴식할 터인 수면 시간에도.

"괴롭지…… 않습니까?"

[익숙해졌습니다. 오랫동안 이렇게 지냈으니까요.]

"언제, 부터……?"

대답은 없고, 그러니까 레나는 다음 의문을 던졌다.

"카이에 타니야 소위의 목소리가 들린 것도, 그녀가…… 그러니까, 망령이 됐기 때문입니까?"

자기 입으로 말하기에는 공허한 상식이 다소 방해하였다.

잠시 동안의 침묵. 물소리가 그치고 젖은 머리를 모으는 기척.

[이 전쟁은 길어도 앞으로 2년 정도로 끝난다고, 공화국 정부는 그렇게 예측하고 있습니다.]

"아, 예……. 어떻게 알고 있습니까?"

갑작스러운 화제 변경에 당혹스러워하면서도 수긍했다. 괜한 희망을 주지 않도록 프로세서들에게는 알려주지 않았을 텐데.

[세오가 전에 말한 대장에게 들었고, 나는 세오에게 들었습니다. ……《레기온》의 중앙처리장치는 구조도에 수명이 설정되어 있고, 그 남은 시간이 약 2년. 그렇지요?]

"……예."

《레기온》의 중앙처리장치는 유체 마이크로머신이 포유류의 중추신경계를 본뜬 구조를 구축하고 대형 포유동물의 그것에 필적하는 처리능력을 실현하였지만, 그 구조를 유지하기 위한 구조도에 변경 불가능한 타임리밋과 소거 프로그램이 들어있다.

[세오에게 듣고 납득했습니다. 원래 《레기온》의 목소리가 들린다고 해도, 어수선해서 알아들을 수 없습니다. 어느 시기부터 거기에 인간의 목소리가 섞이게 되면서 무슨 짓을 했다고 상상은 했습니다만, 왜 그랬는지는 알 수 없었으니까요.]

여성의 입장에서는 믿을 수 없을 정도로 난잡하게 머리를 빗고, 잠시 뒤에 희미하게 옷이 스치는 소리. 품질이 나쁘다는 것을 소리만으로도 알 수 있을 만큼 거친 천.

[중앙처리장치의 구조도가 사라진다면 다른 걸로 대체하면 됩니다. ……대체품이 될 만한 것도 이미 그들 주위에 있으니까요.]

"……설마."

[예. 포유동물 중에서도 가장 발달한 중추신경계. 인간의 뇌입니다.]

그 상상에 레나는 구역질을 느꼈다. 그로테스크 이상으로 그것은 인간의 존엄이란 것을 철저하게 짓밟는 짓이며, 대조적으로 신의 목소리는 한없이 평탄하였다.

[정확하게는 그 구조의 카피라고 생각합니다만. 뇌를 그대로 쓰면 곧바로 부패해버릴 테고요. 전사자의 사체는 남지 않는 편이 많으니까 쓸 수 있을 만큼 뇌의 손상이 적은 사체라면 꽤 희소하겠죠. 실질적으로 같은 목소리의 《레기온》과 여러 차례 조우하는 일은 자주 있습니다. 카이에도 아마 아직 어딘가에 있겠죠.“

어디에도 없는 소녀의 한탄을 오르골처럼 반복하는 기계장치의 망령이.

[그러니까 망령이라고 해도 일반적으로 영혼이라고 부르는 것과는 다르다고 생각합니다. 존재의 잔재라는 편이 비슷할지도 모르죠. 원래 인간의 의식이 있는 것도 의사소통이 가능한 것도 아닌, 그 순간의 뇌의 형태로 복사됐으니까 죽는 순간의 사고를 반복할 뿐인, 《레기온》에 둥지를 튼 망령입니다.]

“……검은 양.”

[예. 《레기온》 사이에 섞인. 망령이 씐 검은 양. 물론 지금은 검은 양 쪽이 많습니다만.]

죽는 순간부터 부패가 시작되더라도 포유류 중에서도 특히나 대뇌가 발달한 인간의 그것이라면 《레기온》 본래의 중앙처리장치보다 처리능력이 높겠지. 구조도를 잃어서 어쩔 수 없는 이상, 단말마의 비명을 지르는 내는 이단의 검은 양은 늘어났다.

기분 탓인지 신의 목소리는 《레기온》들을 가엾게 여기는 듯하였다. 고국을 잃고 싸울 이유도 존재의의도 잃고서, 시체를 뒤지며 영원토록 명령을 수행하면서 싸우는 기계의 망령들을.

[……그들이 공화국을 계속 공격하는 것도, 조금은, 알 것 같습니다.]

"예?"

[그들은 망령입니다. 사라져야 하는데 남은 채로, 망가질 때까지 돌아갈 수 없는 망령. 아마 그들도 돌아가고 싶으니까 눈앞에 있는 같은 망령에게 같이 돌아가자고 하면서 공격하는 게 아닐까 합니다.]

"망령……?"

그건, 누구?

살아있으면서도 인간이 아닌 것으로 취급됐다. 사회적으로는 죽은 자나 마찬가지인 에이티식스들?

[공화국은 9년 전에 죽었죠. ……지금 공화국은 나라의 지침이었을 터인 오색기의 정신 중 과연 몇 개나 지키고 있습니까?]

조용한 것치고, 아니, 그렇기에 아마도 통렬한 말이었다.

자유와 평등. 박애와 정의와 고결함. 정당화할 수 없는 이유로 사람을 차별하고 억류하고, 수백만 명이나 죽이고도 부끄러워하지 않는 이 나라는…… 이미 나라의 지침 중 하나라도 자랑스럽게 말할 자격이 없다.

공화국은 죽었다. 9년 전, 그 시민이 같은 시민을 박해하기로 결정했을 때 자기들 손으로 죽였다.

어쩌면 신은 오래전에 죽었으면서도 깨닫지 못한 채 계속 존재하는 공화국이라는 이름의 거대한 망령의 목소리도 들리는 걸지도 모른다.

대꾸할 말을 잃고 입을 다문 레나에게 역시나 잠시 침묵을 사이에 두고 신이 문득 말했다. 여태까지와 마찬가지로 그저 담담하게, 그가 아는 사실을 말하는 어조로.

[소령님. 이 전쟁은 당신들이 패합니다.]

우리가, 라고는 말하지 않았다.

"⋯⋯무슨 말입니까?"

[《레기온》은 지금 말한 대로 중앙처리장치의 붕괴에 따른 기능 정지가 일어나지 않습니다. 실제로 내가 탐지한 《레기온》의 총 숫자는 늘어날지언정 줄어들지 않습니다. ⋯⋯그럼 에이티식스는? 앞으로 얼마나 남아 있습니까?]

레나는 대답할 수 없었다. 모르기 때문이다. 그 통계를 공화국은 집계하지 않는다.

[우리의 두세 살 아래 사람들로 끝이겠죠. 강제수용 이후로 에이티식스는 인구 재생산이 불가능하고, 수용 당시 젖먹이였던 자는 태반이 죽었으니까요.]

수용 당시 성년에 달한 이는 거의 전원이 전쟁 시작 2년 이내에 사망했다. 종군한 자 중 살아서 돌아온 이는 없었고, 그랑 뮐 건설에 동원된 이도 쇠약사가 목적인 듯 가혹하고 열악한 노동 속에서 역시나 전원이 죽었다. 남은 것은 아무런 도움도 되지 않는 고령자나 중환자뿐, 그들도 9년 동안 대부분이 죽음을 맞았다.

"⋯⋯아기는, 왜⋯⋯."

[제대로 된 의료가 없는 환경 속에서 유아 사망률을 따져 보시겠습니까? ……내가 있던 수용소에서는 첫 겨울을 넘긴 젖먹이가 거의 없었습니다. 다른 곳도 비슷한 환경이겠죠. 살아남은 자도 태반이 팔렸고요.]

"팔려요?"

[예. 일부 병사나 에이티식스가 용돈벌이로. 그대로인지 부품인지는 모르겠습니다만.]

한 박자 늦게 그 의미를 이해하고 레나는 핏기가 가시는 것을 느꼈다.

즉, 공화국에서는 에이티식스를 돼지라고 경멸하면서 그 돼지의 자식을 가지고 노는 자나 돼지의 내장을 이식해 연명한 자가 있다는 소리다.

그리고 아이들만 남는다. 그들도 차례대로 전장에 보내지고, 결국 바닥을 드러낸다.

[《레기온》은 줄어들지 않습니다. 하지만 에이티식스는 결국 절멸하죠. 그때 백계종은 싸울 수 있습니까? 싸우는 법도 모르고, 전장을 아는 이도 없고, 병역도 전쟁비용 부담도 에이티식스에게 떠넘기는 것을 배워버린 당신들이 이번에는 앞장서서 싸울 수 있습니까?]

불가능하겠지—— 신이 희미하게 비웃는 게 느껴졌다.

박해자의 곤경을 보면서 꼴좋다고 비웃는 것과는 다르다. 눈앞의 이익에 낚여서 현실에서 눈을 돌리고, 거짓된 평온에 갇힌 끝에 스스로를 지키는 방법조차 잃어버린, 생물로서의 한심한 모습을 비웃는 소리였다.

　[지원자를 바랄 수 없으면 강제 동원할 수밖에 없죠. 하지만 민주제에서 그게 가능한 것은 눈앞에 위협이 다가온 뒤입니다. 그래선 이미 늦지요. ……치명적인 사태가 되기 전에는 결단을 내릴 수 없는 것이 근대 민주제의 결점입니다.]

　그 말과 같은 파국이 쉽사리 상상되어서, 불길한 그 상상에 레나는 다급히 고개를 내저었다. 부정했던 것은 근거가 있기 때문이 아니라 그저 갑작스럽게 제시된, 생각도 하지 않은 몇 년 뒤의 멸망을 받아들일 수 없었을 뿐이었다.

　"하――하지만 실제로 《레기온》의 관측수가 감소하고 있습니다! 몇 년 전과 비교하면 이미 절반 가까이로……."

　[관측할 수 있는 범위의 《레기온》이, 말이겠죠. 경합구역 안쪽의 《레기온》 세력권 안은 방전교란형의 전파방해가 항상 전개되어서 전혀 관측할 수 없습니다. ……그야 전선의 《레기온》은 숫자가 감소하고 있지만, 필요하지 않으면 더 나오지 않을 뿐입니다. 이쪽을 깎아내는 정도의 습격은 계속하면서 그 이상의 숫자가 후방에 대기하고 있고, 그 숫자는 지금도 계속 불어나고 있습니다.]

　그 행동이 말하는 목적은 하나.

　전력의 온존과 증강. 소모될 뿐인 내구전을 버리고, 단 한 방으로 공화국의 방어선을 와해시킬 수 있는 총공격을 기도한다.

　"그런 전략적 판단을 내릴 수 있는 지능이 《레기온》에게는."

　[없을 터였죠. 그게 또 하나의 패인입니다.]

한없이 당황하는 레나와 달리 신의 목소리는 역시 쌀쌀맞을 정도로 조용했다.

　[머리가 무사한 사체는 희소하다고 해도 전장에는 회수되지 않은 사체가 수백만 구나 있고, 그 정도로 많으면 열화가 진행되기 전에 노획되는 것도 있습니다. ……인간이라면 함락되지 않는 적진을 앞두고 전력 증강을 꾀할 정도의 판단은 그리 어렵지 않겠죠. 마찬가지로 혹시 인간과 비슷한 정도의 생각을 할 수 있는 《레기온》이 있다면?]

　"……!"

　검은 양. 인간의 뇌 구조를 받아들인 《레기온》. 인간의 뇌를 얻음으로써 열화됐더라도 본래 중앙처리장치보다 뛰어난 처리능력을 획득하고.

　그리고 만약 죽었어도 열화되지 않은 뇌수를 그들이 손에 넣었다면.

　[그런 《레기온》을 우리는 《양치기》라고 부릅니다. 본래 명령을 받아 움직이는 병사에 불과한 《레기온》을 통솔하고 이끄는 망령들의 지휘관. 여태까지 몇 기 조우했습니다만, 그들이 직접 지휘하는 군대는 그렇지 않은 것과 비교도 되지 않을 정도로 강합니다.]

　"잠깐만요. 가정이 아니라 이미 실존합니까? 설마 그것도——."

　[들으면 판별할 수 있습니다. 지휘관기인 그들의 목소리는 아주 잘 울리니까, 무리 안에 있어도 인식할 수 있습니다. 각 전선에 각각 수십 기 정도, 이 제1구역 안쪽에도—— 한 기, 있습니다.]

　한순간 신의 목소리는 어둡고 싸늘해졌다. 언젠가. 그렇다. 죽은 형을 찾는다고 말했을 때와 마찬가지로, 잘 갈린 하얀 칼날 같은 목소리. 날카롭고 위험한 광기의 기척.

소름이 끼쳤다.

공화국은 멸망한다. 자신들의 생각 없음과 한심함 끝에. 자신들이 전장에 보낸 수백 만 명의, 쓰다 버리고 매장도 하지 않았던 에이티식스의 망령에게 발을 붙잡혀서.

"하……하지만."

레나는 문득 깨닫고 말했다.

"그건…… 혹시 몇 년 후에 당신들이 전멸한다고 가정했을 때의 이야기지요."

신은 문득 눈을 깜빡인 듯하였다.

[그건 그렇습니다만.]

"그렇다면 그 전에 《레기온》을 괴멸시킨다면, 그런 일은 일어나지 않습니다. 당신들이라면…… 《레기온》의 습격도 위치도 다 아는 당신이 있는 스피어헤드 전대라면, 그것도 가능하지 않겠습니까?"

거의 손해도 없는 채로, 가장 격렬한 《레기온》의 습격을 막아온 정예인 그들이라면.

[필요한 인원과 장비와 시간이 있으면 가능하겠죠. 그건 어느 전쟁이고 마찬가지라고 생각합니다만.]

"그렇다면 이깁시다. 나도."

함께 싸우겠습니다, 라고 말하려다가 그건 거짓이라는 걸 깨닫고 정정했다.

"전력을 다하겠습니다. 적정 분석도 작전 구축도, 내가 할 수 있는 거라면 모두. ……다른 전선도 언젠가 똑같게 하겠습니다."

적정의 자세한 상황을 알면, 기본적인 대응책을 세울 수 있으면, 그것은 확실히 공화국의 국익이다. 그렇게 말하며 다른 부대에도 응용시키는 것은 분명 어렵지 않을 테니까.

"올해로 임기가 끝나죠? 노우젠 대위. 그러니까 그때까지 승리하고, ……함께 살아남죠."

신은 쓴웃음을 지었다. 희미하고 부드러운 울림이었다.

[……그렇군요.]

레나와의 동조를 끊고 신은 소등시간을 지나 고요해지는 막사의 자기 방으로 돌아갔다.

어두운 방에 들어가자 보름달의 푸른 달빛에 유리창에 자기 모습이 비치고 있었다.

전투 중에도 하고 있는 하늘색 스카프지만, 아무래도 잘 때까지 두르진 않는다. 샤워를 마쳤으면 그대로 잘 생각이었으니까, 속옷 위에 아무렇게나 걸친 야전복의 옷깃에는 연한 하늘색이 없었다.

마른 체격으로 보여도 오랫동안 혹독한 전장생활로 표범처럼 단련된 체구, 그 부드러운 목덜미에는 목을 한 바퀴 도는 붉은 멍자국이 있었다.

완전한 직선이 아니라 삐뚤빼뚤한, 생생한 붉은색의 울혈 자국.

비틀린 그것은 한 차례 목을 절단했다가 억지로 이어놓은 자국 같기도 했다.

한 손을 뻗어서 유리에 비친 자기 목을 만졌다.

인터챕터 목 없는 기사 Ⅱ

입대하고 반년이 되는 시기에 배속된 전대에서, 라이덴은 그 저 승사자와 만났다.

입대 후 뿔뿔이 흩어졌던 친구들 중 마지막 한 명이 죽은, 그다음 날의 일이었다.

입대 전까지는 85구 안에서 숨어 지냈다.

완전 기숙사제 사립교를 운영하는 백계종 노부인의 보호를 받았다.

노부인은 학생과 인근 아이들. 에이티식스 아이들을 숨길 수 있는 데까지 학교 기숙사에서 보호하고 있었다.

5년째에 누군가의 밀고로 발각되어서 호송을 위해 병사들이 왔다. 노부인은 그래도 필사적으로 매달리며 인간의 양심과 정의를 거듭 말하였지만, 그 말에는 비웃음과 욕설만이 돌아왔다.

가축을 싣는 트럭에 아이들을 가득 싣고 아무런 가책도 느끼지 않는 얼굴로 떠나가는 병사들. 노부인은 출발하는 트럭을 쫓아오며 마지막으로 외쳤다.

더러운 말이라곤 한 번도 쓴 적 없었다. 그런 말을 쓰고 싶어 하는 때인 아이들이 실수로 말하기라도 하면 열화와 같이 화를 내던, 근엄하고 청빈한 그 노부인이.

분노로 얼굴을 일그러뜨리고 눈물을 흘리며 절규했다.

"지옥에나 떨어져라, 이 짐승들아!"

그 절규를, 바닥에 엎어져 어쩔 도리도 없이 오열하던 그녀를 지금도 또렷하게 기억한다.

저승사자 별명을 가진 동갑내기 전대장은 여태까지 라이덴의 경험으로는 믿을 수 없을 만큼 대충대충에 변덕쟁이였다.

초계 같은 건 일절 하지 않고, 《레기온》이 어디에 숨어있을지도 모르는 폐허를 혼자 탐색하고, 레이더에 아무런 반응도 없을 때부터 갑자기 출격명령을 내린다. 그것들은 확실히 기분 나쁠 정도로 딱딱 들어맞았지만, 라이덴이 보기엔 자살희망자로밖에 생각되지 않을 정도로 무방비했다.

분노를 참을 수 없었다.

함께 입대한 친구들은 모두 죽었지만, 그때까지 필사적으로 싸웠다. 그 노부인은 총을 맞을지도 모르는데도 필사적으로 아이들을 지키려고 했다.

그런데 이 녀석은 마치 누가 죽어도, 자기도 죽어도 상관없다고 생각하는 듯하였다.

인내의 한계에 달하여 손이 나간 것은 배속되고 보름 정도 지나서, 여전히 중지 상태인 초계 문제로 말다툼을 벌였을 때였다.

체격 차이를 생각해 다소 힘을 빼는 이성은 있었지만, 당시에는 아직 체구가 작았던 신을 날려버릴 만한 위력이 있었다. 먼지투성이 땅 위를 구른 상대에게 지랄하지 말라고 고함쳤지만, 붉은 눈동자가 흔들림 없이 침착하게 라이덴을 노려보았다.

"······설명하지 않았던 건 내 잘못이지만."

입안이 찢어져서 난 피를 뱉으며 일어섰다. 뜻밖에도 대미지가 적은지 막힘없는 움직임.

"경험상 실제로 들을 때까지 아무도 납득하지 않으니까 말하지 않았을 뿐이야. 시간을 낭비하고 싶지 않아."

"뭐? 너 무슨······."

"조만간 말하지. ······그리고."

말하자마자 신은 라이덴의 안면을 후려쳤다.

작은 체구로 지극히 컴팩트한 움직임, 주먹이 제대로 들어갔다. 체중 이동과 힘의 전달이 군더더기 하나 없이 적절했으니까, 어쩔 도리도 없이 쓰러졌고 머리가 빙글빙글 돌았다.

"맞을 이유는 없다. 나는 대충 싸우지 않아. 그래도 좋다면 덤벼."

"이 자식이."

이번에는 진심으로 싸웠다.

결론부터 말하자면 라이덴이 졌다. 그것도 일방적일 정도로 두들겨 맞았다. 라이덴보다 1년 오래 전장에서 살았던 신은 그만큼 폭력에도, 그 사용법에도 익숙했다.

정말이지 내키지 않지만 강한 녀석이다. 신에 대한 인상은 조금 바뀌었다. 후에 이야기를 들은 세오에게서는 만화도 아니고 참 창피하겠다는 넉살을 들었지만, 아무것도 모르는 건 세오 쪽이다. 당사자인 신까지 웃음을 참고 있었지만, 그 바보의 생각을 알까 보냐.

한판 붙었던 그다음 날, 찢어져서 아픈 입으로 확실하게 말하라고만 말했고.

다음 전투에서 그 망령들의 무시무시한 절규를 들었다.

왜 초계가 불필요하고, ……왜 신이 그렇게 나이에 맞지 않게 침착함을 가졌는가, 라이덴은 이해할 수 있을 것 같았다.

†

스피어헤드 전대의 막사는 소등시간이 되어 조용해졌고, 자기 방의 침대에 누워있긴 해도 아직 잠들지 않았던 라이덴은 조용한 발소리를 듣고 일어났다.

문이 열린 상태인 옆방을 보자, 어두운 방의 달빛이 푸른 창 앞에 신이 서 있었다.

"너, 아까 누구랑 이야기했어?"

아래층의 샤워실과 그 옆의 탈의실 근처에서 희미하게 신의 목소리가 들린 듯하였다.

시선만 돌려서 이쪽을 본 신이 "으음."이라고 짧게 대답했다. 나이에 어울리지 않는 침착함에 무엇에도 마음이 흔들리지 않는 무관심, 무감동하게 얼어붙은 붉은 눈동자.

"소령님하고. 동조해 왔으니까, 조금."

"……헤에, 먼저 연결했나. 그 아가씨도 의외로 근성이 있네."

조금 감탄했다. 그걸 듣고 신과 다시금 동조했던 핸들러는 한 명도 없었다.

옷깃에서 나온 목덜미는 지금 드러나 있었고, 거기를 한 바퀴 도는 붉은 멍에 문득 눈이 갔다.

목을 잘린 흔적 같은 그 무참한 흉터의 유래를 라이덴은 신 자신에게 들어서 알고 있다. 망령의 목소리를 듣는 능력을 그렇게 얻었다는 것도.

조용한 밤이었다. 적어도 라이덴에게는 그랬다.

하지만 신에게는, ……멈추지 않는 망령들의 술렁거림을 듣는 능력을 얻은 이 동포에게는 이 밤도 얼마나 많은 비탄과 규환으로 가득할까.

그런 것을 계속 들으면서 제대로 된 감성을 지킬 수 있을 리가 없다. 느끼는 마음을 짓누르고 없앤 결과가 아마 무엇에도 흔들리지 않는 이 침착하고 무관심한 저승사자겠지.

저승사자가 라이덴을 보았다. 붉은 눈동자로. 모든 것을 얼려버리는 핏빛 눈동자로.

그 마음은 전장의 아득히 먼 곳, 계속 찾는 목에 사로잡힌 나머지 여기에 없다는 것을 안다.

"이만 자야겠어. 할 말이 있으면 내일 해."

"……그래. 미안해."

잘 여닫히지 않는 문이 다소 고생 끝에 닫히고, 발소리가 옆방으로 돌아가서 파이프 침대의 삐걱대는 소리가 들려도 신은 유리창을 통과하는 푸른 달빛 속에서 들판 너머를 바라보며 움직이지 않았다.

귀를 기울이면 별들의 속삭임처럼, 밤의 어둠 저 멀리까지 가득 채우는 망령들의 목소리. 신음과 절규와 한탄과 비명과 알아들을 수 없는 기계의 말. 그것들을 관통해 여기서는 아직도 먼 부름에 귀를 기울였다.

같은 목소리를 마지막에 인간의 목소리로 들은 것은 벌써 8년 전.

그때도 같은 말이었다.

매일 밤 들을 때마다 되살아난다. 이 목소리는 잊는 것을 단 하루도 허락하지 않는다.

드리우는 그림자.

목에 와 닿는, 뭉개고 찢어버리려는 완력과 무게.

가까이서 내려다보는 안경 너머, 증오로 흔들리는 검은 눈동자.

질식의 괴로움과 그조차도 압도하는 귀를 찌르는 형의 노성.

죄업(sin). 너의 이름이다. 어울리지 않나.

너 때문이다. 모든 게 너 때문이다.

같은 목소리가 아득히 멀리서 불렀다. 5년 전 이곳 동부전선의 한 폐허에서 죽었을 때부터 계속해서, 끊임없이 자신을 불렀다.

차가운 유리에 손을 대고, 닿지 않을 거라고 알면서도 말했다.

"이제 곧 갈 수 있어, ——형."

제5장 스피어헤드 전대에 엿 같은 영광 있으라

그 날 전투도 《검은 양》이 많아서, 레나는 전투를 마치고 구역질을 참으며 조심조심 숨을 내뱉었다.

이어진 상태였던 동조 너머에서 크레나가 입을 열었다. 전투가 끝나고 프로세서들은 각자 동조를 끊었다고 생각했는데, 그녀는 아직 남아 있었던 모양이다.

[그렇게 힘들거든 그만두면 될 텐데.]

걱정하는 게 아니라고 여실하게 느껴지는 쌀쌀맞은 어조였다.

[이쪽은 네가 있든 없든 문제없고, 딱히 관제가 없어도 무슨 일이 생기는 것도 아니잖아. 옆에 있는 것도 아니면서 전투 중에 힘들어하면 신경이 흩어져서 방해돼.]

맞는 말이라서 화도 나지 않았다. 그렇게 생각하지만 말을 걸어준 것만으로도 조금 기뻤다.

그리고 문득 깨닫는 게 있어서 물었다.

"당신이나 다른 사람들은 괴롭지 않습니까……?"

크레나나 다른 이들은 괴롭다고 해서 동조를 끊을 순 없다. 어디에 있든지 숫자가 얼마나 되든지 정확하게 위치를 특정하고 기만도 할 수 없는 신의 탐색 능력은 실전에서 더없이 귀중하다.

크레나는 어깨를 으쓱이는 기척이었다.

[별로. 이미 익숙해졌고, 게다가 신이 없더라도 단말마의 비명 같은 건 프로세서라면 얼마든지 듣고 있으니까.]

담담한 어조와는 달리 크레나의 감정이 흔들리는 게 느껴졌다. 공포는 아니고 분노나 안타까움이나 분함 같은, 아주 어둡고 무거운 그것.

[기체와 함께 폭발해서 즉사하는 건 괜찮게 죽는 편이야. 팔다리가 날아가고 얼굴이 갈려서 없어지고 온몸이 불타서 문드러지고 배가 갈라져서 내장이 나온 채로, 아프고 괴롭다고 울며 소리치며 동료가 죽는 걸 다들 몇 번이나 봤어. 이미 죽은 사람의 목소리 따위 그것과 비교하면 별로 대단하지도 않아.]

그 말과 달리 고통을 견디는 듯한. 눈물을 참는 듯한.

아득히 먼 곳에 있는 전선의 소녀가 힘껏 입술을 깨무는 게 느껴졌다. 어금니를 악물어서 빠드득 하는 소리.

[제1전투구역도 그건 마찬가지. ……우리 중 누가 죽든 이상할 것 하나 없어.]

"……예."

당초 24명 있던 전대원 중 바로 그저께에도 한 명이 사라져서 지금은 13명까지 줄어들었다.

망가져서 영원히 고칠 수 없어진 라디오를 라이덴은 자동공장의 재생로에 던져 넣었다.

평소 멤버들이 방에서 쉬고 있으니, 평소와 같은 시간에 평소처럼 레나가 동조해 왔다. "안녕하세요."라고 말을 걸기에 답했다.

"감도 양호. 소령. ……남자뿐이라서 누추하니 미안해."

레나는 놀란 기색이었다.

그것도 당연, 왜냐면 매일 저녁에 레나의 부름에 제일 먼저 대답하는 것은 라이덴이 아니라 신이다.

[……저기, 노우젠 대위는 무슨 일 있습니까?]

스케치북을 껴안은 채로 세오가 코웃음을 쳤다.

"너 정말로 귀찮아, 밀리제 소령. 우리 계급은 이름뿐인 장식이란 걸 알잖아."

전대장이 대위고, 그 뒤로 부대장, 소대장 순서로 내려가서, 소대장이 준위. 전대 안의 지휘계통을 명확하게 하도록 일률적으로 정해졌을 뿐이지, 그만한 권한이나 대우나 급여가 주어지는 것도 아니다. 이 부대의 프로세서는 예전 부대에서 전대장이나 부대장급의 '네임드' 뿐이니까, 배속되면서 대위, 중위에서 소위나 준위로 '강등' 되는 경우가 태반이다.

하지만 레나는 태연히 대답했다.

요새 참 뻔뻔해졌구나 싶어서 라이덴은 조금 재미있어졌다.

[슈가 중위도 릿카 소위도 나를 소령이라고 부르죠. 마찬가지로 부르는 데에 무슨 문제라도?]

"……맞는 말이군."

그 말에 세오가 쓴웃음을 지었다.

레나면 된다고 했다지만, 그렇게 부르는 사람은 아무도 없었다.

거기에 숨은 거리감을 알기에 레나도 거리감을 둔 부하로서의 호칭을 사용하겠지.

대화는 해도 이름을 부를 정도의 사이는 아니다. 친한 척할 뿐이지 결국은 박해하는 쪽과 박해당하는 쪽에 불과하다는 암묵의 일선.

[……저기, 그래서 노우젠 대위는? 설마 오늘 전투에서 무슨 일이——.]

"어어, 아니."

라이덴이 옆방의 벽을 바라보았다.

여기 모인 것은 크레나와 앙쥬를 제외하고 매일 밤 모이는 멤버들로, 각자 마음대로 지내는 건 변함없지만 여기는 신의 방이 아니라 라이덴의 방이다.

얇은 벽 하나를 사이에 둔 신의 방은 소리 하나 없이 고요하였다.

"자고 있을 뿐이야. 지쳤다면서."

저녁을 먹는 시점에서 이미 꾸벅꾸벅 졸기 시작했고, 라이덴이 당번이었던 뒷정리를 마치고 방을 들여다보았을 때는 침대에 쓰러져 있었다. 불만스럽게 울어대는 새끼고양이를 안아 들고 내친 김에 모포를 덮어주었는데, 그 뒤로 아무런 소리가 나지 않았으니까 이대로 아침까지 일어나지 않겠지.

그를 만나고 3년 동안 이따금 있었던 일이다. 본인은 익숙하다고 말하지만, 24시간 내내 멀리 있는 《레기온》들의 소리를 듣는 상태는 역시 전혀 부담이 없다고 할 수 없겠지.

최저의 동조율로는 똑같은 소리를 듣는 게 아니니까 신이 어떤 세계에 사는지는 라이덴 등도 사실은 모른다. 다만 예전에 딱 한 번 신이 동조율을 최고까지 올리고 연결했던 핸들러는 그 직후에 자살했다. 무모한 명령이나 잘못된 정보를 일부러 주며 프로세서를 개죽음에 몰아넣고 즐기던 쓰레기라서, 경험 없는 신참이 거기에 휘둘려서 죽었다. 신은 시끄럽고 귀찮다고 말하면서 다음 전투에서 다른 모두와 동조를 끊고 그자와만 연결했다. 그 녀석은 두 번 다시 동조하는 일 없었고, 후에 헌병에게서 자살했다는 이야기를 들었다.

그런 소리가 가득한 세계에서 살고, 또 최근 스피어헤드 전대의 상황을 보면.

[……대위도 그렇습니다만, 역시 전원의 부담이 늘어났습니다……. 이렇게 계속해서 전사자가 나오면…….]

"……그래."

레나의 개탄에 짧게 수긍했다. 신만이 아니다. 부대 전원의 피폐가 최근의 전투를 거치며 심각한 영역에 도달하고 있었다.

스피어헤드 전대의 전사자는 배치 당초부터 헤아려서 11명이나 된다. 이미 부대 정원의 절반 가까이, 제대로 된 군대라면 이미 전멸로 판단되어 재편성될 손해다. 《레기온》의 습격 횟수와 병력 숫자는 변함없으니 각자의 부담이 그만큼 늘어나는 형태가 된다. 적의 숫자가 대처할 수 있는 범위를 넘어서 피로 때문에 판단을 그르치고, 인원이 감소하는 바람에 전사자가 더욱 늘어나는 판국이다.

그럼에도 결원 보충을 살펴보면, 2월에 처음으로 전사한 쿠조

등 세 명의 보충조차도 아직 이루어지지 않았다. 입술을 깨문 듯한 레나가 말에 힘을 담았다.

[보충을 재촉하겠습니다. 이쪽에 최우선으로 인원이 오도록 손을 다 써 볼 테니까요.]

하루토가 힐끔 이쪽을 보았다. 라이덴은 콧김을 내뿜었다.

"으음…… 그래."

[이 부대는 최중요 거점의 방어 전력입니다. 우선적으로 보충을 받을 권리가 있습니다. 그때까지 주위의 다른 부대에도 응원을 요청할 테니까요. ……그러니까 조금만 더 견뎌 주세요.]

"……그래."

모호하게 끄덕였다. 시야 구석에서 하루토와 세오가 어깨를 으쓱였다.

"……저기, 앙쥬. 있잖아."

샤워실에는 크레나와 앙쥬만 있었다.

긴 은발을 꼼꼼히 감는 앙쥬에게 크레나는 머리에 미지근한 물을 뒤집어쓴 채로 말했다.

"왜?"

"그 여자한테, 슬슬, 말해야 하는 거 아닌가 하고."

왠지 기쁜 눈으로 바라보았다.

"소령이 걱정돼?"

"칫."

다급히 고개를 내저었다. 갑자기 무슨 소리 하는 거야!

"아니라니까! 왜 그런 여자 따위! ……다만, 저기, 그 녀석은 신을 두려워하지 않으니까 그 정도는 해 줘도 좋지 않을까 하고, 그 것뿐이야."

입술을 삐죽거리면서 종알종알 말을 이었다.

싫긴 하지만. 여전히 토악질이 나올 만큼 뻔뻔한 소리만 하지만. 소중한 동료를 물건 취급하지 않았다. 그것만큼은 인정해도 좋다고 생각하니까.

"신도, 라이덴도, 다들 입 다물고 있잖아. ……말하면 그 여자도 더 이상 연결하지 않을 거고, 서로 그편이 좋지 않을까 하고."

"그래…… 언제였더라, 카이에도 그런 말을 했어……."

당신은 악인이 아니니까. 우리하고 얽히지 않는 편이 좋아.

"하지만 그러니까 신 군도, 라이덴 군도 말할 수 없는 게 아닐까해. 아마 말해도 상처 입을 거라고 생각했을 거야."

"……."

이제는 없는 카이에.

샤워할 때마다 조그맣고 빈약한 몸을 신경 쓰다가 다른 여자대원에게 웃음을 샀다. 그 고양이 같고 나긋나긋한 소녀도, 남자들에게는 절대 들려줄 수 없는 화제로 꺅꺅대며 떠들던 다른 이들도, 어디에도 없다.

지금은 이제 둘뿐이다. 여섯 명이던 여자대원은 크레나와 앙쥬를 제외하고 전원이 전사했다.

문득 깨닫는 게 있어서 앙쥬를 올려다보았다.

"저기, 앙쥬."

"왜?"

"······괜찮아?"

머리를 감던 손을 멈추고 앙쥬는 어깨를 으쓱였다.

앙쥬와 같은 시간에 샤워를 하는 것은 1년 이상 알고 지냈으면서도 이게 처음이다. 앙쥬는 여태까지 누구의 앞에서도, 같은 여성대원 앞에서조차도 옷을 벗은 모습을 보인 적이 없다.

"응. 아무래도 이젠 괜찮겠지 하고. 두 사람밖에 없는데 숨길 것도 없잖아."

물줄기 너머로 비치는 하얀 나신. 숱한 흉터가 남은 것은 크레나도 앙쥬도 마찬가지지만, 앙쥬의 등에는 전투의 그것과는 다른 자국이 아직 진한 색으로 흩어져 있었다.

장발 사이로 엿보이는, 글자처럼도 보이는 흉터에 무심코 눈을 주었다가 황급히 피했다. 창녀의 딸이라고 적혀 있는 듯하였다. 백계종의 피가 진한 앙쥬. 그리고 한편으로 부모의 먼 조상이라는 천청종의 피.

"······다이야 군이었지. 처음에 만났을 때 머리가 예쁘다고 칭찬해 줬어. 숨기려고 길게 기른 걸 알면서도, 예쁘니까 기른 거냐고 말해 줬어."

조용히 말하는 목소리는 중간부터 한없이 메말랐다. 억지로 웃음을 띤 엷은 색깔의 입술이 다른 생물처럼 떨리고 있었다.

"그런 다이야 군도 이젠 없으니까. 더는 신경 써도 소용없겠다 싶어서······."

우는 줄 알았다. 하지만 앙쥬는 울지 않았다. 젖은 머리를 빗어 올리며 이쪽을 보았을 때는 이미 그 다정한 얼굴이 평소처럼 부드러운 웃음을 띠고 있었다.

"크레나야말로 괜찮아? 전하지 않아도 돼?"

누구에게, 라든가, 무엇을, 이라고는 하지 않았다. 말하지 않아도 아는 거니까.

크레나는 조용히 시선을 내렸다.

"……응. 아마 나한테 그 말을 할 자격은, 없을 테니까."

처음에 그 밑에 배속됐을 때는 솔직히 무서웠다.

소문은 계속 들었다. 동부전선의 최전선을 지배하는, 목이 없고 눈이 새빨간 〈저승사자〉.

동료가 픽픽 죽어가는 가운데 그 피를 빨듯이 살아남는 것이 '네임'이니까, 그 별명은 대개 악명 섞인 험악한 것이 된다. 하지만 그중에서도 신의 유명세는 한층 강했다.

장의사. 누구보다 죽음과 가까운 주제에 자기만 죽지 않고 계속 다른 누군가의 장례를 치르는, 전장에서 가장 친근하며 가장 짜증스러운 저승사자와 같은 의미의 퍼스널 네임.

그가 소속된 전대는 밑의 〈늑대인간〉 한 명을 제외하고 죄다 전멸했다고 들었다. 별명처럼 죽음을 부른다고도, 아니면 동료를 방패로 삼아서 살아남는다고도.

처음에 간 부대에서부터 계속 격전구에만 배속됐다는 것을 나중에 알았다.

몇 번째 작전 이후였다.

동료 중 한 명이 자주지뢰에 하반신이 날아갔다.

죽지도 못하고 괴로워했지만, 아무도 어떻게 할 수 없었다.

신만이 조용히 그 옆에서 무릎을 꿇었다. 마찬가지로 움직이려는 라이덴을 제지했다.

휴대한 권총을 뽑는 것을 크레나는 멍하니 서서 지켜보았다. 방어를 위해, 만에 하나 자결을 위해 모두가 휴대하는 자동권총.

또 하나의 역할이 있다는 것을 처음으로 알았다.

[어렵겠지만. 뭐든지 좋으니까 행복했던 때를 떠올려.]

죽어가는 그 녀석은 희미하게 웃었다. 열심히 입술을 떨었다.

[약속······. 나도, 데려가주는 거지······?]

[그래.]

선혈과 내장의 파편으로 물든 손으로 뺨을 훑을 때 녀석은 눈썹 하나도 움직이지 않았다. 이 세상의 무엇보다도 아름답고 존귀한 광경이었다.

간혹 라이덴이, 얼마 전부터 있던 동료들이 그를 가리켜 우리의 저승사자라고 부르는 이유를 간신히 알았다.

데려가주니까. 죽은 동료의 그 이름을. 그 마음을. 누구 하나도 버리는 일 없이, 그 앞길의 끝까지 품고 가주니까.

들어갈 묘도 없이 그저 잊힐 운명인, 내일도 모르는 이 전장에서 사는 프로세서에게 그것은 무엇과도 바꿀 수 없는, 얻기 어려운 구원이다.

진심으로 끌렸다.

언젠가 죽어도 함께 갈 수 있다고 생각하니 기뻤다. 무섭지 않아졌다. 애초부터 잘 쏘던 총을 더욱 갈고닦은 것은 그 무렵부터였다. 혹시 다음에 같은 일을 해야만 한다면 자기가 하겠다고 생각했고, 언젠가 죽더라도 조금이라도 함께 싸우고 싶었으니까.

하지만.

수도꼭지를 비틀어 물을 잠그며 크레나는 천장을 바라보았다. 적어도 그것은 자기가 아니다. 이 전장에 있는 한 자신은 결코 그럴 수 없다.

함께 싸운 모든 동료를, 그 마음을, 끝까지 데려가는, 그녀들의 저승사자.

하지만 그렇다면 신의 마음은, 대체 누가 맡아 줄까……?

†

"어이, 에이티식스. 이것도 있다."

생산 플랜트에서도 자동공장에서도 생산할 수 없는 물품은 벽 너머에서 공수해오며, 한 달에 한 번 그 공수품을 수령한다.

보충품 리스트와 컨테이너를 대조하며 확인하던 신은 수송대원의 거만한 목소리에 고개를 들었다.

위협하려는 건지 어설트 라이플을 든 병사를 둘이나 데리고, 군복만 번지르르한 궁상맞은 사관이 턱짓하였다. 아무래도 좋지만, 뒤에 있는 병사들의 라이플은 안전장치가 걸린 상태고 게다가 초탄이 장전되지 않았다. 각각의 위치도 너무 가까우니까 마음만 먹으면 총을 쏘기 전에 전원 제압할 수 있다. 의미가 없으니까 안 하지만.

"핸들러가 보낸 거다. 요구가 있었던 특수탄두라고. 참나, 돼지들이 인간님에게 고생이나 시키고……."

사관의 뒤에서는 튼튼한 내폭 컨테이너가 있고, 엄중한 봉인과 탄약을 가리키는 마크가 흉흉했다.

아무튼 신은 의아한 표정으로 눈썹을 찌푸렸다. 그런 걸 요구한 기억은 없다.

말이 없는 신에게 사관은 저속한 웃음을 보였다. 에이티식스 중에는 빌어먹으면서 주제를 모르는 반항적인 자가 많지만, 이 녀석은 얌전하다. 무슨 소리를 해도 덤벼들지 않는다.

"너희 주인님은 여자였지. 어이, 어떻게 구워삶은 거야? 세상모르는 아가씨니까 말만으로도 즐겁게 하는 건 간단했겠지."

신은 사관을 바라보았다.

"그럼 어디 당신 아내에게도 해드릴까요? 밤에는 참 한가하실 테니까."

"이 새끼가……!"

사관은 한순간 격노했지만, 눈이 마주치자 얼어붙었다. 붉은 두 눈동자는 평소처럼 조용한 채로 한 치의 위협도 띠지 않았지만, 우리 안에서 편안히 보호만 받는 돼지가 전장에 사는 야수를 당해낼 리가 없다. 굳어버린 그 옆을 일부러 지나치며 신은 컨테이너로 다가갔다. 분명히 리스트에는 이 컨테이너의 번호가 있고, 배

송표에는 몇 달 동안 낯익어진 레나의 사인.

그 밑의 메모처럼 휘갈겨 쓴 한 줄이 눈에 들어왔다.

"류느 궁전……?"

잠시 생각하다가 떠오른 사실에 신은 살짝 눈을 치떴다.

†

파티는 사교장이다. 즉, 인맥 만들기와 절충과 정보수집이 목적인 모임이다.

당연히 거기서 오가는 대화가 예술이나 음악이나 철학 같은, 고상하고 무익한 내용으로 끝날 리는 없지만, 그런 걸 알아도 재미없는 것은 재미없다.

휘황찬란한 페를레 궁전의 홀과 거기를 가득 메운 욕망의 속삭임들을 피해서, 별빛이 밝히는 테라스로 도망친 레나는 혼자 숨을 돌렸다.

애초에 파티를 좋아하지도 않았고, 요즘은 그 나이 또래 특유의 화제와 그것을 목적으로 한 남성이 늘어서 짜증났다. 밀리제 가문은 원래 귀족에 자산가다. 가문이나 재산을 노리는 이는 많았다.

물론 오늘 레나에게 말을 거는 괴짜는 없었다.

검은 비단 이브닝드레스는 드레스코드에 반하는 것이 아니지만, 검은 보석과 하얀 꽃을 맞춘 모습은 그야말로 상복이었다. 게다가 마실 것도 집지 않고 얌전히 방의 장식품처럼 있었으니까, 때때로 귀찮다는 시선을 받는 것 빼고 파티장의 고귀한 숙녀들에게는 깨끗하게 무시당했다. 황당한 표정의 아네트와 난처한 표정의 칼슈타르와 잠깐 이야기한 것 이외에는 머리에 꽃이 핀 부인(비유로도 물리적으로도)이 목에 두른 레이드 디바이스를 보고 멋진 초커라고 칭찬하러 온 정도였다.

무례하다면 무례하지만, 그렇다고 해서 거기에 맞춰줄 생각은 들지 않았다.

현실에서 눈을 돌린 좁은 세계 안에서의 자존심 싸움도, 색욕이나 물욕도 너무 공허하고 바보스럽다. 여러 프로세서를 연이어 잃은 뒤라면 더더욱…….

갑자기 레이드 디바이스가 기동했다.

[……소령님?]

"노우젠 대위. ……무슨 일입니까?"

순간 한 손으로 레이드 디바이스를 누르며 작은 목소리로 답했다. 이 시간의 전투는 그들의 관할이 아닐 텐데, 설마 제2전대 이하로는 버틸 수 없는 대군세가…….

하지만 신의 목소리에 긴장의 빛은 없었다.

[항상 동조하는 시간에 동조가 없어서 이쪽이 연락했습니다만, 문제는 없었습니까? 지금 상황이 안 좋다면 나중으로 하겠습니다만…….]

"괜찮습니다. 무슨 일인가요?"

그러고 보면 평소에 스피어헤드 전대와 대화할 시간인가. 전화할 때 그러듯이 파티회장에 등을 돌리고 초승달 아래의 어두운 정원을 향하면서 물었다.

['특수탄두' 가 도착했기에 연락을.]

　별빛 이외에 비추는 것이 없는 칠흑 같은 하늘에 커다란 불꽃이 피었다.

　불꽃 반응의 선명한 색채를 한 차례 뿌리고, 여린 눈처럼 사라졌다. 쿵 하고 속삭이는 듯한 굉음과 함께 반대방향으로 솟은 유성이 그 옆을 통과하여 다음 꽃을 밤하늘에 피웠다.

　그때마다 터지는 환성은 아이처럼 순수하였다. 대부분의 사람들은 어린 시절 이후로 보지 못했을 테니 당연하겠지. 그 빛에 아주 잠깐 드러난, 꿈에 젖은 시선과 역광에 잠시 춤추는 그림자.

　기지 주변에서는 아무래도 문제겠다 싶어서 기지 요원 전원이 이동한 폐허의 축구장. 잔디가 아닌 풀로 뒤덮인 운동장에서는 대원과 정비 크루가 마음껏 흩어졌고, 운동장 바깥쪽에 웅크려 앉은 《저거노트》의 그림자.

　정비 크루들을 태우고 온 파이드가 얼른 발사통을 설치하더니 금속 절단용 버너를 라이터 대용으로 삼아서 도화선에 점화하고 다녔다.

　대기 상태의 《언더테이커》의 옆에서 신은 다시금 쏘아 올린 화염의 꽃을 올려다보았다.

　"──불꽃. 고맙습니다."

동조율이 평소보다 조금 높다. 다른 대원들의 환성이 희미하게나마 들렸다.

들려줄 생각으로 설정을 변경했다는 걸 깨닫고 레나는 기뻐졌다.

"혁명제니까요. 예전에 형과 양친과 함께 보았겠죠. 분명 다른 이들도 각자의 가족과."

이 시기가 되면 대량으로 가게 앞에 진열되는 시판 불꽃을 보낸 것은 얼마 전의 일이다. 병참부의 담당자에게는 조금 비싼 술을 넘겨주고, 라벨을 바꿔치기 해서 컨테이너에 싣도록 하였다. 일단 가연물을 수송기로 운반하는 거니까, 내폭 컨테이너에 넣기 위해 탄약으로 처리하고.

뇌물 같은 건 쓸 생각 없었지만 이렇게 억지를 부리고 싶을 때를 위해선 필요한 시스템이구나 싶어서 다소 감탄했다.

[혁명제의 전통, 이라고 하는군요. ……그쪽에서도 보입니까? 대통령부의 불꽃놀이는.]

"예."

테라스를 이동하여 대통령부 방향을 보았다. 마침 시작한 모양이었다. 공화국 국가의 대음량 방송과 함께 오색의 커다란 고리가 밤하늘을 물들였다.

기교를 다한 불꽃의 곡예를 혼자 올려다보며 레나는 다소 쓸쓸하게 미소 지었다.

"보입니다. 하지만 역시 하늘이 너무 밝네요."

길가의 파티와 난잡한 빛이 너무 강하다. 한없이 낭비되는 편의성의 대가로 도시의 공기는 더러워지고, 공화국의 위신을 걸고

화려해야 할 불꽃은 완전히 흐려졌다.

애초에 파티장에서도, 주위 대로에서 떠드는 사람들 중에도 불꽃을 보는 이는 아무도 없었다. 시판되는 싸구려 불꽃보다 훨씬 아름다울, 전문 장인의 손으로 만든 불꽃을. 하지만 아무도 아쉽다고 생각하지 않는다.

"그쪽 불꽃놀이는 아름답겠죠. 밤은 어둡고, 분명 공기도 깨끗할 테니까요."

밤하늘은 어둡고 대기는 밝고 열심히 올려다보는 사람이 있는, 전장 한구석의 불꽃은 분명.

나도 같이 보고 싶었다는 말을 레나는 가까스로 삼켰다. 그건 해선 안 되는 말이다. 레나 자신은 원하면 언제든지 갈 수 있다. 하지만 신이나 다른 이들은 원해서 전장에 있는 게 아니고, 또 그들을 데리고 돌아올 수도 없다. 함께, 라는 것은 한때의 착각에 불과하니까 그런 걸 바라면 안 된다.

대신 말했다.

"언젠가 다 함께 제1구의 불꽃놀이도 보죠. 분명 웃음이 나올 겁니다."

신은 쓴웃음을 짓는 듯하였다.

[그렇게 심했던 기억은 없습니다만.]

"그럼 확인해 보세요. 전쟁이 끝나거든, 퇴역하거든 모두 다 함께."

갑자기 떠오르는 바가 있어서 목소리가 가라앉았다. 다이야, 그리고 최근 연이은 여섯 명의 사망자도.

"이르마 소위나 다른 이에게도 보여주고 싶었는데. ……죄송합니다. 또 타이밍이 안 좋았군요."

[아뇨, 위령의 포가 있는 건 처음이고, 녀석들도 기뻐하리라고 생각합니다. 그 녀석들은 음습한 것을 싫어했으니까요. 키노나 다른 이들은 단순히 즐기는 모양입니다만.]

살짝 웃는 기척. 그 자신은 아무것도 느끼지 않는 것도 아닌 듯이, 전해지는 감정의 폭이 평소보다 조금 크다.

[그리고 앙쥬가 방금 간신히 울었으니까요. 언제까지고 혼자서 끌어안는 성격이라서, 그 의미로도 고마웠습니다.]

"……."

친절했고, 서로 오래된 사이임이 느껴졌던 다이야와 앙쥬.

"에마 준위는 잊을 수 없겠지요……."

[그건 다들 똑같습니다. 소령님도 형을 잊지 않고 계셨지요.]

조금 주저하는 침묵이 있고 결국 신은 말을 이었다.

[기뻤습니다. ……나는 형을 기억하지 못했으니까요.]

살짝 흔들린 그 말을 레나는 조금 믿기지 않는 마음으로 들었다. 이런 식으로 신이 자기 심정을 토로하는 것은 처음이었다.

"……노우젠 대위."

[소령님은 우리도 잊지 않아 주시겠습니까?]

신은 아마 농담으로 한 말이겠지. 실제로 어조도 목소리의 톤도 농담 이상의 것은 아니었다.

하지만 평소보다 조금. 아주 조금 높은 동조율로 설정된 지각동조가.

그 말의 깊은 곳에 있는 쓸쓸한 바람을 레나에게 전해 주었다.

잊지 않아 주시겠습니까.

우리가 죽거든 아주 잠깐이라도.

레나는 천천히 눈을 감았다.

아무리 강해도. 무수한 전장에서 생환해도.

그래도 그들에게 죽음은 이렇게나 가깝고.

"당연합니다. ……하지만."

숨을 쉬고 분명히 말했다. 그것이 자신의——스피어헤드 전대
핸들러, 블라디레나 밀리제의 책무였다.

"그 전에 죽게 하지 않겠습니다. 더 이상 아무도."

하지만 한편으로.

레나가 아무리 병력 보충 요청을 넣어도, 몇 번이고 진정해도.

스피어헤드 전대에는 한 명의 보충도 오지 않았다.

†

그날 출격에서 네 명이 죽었다.

흔해 빠진 《레기온》의 전초진지를 습격하는 임무였다. 본대의
진군을 위한 교두보인 거점. 다만 실제로 그것은 미끼고, 언뜻 무
방비한 그 주위에는 매복이 숨어 있었다.

매복 위치도 숫자도 평소처럼 미리 신이 파악해서, 매복의 정면을 우회하여 측면에서 급습하는 수순이었다.

방전교란형 전개는 왜인지 없고, 레나가 지켜보던 레이더 스크린에도 그 외에 적의 모습은 없었다. 하지만 적과 마주치기 직전, 신을 포함한 몇 명이 그걸 신경 썼다. 불길한 예감이 든다는 라이덴의 모호한 중얼거림은 아마 그 몇 명이 공통되게 느끼는 감각이며, 사실은 바로 그것이 그들을 여태까지 살아남게 한 최대의 이유였겠지.

망령의 목소리를 듣는 수색능력에도 뒤지지 않는 전사의 후각이란 것이.

그것은 갑자기 하늘에서 비스듬히, 레이더에 경고가 켜지는 동시에 착탄했다.

당초의 경계가 머릿속에 남아있어서 어떠한 사태에도 즉각 대응할 수 있는 자세를 무의식 중에 취했던 자가 살아남았다. 회피가 늦었던 《그리핀》――치세가 직격을 맞아 날아갔고, 운 나쁘게 착탄 위치에 가까웠던 《파프니르》――키노가 파편에 당해서 침묵. 그 이외의 전원이 맹렬한 충격파에 날아가서 넘어지든가 자세가 무너졌고, 그 이후 제2, 제3의 착탄과 강력한 폭음이 덮쳤다.

지원 컴퓨터가 쏟아내는 포의 발사 위치는 동북동 120킬로미터. 여태까지 관측된 적 없는 초장거리포의 포격이었다. 게다가 탄속이 이상하게 빨랐다. 추정 발사속도는 초속 4000미터 이상. 화포의 한계치를 가볍게 초월했다.

매복조차도 스피어헤드 전대를 포격영역으로 확실히 붙들기 위한 미끼. 측면에서의 급습도 계산에 들어있다. 여태까지의 《레기온》과 비교도 되지 않는 치밀하고 냉혹한 전술이었다.

탄착 확인을 위한 전진관측기를 신이 제일 먼저 특정하여 격추하지 않았으면, 신형인 탓에 불량이 일어났는지 열 번 정도의 포격으로 갑자기 장거리포가 침묵하지 않았으면, 아무리 정예인 그들이라도 철수도 못하고 전멸했을지도 모른다.

추격도 뿌리쳐서 최종적인 손해는 4기. 치세와 키노, 토마, 크로트가 전사.

남은 《저거노트》는 고작 9기.

드디어 정원의 절반 이하로 내려갔다. 한 자릿수로 줄어든 스피어헤드 전대의 대원들――.

"지……."

레나는 두려움에 말을 이었다.

입이 바짝 탔다. 불길한 상상과 어떤 예감에 몸이 떨렸다. 그걸 가로막듯이 말을 꺼냈다.

"지금 당장 보충의 확언을 받아내겠습니다. 오늘이라도 바로. 이런 건 이상해요――!"

스피어헤드 전대는 훨씬 전부터 기능부전에 빠졌다.

병력은 부족하고, 그렇기 때문에 충분히 휴양도 얻지 못하고 주변 부대에 응원이나 출격 대행을 요청하여 가까스로 방어선을 유지하는 게 현황이다. 그것은 상층부도 알고 있을 텐데 아무런 수도 쓰지 않는다. 응원이나 출격 대행의 요청은 쉽사리 통과되는데, 결원 보충의 요구만 왜인지 통과되지 않는다. 연줄을 이용하는 비열함을 참으며 칼슈타르에게도 고개를 숙였고, 준장 지위인 그를 통했음에도 한 명의 보충도 돌아오지 않는다.

신이 짧게 입을 열었다.

[소령님.]

"준장님에게 다시금 말해서 대답을 받아내겠습니다. 부족하다면 무슨 수를 써서라도──."

[밀리제 소령님.]

다시금 강하게 부르는 소리에 레나는 입을 다물었다.

[다들, 괜찮겠지?]

[⋯⋯그래.]

대표로 라이덴이 수긍했다. 다른 모두의 무거운 침묵.

"⋯⋯ 무슨 소릴⋯⋯?"

[소령님. 이제 됐습니다. 당신이 뭘 하든 돌아오는 건 없습니다.]

"노우젠 대위. 그게 무슨?"

[보충은 안 옵니다. 단 한 명도, 결코.]

"⋯⋯예?"

그리고 신은 조용히 그것을 말했다.

모두가 알면서도 레나에게는 말하지 않았던 그 진실을.

[우리는 전멸합니다. 이 부대는 그걸 위한 처형장입니다.]

인터챕터 목 없는 기사 Ⅲ

철이 들기 전부터 어머니나 형이나 주위 사람들의 말 없는 목소리가 들릴 때가 있었다. 그건 언제나, 너무나도 따듯한 것이었다.

그러니까 그때 매달려선 안 되는 상대에게 매달렸다. 그것이 모든 일의 원흉이었겠지.

종군한 직후에 아버지는 전사하고, 머지않아 어머니도 전장에 갔고, 그 뒤로 신은 형과 둘이서 강제수용소의 구석에 지은 교회의 신부 밑에서 자랐다.

신이 들어간 강제수용소는 원래 있는 마을을 부수고 새로 지은 것으로, 신을 키운 것은 그 마을의 신부였다. 월백종이었지만 에이티식스의 강제수용에 강하게 반대하고, 85구로의 피난도 교회에서의 퇴거도 거부하며 강제수용소의 철조망 안에 홀로 남았다.

백계종이었으니까 에이티식스에게서는 따돌림을 받았지만, 신의 양친과는 친했다. 두 사람이 전장에 간 뒤로는 남은 형제를 맡아서 키워 주었다.

그러지 않았으면 어쩌면 형도 신도 살아남지 못했을지도 모른다. 강제수용을 결정한 백계종이나 전쟁을 시작한 제국이나 부조리한 운명 그 자체에 대한 울분과 불만으로 가득한 수용소에서 제국 귀족의 피가 진한 두 사람은 신부의 비호를 받지 않았으면 쉽사리 그 배출구가 됐을 것이다.

신이 여덟 살이 되기 조금 전이었다. 어머니가 전사했다는 연락을 받은 밤이었다.

양친의 전사를 그때의 신은 아직 잘 받아들이지 못했다.

너무 멀어서 이야기는 할 수 없지만 분명히 감지했던 아버지나 어머니의 '목소리'가 갑자기 들리지 않게 되고, 어느 날 종잇조각이 하나 도착했다. 그것이 두 사람의 죽음이라고 들어도 너무 실감이 들지 않는 말이었다. 마지막 순간에 입회한 것도, 유해와 대면한 것도 아닌, 그저 말뿐인 그 '죽음'은 아직 죽음이란 것을 모르는 어린애에게 더없는 상실과 돌이킬 수 없는 현실을 실감시키기에는 도저히 부족했다.

한탄보다도, 슬픔보다도, 당혹스러움이 앞섰다. 두 번 다시 만날 수 없다, 돌아오지 않는다, 그렇게 가르쳐 줘도 그 이유를 이해할 수 없었다.

신부님과 형의 말을 들었지만, 떠나던 날에 착하게 있으라며 웃으며 머리를 쓰다듬어준 어머니가 왜 돌아오지 않는 것인지 아무리 생각해도 이해가 가지 않았다.

그러니까 형에게 물어보려고 했다.

열 살 차이 나는 형인 레이는 무슨 일이든 잘하고 뭐든지 알았다. 무엇에게서도 지켜주었고 무엇보다도 소중히 대해 주었다.

그러니까 이것도 물어보면 분명 가르쳐준다.

주어진 방에서, 불도 켜지 않은 어둠 속에서 레이는 멍하니 서 있었다. 문에 등을 돌린 형의 커다란 뒷모습을 향해 신은 조용히 말을 걸었다.

"형."

레이가 완만하게 돌아보았다. 검은 두 눈동자는 눈물로 붉어졌고, 전해지는 생각은 비분과 통탄이 터져 나올 듯하였다. 그 폭풍 같은 격정, 그 뒤로 있는 본 적 없는 공허한 시선이 조금 무서웠다.

"형. 저기, 엄마는?"

검은 눈동자가 삐걱댄 듯하였다.

바라보면서, 그 비탄을 들으면서, 신은 말을 이었다. 이어버렸다.

"이제 안 돌아와? 왜? ……왜, 죽었어?"

뚝 하고 뭔가가 끊어지는 듯한 침묵이 깔렸다.

멍하니 얼어붙은 듯하던 검은 눈동자에 금이 가고, 마그마 같은 열기가 엿보인 듯한 다음 순간, 엄청난 힘이 신의 목을 조르며 나무 바닥에 내팽개쳤다.

"컥……!"

폐부가 짓눌리고, 토해낸 공기는 목을 조르는 엄청난 악력 때문에 돌아오지 않았다. 산소결핍으로 순식간에 시야가 어두워졌다. 힘과 체중을 총동원하여 목을 비틀며 그대로 찢어버릴 듯한 엄청난 악력.

가까이서 내려다보는 레이의 검은 눈동자.

격앙과 증오로 활활 타올랐다.

"——너 때문이야."

악다문 이 사이로 신음하는 듯한 소리가 나왔다.

"네가 있었으니까 어머니는 전장에 갔어. 어머니가 죽은 건 너 때문이야. 네가 어머니를 죽였어!"

너만 없었으면.

벽력 같은 노성을 누르며 형의 '목소리'가 들렸다. 업화와 같은, 칼날과 같은, 마음 그 자체이기 때문이 일절 거짓 없이 드러낸 목소리.

너만 없었으면 됐다. 너만 태어나지 않았으면. 지금이라도 좋아. 이 세상에서 사라져버려.

죽어.

"죄업(sin). 너의 이름이다. 어울리지 않나. 너 때문이야. 죄다 너 때문이야! 어머니가 죽은 것도, 내가 앞으로 죽는 것도 모두 다 네 죄업이야!"

무서웠다. 형의 노성이. 형의 '목소리'가.

하지만 꿈쩍도 할 수 없어서, '목소리'에게서 귀를 막을 수도 없어서.

그러니까 신은 거기로 도망쳤다. 마음속, 영혼 밑바닥보다 더욱 깊은 곳, 양친이 사라진 아득한 안쪽으로.

의식은 뚝 끊기고, 모든 것이 어둠으로 바뀌어 흩어졌다.

눈을 뜨자 자기 방 침대 안이었고, 신부님만이 곁에 있었다. 신부님이 이제 괜찮다고 말했다. 형은 거기에 없었다. 교회 안에는 있는 모양이지만, 다시는 만날 수 없었다.

그동안 레이는 종군 수속을 끝내고 며칠 뒤에 교회를 나갔다.

신부님을 따라 반쯤 숨어서 그 뒷모습을 지켜보았다.

시선 한 번 주지 않고, 말 한마디도 하지 않는 형의 옆얼굴은 아직 화내는 것 같고, 말을 붙이면 또 화낼 것처럼 무서워서, 결국 마지막까지 아무 말도 할 수 없었다.

그때까지 항상 느껴지던 형의 '목소리'는 그 뒤로 전혀 들리지 않게 됐고, 몇 번인가 용기를 쥐어짜 불러도 형이 응답해 주는 일은 결국 없었다. 용서해 주지 않는 거라고, ……용서받을 수 없다고 깨달을 수밖에 없었다.

목의 멍은 아무리 지나도 흐려지지도 사라지지도 않았고, 항상 멀리서 기묘한 목소리가 들리는 것을 깨달은 것도 그 무렵이었다.

무슨 소리를 하는 건지 알아들을 수 없었다. 다만 뭔가 말하려는 것은 알았다.

그건 인간의 목소리가 섞이게 된 뒤로도 그랬다. 망가진 레코드처럼 반복하는 말과 달리, 그것들은 모두 같은 것을 찾으며 한탄하였다.

신부님에게도 다른 이들에게도 들리지 않는 그것이 무슨 소리인지는 자연스럽게 이해하였다.

아마 그때 나는 형에게 죽었다. 목 졸려 죽었다.

죽었는데 사라지지도 않고 남아있으니까 같은 망령의 목소리가 들린다.

　어느 날, 항상 귓속에서 울리는 망령들의 한탄 속에서 형의 목소리를 들었다.

　저 멀리서 그를 계속해서 부르는 목소리에 형이 죽었다고 깨닫고.

　그날 중에 신은 종군 수속을 밟았다.

제6장 하다못해 인간답게

"무——."

그 순간 신의 말을 이해할 수 없었다.

전멸한다? 그러기 위한 처형장?

"무슨, 소릴……."

갑자기 레나는 깨달았다.

6년 전에 만났던 레이는 에이티식스이며 프로세서였다.

에이티식스는 본인과 가족 전원의 시민권 부활을 대가로 절망적인 전장에 임한다.

그렇다면 왜 레이의 동생인 신이—— 레이의 종군으로 공화국 시민으로 돌아갔어야 할 신이 지금 프로세서로서, 에이티식스로서 전장에 있지?

다른 프로세서도 그렇다. 매년 수만 명의 신병이 전선에 보내진다. 하지만 그렇다면 그 수만 명이나 되는 그들의 부모나 형제들은 모두 여태까지 무얼 하고 있었지?

"설마——……!"

[그래, 그 설마야. 하얀 돼지들은 에이티식스에게 시민권을 줄 생각 따윈 처음부터 없었어.]

[그걸 미끼로 징병해선 마음대로 써먹고 죽이는 거야. 진짜로 돼지. 최악이야.]

레나는 곧바로 고개를 내저었다. 그녀의 논리로는 그건 도저히 받아들이기 어려운 이야기였다.

공화국이. 나고 자란 조국이. 아무리 그래도 그렇게까지.

"그런. 그런 일이 있을 리가——!"

세오가 작게 탄식했다. 규탄이 아니라 괴롭고, 어딘가 배려의 울림이 담긴 목소리였다.

[딱히 너더러 뭐라는 건 아니지만. ……넌 개전 이후로 여태까지 85구 안에서 에이티식스를 본 적이 한 번이라도 있어?]

"……아——!"

시민권을 대가로 에이티식스에게 내려진 종군 기간은 5년. 가령 본인이 임기 만료 전에 전사했더라도 가족에게 시민권 수여는 보장된다.

하지만 개전으로부터 9년. 적어도 그동안의 전사자 가족은 시민권을 되찾았을 텐데도 그런 그들의 모습을 한 번도, 정말 단 한 명도 본 적이 없다. 레나는 제1구에서 나간 적이 없고, 제1구는 원래 유색종 주민이 극단적으로 적었지만, 그렇다고 해도 전혀 없을 수는 없을 텐데——!

자신의 한심함에 구역질이 났다.

실마리라면 여태까지 얼마든지 있었다. 형제인 레이와 신. 수용 당시에는 아직 어린아이였고, 부모나 형제가 있었을 터인 프로세서들. 백계종밖에 없는 제1구. 그 모든 것을 무시하고 이런 때도 공화국에는 잘못이 없다고 바보처럼 믿고 있었다.

[프로세서의 태반은 임기 만료까지 전사하니까 시민권 운운을 엎어도 문제없어. 문제는 우리처럼 죽어도 이상하지 않은 전장에서도 몇 년이나 살아남는 '네임드'야. 살아남은 만큼 머리도 잘 돌고, 다른 에이티식스에게는 영웅이지. 반란의 불씨가 되면 곤란하다고 생각했겠지.]

라이덴의 목소리는 조용했다.

공화국을 향한 분노를 숨기고, 하지만 이제 와서 미쳐 날뛸 것도 없다는 듯한 목소리.

[그러니까 '네임드'는 각 전선의 격전구를 전전하게 되지. 거기서 전사하기를 바라고 보내는 거야. 실제로 아무리 '네임드'라도 대부분은 거기서 죽어. 그러고도 또 살아남아서 처리하기 곤란한, 질기기 짝이 없는 놈들이 마지막으로 당도하는 장소가 여기야. 각 전선의 제1구 제1방어전대. 여기가 최종 처분장이야. 처분 후보 '네임드'를 일정수 모아서 던지고 전멸할 때까지 싸우게 하는 게 이 부대의 목적이야. 보충 따윈 안 와. 우리가 전멸하면 간신히 다음 처분 대상자가 보내지지.——여기가 우리의 마지막 임지야. 우리는 전원 여기서 죽어.]

현기증이 일 정도로 망가졌다.

지키라고 싸우게 하는 게 아니라 죽으라고 싸우게 한다.

그것은 이미 군역의 강제도 아니다. 외적을 이용한 학살이다.

"하——하지만."

일말의 희망에 매달리듯이 레나는 말했다.

"그래도 혹시 살아남으면······."

[아아. 그렇게 도무지 죽어주지 않는 놈도 있지. ······그런 녀석도 처분하기 위해 여기 임기의 마지막에 주어지는 게 성공률, 생존률 0의 특별정찰 임무야. 여태까지 거기서 살아 돌아온 놈은 없어. 하얀 돼지들로서는 쓰레기 처리 완료, 만만세지.]

"······."

방어를 위해 죽음만이 있는 전장에 대가도 없이 보낸다. 오래 살아남으면 거슬린다는 듯이 전사를 목적으로 계속 싸우게 하고, 전사를 위한 부대에 보낸 끝에——— 그래도 필사적으로 살아남은 그들에게 마지막에는 노골적으로 죽으라는 명령을 내린단 말인가.

분노 때문에 눈물이 떠올랐다.

이 나라는. 어디까지. 대체 어디까지.

썩어 빠져서.

틈만 나면 한가하다, 한가하다, 노래하던 세오나 라이덴을 떠올렸다.

임기가 끝나면 뭘 할 거냐고 묻자, 생각한 적도 없다고 대답한 신을 떠올렸다.

그들에게는 없었으니까. 미래를 위해 투자해야 할 시간도, 바랄 미래도.

있는 것은 그저 언제 집행될지 알 수 없지만 그날까지는 반드시 죽는다는, 옛적에 사인이 끝난 사형집행 명령뿐이고.

"여러분은, 그걸 알고······?"

[그래. ······미안해. 신 군도 라이덴 군도, 우리도 소령에게는 도

저히 말할 수 없어서.]

"언제, 부터……?"

자기 목소리가 뒤틀리는 듯했다. 대조적으로 크레나는 부자연스러울 정도로 쌀쌀맞게 대답했다.

[처음부터야. 내 언니도, 세오의 부모도, 신의 가족도, 전장에 간 사람은 아무도 돌아오지 않고, 우리도 수용소 밖으로 나갈 수 없었어. 하얀 돼지가 약속을 지킬 리 없다고, ……다들 처음부터 알았어.]

"그걸 알고서! 왜 싸웠습니까?! 도망치든가, ……공화국에 복수하자는 생각을 하지 않았습니까?!"

비명 같은 레나의 질문에 라이덴은 한 차례 눈을 감고 희미하게 쓴웃음을 지었다.

"도망쳐서 갈 곳이라곤 어디에도 없어. 앞에는 《레기온》의 대군, 뒤로는 지뢰밭과 요격포가 좌악 깔렸지. 반란도 나쁘진 않은데…… 그걸 하기에 에이티식스는 이미 너무 줄어들었어."

혹시 부모님 대였으면 가능했을지도 모른다. 하지만 그들은 공화국의 타도보다도 가족에게 인간다운 삶을 되찾아주길 바라며 전장에 나섰다. 게다가 그들이 싸우지 않으면 제일 먼저 죽는 것은 그랑 뮬의 밖, 강제수용소에 갇힌 그들의 가족이다. 공화국의 감언에 매달려서 계속 싸우는 것 이외에는 선택지가 없었다.

양친들이 죽고 시민권 같은 건 얻을 수 없다고 깨달은 형이나 누나 대에는 하다못해 공화국 시민이라고 스스로 증명하려고 싸웠다. 조국에게 짓밟힌 자기존재증명과 긍지를, 시민의 의무인 조국 방어 끝에 죽는 것으로 되찾기 위해서. 방위의 의무를 방치한 하얀 돼지가 아니라 자신들이 진정한 공화국 시민이라고, 그저 자기 혼자서 증명하기 위하여.

이들의 대에는 그런 것도 없다.

지켜야 할 가족은 이미 죽었고, 또 강제수용소로 이송될 때, 혹은 작은 모형정원에 격리됐을 때 그들은 너무나도 어렸다.

시내를 자유롭게 걸은 기억도, 인간으로 대접받은 경험도 너무나 아득하다. 아는 거라곤 철조망과 지뢰밭으로 둘러싸인 인간의 모습을 한 가축의 생활, 그리고 그것을 만든 공화국이라는 박해자들이다. 자유와 평등, 박애와 정의와 고결함을 국시로 삼는 공화국 따윈 그들은 모른다. 그 시민이었다는 자각도 긍지도 갖기 전에 그들은 가축으로 전락했다.

공화국 시민이라는 의식 따윈 이들에게 없다.

그들은 에이티식스── 전장에서 태어나 전장에서 죽는, 적으로만 둘러싸인 이 전장을 고국으로 삼고 전사할 때까지의 날을 사는 이들. 그것만이 그들의 자기존재증명이며 긍지다.

산마그놀리아 공화국이라는 하얀 돼지들이 사는 외국 따윈, 사실 그들이 알 바가 아니다.

[그럼 왜……]

그러니까 그것도 대답해 줄 의무는 없다.

그럼에도 불구하고 대답할 마음이 든 것은 호통을 쳐줘도, 몸이 얼어붙는 망자의 신음소리를 들어도 끈질기게 달라붙는 이 바보스러운 소녀에게 드디어 두 손 들었기 때문일지도 모른다.

　동료들의 침묵으로 대답을 거부할 마음이 없다고 확인한 뒤에 입을 열었다.

　"나는 열두 살까지 제9구의 백계종 할머니의 보호를 받았어."

　[……? 무슨 소릴…….]

　"신을 키운 건 퇴거를 거부하고 강제수용소에 남은 백계종 신부고, 세오의 대장 이야기는 전에 세오가 했지. 하얀 돼지들이 얼마나 병신 같은지는 다들 알고, 크레나는 그중에서도 최악의 쓰레기를 알아. 앙쥬와 신은 비슷하게 쓰레기인 에이티식스를 봤지."

　인간이 견디기 어려운 비열함과 눈부실 정도의 고결함을, 둘 중 하나, 혹은 양쪽 다 알았다.

　"그걸 생각하며 우리는 결정했어. 간단해. 그중 어느 쪽이고 싶은가 하는 거야."

　좁은 콕핏 안에서 간신히 몸을 뻗으며 고개를 들었다.

　그 노파가 가르쳐 준, 신에게 올리는 기도는 이미 잊어버렸지만. 흙길에 쓰러져서 서럽게 울던 그녀의 모습은 지금도 선명하게 기억한다.

　"복수란 것은 사실 어려운 이야기가 아냐. 싸우지 않으면 되지. 《레기온》들을 그냥 통과시키면, ……뭐, 우리도 죽지만 공화국도 그걸로 끝이야. 돼지들이 전멸하면 꼴좋겠다는 생각도 들지."

　강제수용소의 동포도 길동무가 되지만, 그들도 어차피 몇 년 뒤에는 죽을 몸이다. 어쩔 수 없다고 체념하는 것도, ……사실은 프로세서들에게 그리 어려운 것이 아니다.

"하지만 일부러 죽일 필요는 없는 백계종도 개중에는 있고, 애초에 그렇게까지 한다고 결국 뭐가 되는 것도 아냐."

[……]

레나는 이해할 수 없을 것 같았다. 당신들의 마음은 풀릴 거라고, 그렇게 말하고 싶은 것이 여실하게 전해지는 침묵. 무심코 실소를 터뜨렸다. 이 소녀는 정말로 좋은 집안에서 자랐고 바보다. 복수라는 걸 여태까지 원한 적도 생각한 적도 없겠지.

증오스러운 상대를 그냥 죽이는 걸로 끝난다니, 복수는, 증오는 그렇게 가벼운 것이 아니다.

"너희가 한 짓을 진정으로 깨닫고 후회하여 바닥을 기며 용서해 달라고 한탄하는 것을 쳐죽이기라도 하지 않으면 진짜 복수는 안 돼. ……하지만 여태까지 부끄러운 줄 모르는 짓만 해온 하얀 돼지들이 이제 와서 반란이네 몰살이네 하는 정도로 반성할 리도 없잖아. 너희의 무능무책은 치워두고 다른 이의 무능무책을 욕하면서 비극의 주인공 행세를 하고 피해자 행세를 하다 죽을 뿐이지. ……그런 쓰레기 같은 자기도취를 위해 누군가와 똑같이 전락할 순 없어."

무심코 차갑게 내뱉는 어조가 됐다.

그것이 그들이 가장 용서할 수 없는 것, 그들이 스스로에게 가장 허용할 수 없는 것이다.

스스로의 양심을 좇아서 박해에 열심히 저항한 노파를 비웃는 병사.

전쟁이라는 현실에서 눈을 감고 귀를 막고, 요새벽 안이라는 약해 빠진 꿈에 갇힌 시민.

자기는 의무도 다하지 않으면서 남의 권리를 신나서 빼앗고, 그것을 부끄러워하지도 않으며 자기들 것만이 올바르며 고상하다고 진심으로 노래하는, 자기 말과 행동의 절망적인 괴리도 이해할 수 없는 하얀 돼지들.

누가 그런 놈들과 똑같게 될까 보냐.

"쓰레기에게 쓰레기 짓을 당했다고 똑같이 갚아주면 똑같은 쓰레기야. 여기서 《레기온》과 싸우다 죽든가, 체념하고 죽는 것밖에 길이 없다면 죽을 때까지 계속 싸워서 살아남아야지. 체념도 실수도 하지 않겠어. 그것이 우리가 싸우는 이유고―― 존재의 증명이야. ……그 결과로 하얀 돼지들을 지키는 건 열 받지만, 상관없어."

그들은 에이티식스. 전장에 버려진, 전장의 백성.

힘이 부족하여 전사하는 그 순간까지 계속 싸우는 것이, 자기 몸 하나를 믿고 최선을 다해 사는 것이 그들의 긍지다.

핸들러 소녀가 입술을 깨물었다. 희미하게 쇠 냄새가 나는, 자신의 것이 아닌 피의 맛.

[그 끝에…… 죽음밖에 없다는 걸 알면서도, 말입니까.]

어떻게든 복수하러 와달라고 하는 듯한 목소리였다. 라이덴은 쓴웃음을 지었다.

"내일 죽는다고 오늘 목 씻고 있는 얼간이가 있겠냐. 사형대에 오른다고 정해졌어도, 오르는 방법은 고를 수 있다는 소리야. 우리는 선택하고 결정했어. 남은 것은 그 길대로 살아남을 뿐이야."

　그 끝에 기다리는 무의미하고 무참한 죽음을 도저히 피할 수 없다고 보았기에.

　텅텅 빈 격납고의 활짝 열린 셔터 너머에 사람의 모습과 《스캐빈저》의 거구를 보고 라이덴은 발을 멈추었다. 가을 초입의 쌀쌀한 밤기운에 달빛은 푸르고 별들은 예리하게 반짝이는 암흑의 하늘. 누군가가 죽은 날 밤이라도 달도 별도 무엇 하나 변함없이 영롱하게 빛나는 그 무정함.

　세계는 인간을 위해 아름답지 않다. 이 세계는 한없이 인간에게 무관심하다.

　"——됐어, 어쩔 수 없어. 오늘도 고마워."

　"……삐이."

　뭔가 초연하게 어깨를 늘어뜨리고(비유가 아니라 정말로 앞다리가 내려갔다) 떠나가는 파이드를 지켜본 뒤에, 그것과 헤어져서 돌아오는 신에게 말했다.

　"키노랑 다른 사람들?"

　"그래. 치세의 기체 조각을 아무래도 찾을 수 없는 모양이야. 대체품을 찾게 되는 건 오래간만이군."

　"치세가 만든 비행기 모형으로 하면 되잖아. 주날개 즈음이 딱 좋겠지. ……하지만 파편도 못 찾나. 그런 포격을 맞았으면 흔적도 안 남는군."

파이드도 오랫동안 오늘 작전구역을 찾아다녔겠지. 전사자의 이름을 알루미늄 묘비에 매장하는 저승사자를 따라다니면서 배운, 파이드의 진짜 목적은 아닌 최우선 탐색 대상.

그것을 배운 게 언제였는지 신에게 들었기에 라이덴은 알고 있었다. 그때 처음으로 파이드가 찾아온 퍼스널 마크의 파편도, 아직 이름은 새겨지지 않은 채로 다른 묘비들과 함께 《언더테이커》의 콕핏에 담겨 있다.

장검을 쳐든 목 없는 해골 기사의 문장. 어딘가의 폐허에서 신이 그 유해와 기체의 잔해를 발견한 뒤로 무기만 삽으로 바꾸고 이어받은, 신의 형의 퍼스널 마크다.

"딱히 신경 안 쓰지만, 일단 말해두지. 네 탓이 아니니까."

신의 이능력은 어디에 있는지는 알아도 무엇이 있는지는 알 수 없다. 배치나 숫자로 기종을 어느 정도 추측할 수 있지만, 아득히 후방의 집단에 섞인 한 기를, 그것도 완전한 신형의 존재를 추측한다는 건 아무래도 불가능한 이야기다.

신은 힐끗 라이덴을 보더니 말없이 어깨를 으쓱였다. 정말로 신경 쓰지 않는 듯하지만, 그거면 됐다고 라이덴은 생각했다. 각오를 하고 최선을 다한 끝의 죽음이다. 그 책임을 질 수 있는 것은 결국 죽은 당사자뿐이다.

투철하고 붉은 눈동자가 대낮의 전투구역 하늘로 향하기에 같은 쪽을 보았다. 낮의 그 초장거리포.

"……다음에는 직접 기지를 노릴까 생각했는데, 의외로 안 오는군."

"중포의 역할은 면 제압이나 고정 목표의 파괴다. 기갑병기를 노려 쏠 수는 없고, 1개 전대 따위에 쓸 것이 아냐. 그것도 도시나 요새가 본래 목표겠지. 시험사격으로 이쪽을 노려본 정도 아닐까."

라이덴은 낮게 웃었다.

"그렇게 네 명인가. 도저히 못 해먹겠군."

"완성되면 네 명 정도가 아니라 공화국이 날아가. 우리야 아무래도 좋지만…… 소령님은 그렇게 안 되겠지. 대책을 세울 수 있다면 좋겠는데."

담담하게 말하기에 라이덴은 속으로 '흐음?'이라고 생각했다. 본인은 모르는 모양이지만.

"……왜?"

"별로."

핸들러의 몸을 걱정하다니, 여태까지 한 번도 없었던 일인데.

"……어찌 됐든 포격에 전진관측기가 필요한 건 장거리포병형과 다를 바 없어. 지금은 포 자체도 침묵한 상태야."

"알 수 있어?"

"목소리는 기억했어. 어느 쪽이 움직이면 다음에는 알 수 있고, ……아마도 더는 쏘지 않아."

"……?"

라이덴은 의아하니 신을 바라보았다. 신은 저 멀리 전장의 하늘로 시선을 준 채로 살짝 눈을 가늘게 떴다.

"들렸다. 아마 전진관측용 척후형의 광학센서를 공유했던 모양이군."

"……! 형인가……!"

꼼짝 않고 숨을 삼켰다. 알고 있다. 직접 본 건 아니지만, 그가 지휘하는 《레기온》의 군대와는 몇 번 붙었다. 무섭도록 치밀하고 냉철하며 교활한 전술을 구사하는 《양치기》다.

아마도 그것이 있는 방향으로 눈길을 준 채로 신은 희미하게 웃었다.

두려움과 만용을 반반 섞어서 만든 듯한, 사지에 임하는 싸움꾼의 웃음. 긴장에 몸을 떨 듯이 가는 몸이 떨리고, 무의식 중에 억누르듯이 두 팔로 자기 몸을 안았다.

"전투구역 안쪽에 있는 건 알았지만, 저쪽도 나를 알아차렸어. 다음에는 잡으러 오겠지. 포격으로 날려버리는 어중간한 짓은 하지 않아."

항상 침착하고 냉철한 동포의 처음 보는 광기 어린 감정의 발로에 라이덴은 으스스함을 느끼며 얼굴을 험악하게 찌푸렸다.

신은 형의 목을 찾고 있다. 과거에 자기를 죽인 형의 목. 동부전선 어딘가의 폐허에서 죽은 형, 그 마지막 목소리를 담은 《레기온》을.

저승사자가 조소했다. 얼음 칼날 같은, 광기 같은, 사냥감으로 정한 상대의 숨통을 확실히 끊는 것을 목표로 삼는, 치열한 싸움으로 갈고 닦은 오래된 칼날처럼 차갑고 사납게.

"내게는 최고의 전개지만, 너희에게는 안 좋겠지, ……어쩔래? 내일 죽기 전에 오늘 목을 매겠어?"

라이덴 또한 사납게 웃었다. 같은 사나움이라도 이쪽은 굶주린

늑대, 자기가 살아남기 위해 뭐든지 먹어치우는 야수, 미친 듯하면서 삶에 대한 격렬한 집착이었다.

격납고 안쪽의 카운트다운이 눈에 들어왔다.

[퇴역까지 앞으로 129일!! 스피어헤드 전대에 엿 같은 영광 있으라!!]

퇴역은 즉 그들의 죽음이다. 한없이 밝은 그것은 사형집행일의 카운트다운이다.

멈춰버린 카운트다운의 진짜 잔여일은 32일. 그것이 설령 0이 되더라도 그 마지막 하루를 죽는 순간까지 싸워 나가기로 결심했다.

"웃기지 마. ……끝까지 따라가야지, 우리의 '저승사자님'."

†

"하아, 그건 또…… 우리나라답다고 할까, 뭐라고 할까."

이야기를 들은 아네트는 아무래도 기막히다는 얼굴을 하였다.

듣는 사람이 있는 장소는 안 된다면서 사람들을 쫓아낸 그녀의 연구실이었다. 흑백의 토끼 세트의 머그컵에 담은 커피, 반은 보라색이고 반은 핑크색인 이상한 색상의 과자.

"아네트, 부탁이야, 도와줘. 이런 건…… 어떻게든 막아야 해."

아네트는 흥이 깨진 얼굴인 채로 과자를 손에 들었다.

백은색 눈동자가 찌릿 이쪽을 바라보았다.

"구체적으로 어쩔 거야?"

천년이나 살며 세계의 모든 것에 질려버린 마녀처럼 메마르고 차가운 시선이었다.

"TV에 나가서 연설하게? 높으신 분과 직접 담판하게? 의미 없다는 건 알겠지. 이제 와서 이상으로 가득한 감동적인 말 정도로 사람들이 개심할 거면 애초부터 이렇게 되지도 않았다는 건 너도 알잖아."

"그건……."

"이제 됐잖아. 어떻게 할 수 없어. 뭘 해도 헛수고야. 그러니까."

"그만, 아네트."

차마 들을 수 없어서 가로막았다. 소중한 친구다. 그래도 그 말만큼은 참아줄 수 없다.

"사람의 목숨이 걸렸어. 알고 있잖아? ……아무것도 없는 변명으로 악당 행세하는 건 그만둬."

"그만둬야 할 건 너야!"

갑자기 아네트가 일어섰다. 순간 레나는 숨을 삼켰다. 그 정도로 험악한 얼굴이었다.

"그만해. 이제 진짜로 그 정도로 해. 아무것도 못 해. 우리한테는 그 사람들을 구해낼 힘이 하나도 없어!"

"아네트……?"

"친구였어."

노성에서 일변── 아주 조용한 목소리로 아네트는 말했다.

어떻게도 돌이킬 수 없어져서 어쩔 줄 모르는 여자애처럼 가늘고 힘없는 목소리였다.

"옆집 애였어. 우리 아버지와 그 집 아버지는 같은 대학 연구자이자 친구, 나도 그 집 애랑 많이 놀았어. 그 애의 외가 쪽은 대대로 특이한 힘이 있어서, 어머니와 그 아이와 나이 차이 나는 형은 떨어져 있어도 서로의 마음을 조금은 알았어."

아버지는 뇌과학자라서, 사람과 사람이 접할 때의 뇌의 움직임을 연구하였다.

그 아이의 아버지는 인공지능의 연구자로, 인간과 친구가 될 수 있는 인공지능을 만들려고 하였다.

그러니까 연구라고 해도 위험한 짓은 아무도 하지 않았다. 장난감 같은 센서를 달고 다른 방의 또 한 명과 이야기하는 식으로 게임처럼 간단한 실험. 아네트도 자기도 끼워달라면서 몇 번 해본 적 있었다. 재현실험의 피험자는 아버지 연구실의 학생 중에서 희망자를 모았고, 학점과 어머니의 과자를 노리며 거의 전원이 얼굴을 내밀었다.

성과라곤 거의 나오지 않았지만 즐거웠다.

"전쟁이 시작되어서 다 끝났어."

그 무렵 갓 들어간 초등학교에 그 아이는 오지 않게 됐다. 그 정도로 유색종을 둘러싼 정세는 악화됐다.

이 녀석은 더러운 유색종 친구가 있어, 학교에서 그런 말과 함께 괴롭힘을 당해서 분했다.

학교에서 돌아와 놀자며 기다려 준 그 아이에게 화풀이를 했다.

싸움이 났고 화를 견딜 수 없어서, 결국 더러운 유색종이라고 말했다.

그 아이는 상처 입은 얼굴을 하지 않았다. 다만 무슨 소리를 들은 건지 모르겠다는 곤혹스러운 눈으로 아네트를 보았다. 그걸로 자기와 그 아이 사이에 결정적인 균열이 생겼고, 그 균열을 낸 것이 자기라는 사실에 아네트는 두려워했다.

그것이 두려웠으니까. 그러니까.

친구 일가만이라도 숨기자고 의논을 거듭하는 양친이. 친구를 향한 정과 노출됐을 때 가족에게 올 위험을 저울에 걸고 고민하던 아버지가 물었을 때 아네트는 말했다.

사실은 조금만 더 등을 떠밀어 줄 격려를 원했던 아버지에게 반대의 길을 제시했다.

그런 애 몰라. 그런 애 때문에 위험한 건 싫어.

그 아이와 그 아이의 가족이 강제수용소로 끌려간 것은 그다음 날이었다.

어쩔 수 없었다고, 처음부터 어떻게 할 수 없었다고, 그렇게 생각할 수밖에 없었다.

그런데.

경련하듯이 아네트는 웃었다. 그래야 했는데, 이 친구는, 왜 그렇게까지 나한테.

"있잖아, 레나. 너는 그렇게 성녀님 행세를 하지만, 지금 와선 너도 공범이야. ……그 레이드 디바이스, 에이티식스를 몇 명 죽였다고 생각해?"

"설마."

인체실험——…….

"말을 전하는 것이니까 동물로는 실험이 안 되잖아. 에이티식스는 인간이 아니라고 말하면서 그럴 때만큼은 정말 뻔뻔해. …… 얼른 결과를 내놓아야만 한다면서 피험자의 안전을 도외시하고 연구를 계속했어. 아버지는 그 지휘를 맡게 됐어."

당시 아버지는 아네트에게 아무 말도 하지 않았지만, 남겨진 기록은 모두 읽었다.

과부하로 뇌가 타버리고 자아의 경계가 붕괴하여 괴로워하다 죽은 이들뿐이었다.

어른은 전투와 노역에 써야 한다면서 아이들만이 사용됐다.

에이티식스는 번호로 관리되며 이름은 기입되지 않는다. 그러니까.

먼 어딘가의 수용소 실험실에서 가장 비참한 죽음을 맞은, 그 아이와 동갑내기 피험자 소년이 사실은 그 아이인지 아닌지는 아버지도 누구도 몰랐다.

"사고가 아니었어. 아버지는, 자살했어."

친구를 버리고 많은 이를 괴롭히다가 죽인 자신은 그 누구보다도 괴로워하며 죽어야 한다.

그렇게 거듭 말했던 아버지다. 실수로 설정했을 리가 없었다.

그렇다면 그 아이를 버린 자기도 같은 죄를 져야 한다고 생각하고 아네트는 연구를 이어받았다.

핸들러가 자살하여 레이드 디바이스의 조사 의뢰가 오고, 프로세서 한 명이 원인 같다는 말을 들었을 때 문득 생각했다.

조사에 필요하니까 데려오라고 말하면 어떻게 될까.

귀중한 샘플이라고 하며 그대로 전쟁이 끝날 때까지 붙들어놓으면 된다. 연금하는 형식이 되겠지만, 적어도 그 사람은 살아남을 수 있다. 단 한 명뿐이지만 구할 수 있다.

거기까지 생각하다가 스스로의 생각에 몸서리를 쳤다.

그때, 소꿉친구인 그 아이도 구해 주지 않았으면서.

수송부의 쓰레기들이 자기 일인데도 거절했다고 듣고 오히려 안도했다. 봐, 역시 아무것도 할 수 없어. 나는 아무도 구할 수 없어.

"하지만 그건 너도 마찬가지잖아."

비웃었다. 아직 그런 것도 깨닫지 못한, 인간의 깊은 악의를 전혀 모르는, 선량하고 어리석은 친구를.

"아무것도 못 하는 정도가 아냐. ──네가 괜한 짓을 해서 오래 살게 했으니까 그 녀석들은 [죽어라]라는 명령을 받았잖아? 적당히 다루어서 얼른 죽여버리면 그런 소리를 듣지 않아도 되는데, 너 때문에 듣게 된 거잖아!"

레나는 숨을 삼켰다. 순식간에 창백해지는 섬세한 얼굴이 통쾌했고, 그와 동시에 크게 비틀거렸다.

나는.

또.

머그컵을 들어서 쓰레기통에 내던졌다. 언젠가 함께 샀던 머그컵. 함께 쓰자면서 함께 골라서 포장했던 컵. 첫 커피도 이 방에서 끓였고.

연약한 컵이 깨져서 흩어지는, 비명 같은 소리가 났다.

"됐어. 레나. ……다시는 얼굴도 보이지 마."

†

그로부터 요격임무가 스피어헤드 전대에 두 번 내려왔고, 그 두 번 동안 세 명이 죽었다.

두 번 모두 《레기온》 쪽의 전술이 명백히 여태까지와 달랐다. 그 초장거리포형을 투입했을 때와 마찬가지로, 치밀하고 냉철하고 교활한 고도의 전술. 《양치기》가 있다고 신은 말했다. 초장거리포의 투입부터 여태까지 최전선에는 나오지 않았지만 후방에서 지휘를 맡는다고.

그동안 레나가 할 수 있는 일은 아무것도 없었다. 포탄 한 발의 원호도, 처형을 철회하는 것도.

그리고 드디어 그 전달이 내려왔다.

"《레기온》 지배영역 안쪽, 장기정찰 임무——?!"

정보단말에 표시된 전달의 내용에 레나는 신음했다.

참가전력은 본 임무의 발동 시에 건재한 제1구역 제1방어전대의 모든 《저거노트》.

정찰 목표는 최종적으로 전진한 지점.

임무 기간은 무제한. 그동안 후퇴했을 경우 탈주행위로 간주하고 즉시 처형한다.

　이와 함께 지각동조 대상 등록, 우군기 등록, 공화국 군적을 모두 말소.

　정찰임무에 휴대하는 물자는 각각 한 달 치 정도.

　또한 본 작전에 대한 다른 부대 및 본부에서의 지원은 일절 인정하지 않는다.

　……말도 안 된다.

　이런 건 정찰도 작전도 아니다. 죽을 때까지 의미도 없이 적지를 전진하라는 명령이다. 개죽음을 하라고 직접 쓰지 않았을 뿐. 임무로서의 형식조차도 갖출 생각이 없다.

　한 달은 고사하고 며칠도 못 버틴다. 쉴 틈 없이 공격해 오는 《레기온》의 군세에 정찰대는 순식간에 소모되어 전멸한다. 무의미하기 짝이 없는 싸움 끝에 전장 안에 버려져서 죽는다.

　그런 것을 허용하는 것이. 그런 것을 명령하는 것이. 공화국이 취해야 할 모습인가.

　레나는 아플 정도로 어금니를 깨물고 의자를 걷어차 일어났다.

　"특별정찰 임무를 철회시켜 달라고, 레나?"

　"부탁드립니다, 제롬 아저씨. 이런 일이 이 이상 허용되면 안 됩니다."

　마지막 희망인 칼슈타르 앞에서 레나는 계속 고개를 숙였다.

　작전 중지를 위해 뛰어다니는 도중에 조사하여 알았다. 이 말도

안 되는 명령조차도 공화국군 내부에서는 훨씬 전부터 계속 이어
진 '전통'이었다.

스피어헤드 전대만이 아니다. 남부전선 제1구역 제1방어전대
레더 엣지. 서부전선 제1구역 제1방어전대 롱보우. 북부전선 제
1구역 제1방어전대 슬레지해머. 모든 전대가 6개월의 임기 동안
에 대원이 말 그대로 전멸하였고, 드물게 살아남은 경우도 마지
막에는 반드시 똑같은 '특별정찰' 명령이 내려온다. 생환율은 어
느 쪽이고 완벽하게 0. 마지막까지 살아남은 에이티식스를 반드
시 살처분하기 위한 최종처분장──.

칼슈타르는 수중의 서류로 시선을 내렸다.

"……대단하군. 보통 특별정찰 임무는 기껏해야 한두 명 정도
가 받는 것인데, 소대 규모의 병력을 참가시킨 핸들러는 레나, 네
가 처음이다. ……그러니까 말했지 않느냐. 필요 이상의 일은 하
지 않아도 된다고."

"……"

네가 괜한 짓을 해서 오래 살렸으니까, 그 녀석들은.

아네트의 마지막 말이 되살아나서 레나는 움츠러들었다. 어금
니를 악물고 필사적으로 버텼다.

"부탁드립니다. 공화국은…… 우리는 이 이상 죄를 지어선 안
됩니다."

"……"

"인륜이나 정의로는 사람을 움직일 수 없다고 말씀하신다면,
……국익이라면 어떻습니까. 우수한 프로세서를 공연히 소모하

는 것은 공화국의 국력을, 나아가서 시민의 안녕을 심각하게 저해하는 행위입니다. 국방회의나 여론에 그렇게 호소하는 것도 숙부님이라면…….”

칼슈타르는 눈썹을 찌푸리며 레나의 호소를 듣다가, 찌푸린 얼굴인 채로 입을 열었다.

“에이티식스의 전멸이야말로 공화국의 국익에 합치한다고 공화국 정부, 나아가서 공화국 시민이 암묵적으로 생각하고, 그것을 받아들여 공화국군이 실행한 것이라고는 생각하지 않느냐?”

“무슨……!”

멍해졌다. 무례임을 알면서도 앤티크 책상에 두 손을 짚고 몸을 내밀었다.

“무슨 말씀입니까! 지금 말씀드린 것처럼 이것은 단순히 공화국과 그 양심을 해칠 뿐인…….”

“종전 후에 에이티식스가 살아남으면 그들에 대한 모든 처분이 비난과 보상의 대상이 된다. 강제 수용, 재산 접수, 병역 강제. 모든 게 다. 재산의 보전과 배상금만으로도 어느 정도 액수가 될까. 그러기 위한 증세를 이제 와서 공화국 시민이 받아들일 수 있을까?”

“……그건…….”

“게다가 혹시 이웃나라들이 살아남았으면 유색종인 그들에게 동포 박해의 사실이 알려지게 된다. 면목을 잃고 신용을 잃은 공화국은 영원히 박해자의 오명을 역사에 새기겠지. ……그런 모든 문제는 에이티식스를 전멸시키면 회피할 수 있다.”

숨을 삼키고 이를 갈았다. 전에 신이 말했다.

"그러니까 전사자의 회수도, 묘도……."

"그래. 덧붙이자면 강제수용소에서도 그랑 뮬에서도 사망자의 기록도 묘도 남기지 않았고, 전사한 프로세서의 인사 파일은 모두 파기된다. 전멸과 동시에 그들은 존재하지 않았던 것이 된다. 존재하지 않은 자는 박해할 수 없다. 공화국의 정당성을 해치는 사실 따윈 죄다 없었던 것이 된다."

"……. 그렇게까지 공화국 시민이 악랄하다고는……."

칼슈타르는 왜인지 조금 슬픈 얼굴을 하였다.

"암묵적으로 말이다. 명확하게는 그렇게 의도한 자는 극히 소수 겠지만, 그렇게 될지도 모른다는 것을 묵인, 혹은 무관심으로 추인한 대다수도 찬동자다. ……이것은 우리가 자랑하는 민주주의의 결과다, 레나. 시민의 대다수가 자기 이익을 위해서라면 에이티식스 따윈 아무래도 좋다고 바란다. 그 결정에 따르는 것이 우리 국군의 역할이라고 생각하지 않나?"

손바닥으로 힘껏 데스크를 때렸다. 쿵, 둔하고 허무한 소리는 사무실에 울렸다.

"민주주의란 다수파가 바란다고 소수파를 어떻게 다루든 좋은 것이 아닙니다! 그 상대가 누구든지 반드시 지켜야만 하는 것이 오색기가 상징하는 국시이며, 그것을 기반으로 하는 공화국 헌법이겠죠! 그것을 지키지 않고 뭐가 공화국의 의지입니까!"

그 순간 칼슈타르의 두 눈동자에 둔한 빛이 일었다. 그것은 레나를 향한 짜증인 동시에 뭔가 멀리 있는 막연한 뭔가를 향한 끝 모를 분노였다.

"헌법 따윈 그 가치를 인정하지 않으면 단순한 휴짓조각이다. 우상으로서의 가치만을 추구한 혁명정부 때문에 왕권 전복 후에 비밀리에 옥살이를 하다가 죽은 혁명의 성녀 마그놀리아처럼."

내뱉은 말에 숨을 삼켰다. 그것은 처음으로 듣는, 깊은 분노의 말이었다.

"만행이라고? 그래, 그렇다마다. 그것은 모두 우민들을 방치한 결과다. 자기 권리는 한계 이상으로 행사하고 싶지만 거기에 따르는 의무는 지지 않고 남의 권리는 태연히 침범하는, 자기 이익과 욕심 이외에는 아무런 생각도 없는 동물들에게 정치를 맡긴 결과가 이 꼴이다. 성녀의 이름으로 치장하고서 그 이름을 더럽히는 우행밖에 하지 않는, 태만하고 저열한 우민들이 사악한 짓 외에 뭘 할 수 있지!"

한 차례 격앙하고—— 칼슈타르는 깊이 탄식하더니 암체어에 몸을 묻었다.

"자유나 평등 따윈 너무 이르다, 레나. 우리 인류에게는, ……아마도 영원히."

레나는 표정을 지운 눈동자로, 과거에 아버지처럼 따랐던 상대를 내려다보았다. 치밀어 오르는 모멸을 죽이려면 그러는 것 외에 방법이 없었다.

"그것은 당신의 절망이고, 당신의 절망을 정당화하기 위한 핑계입니다. ……그걸 위해서 몇 명이 죽어가는 것을 묵인하는 것은 단순한 잘못입니다."

칼슈타르는 시선만 들어서 레나를 바라보았다. 지치고 체념한 그 은색 눈동자.

"네가 말하는 것은 희망이고, 희망은 아무것도 구할 수 없다. 이상과 같아. 존귀할 뿐이지 닿지 않고, 닿지 않기에 우리에게는 어떠한 영향도 미치지 않는다. 희망도 이상도 아무도 움직이지 않았으니까…… 그러니까 너는 내게 온 것 아니었나?"

레나는 이를 악다물었다. 그 말이 맞기 때문이다.

"절망과 희망은 같은 것이다. 바라긴 하지만 이뤄지지 않아. 그 앞뒤에 다른 이름이 붙었을 뿐이지."

"……."

그래도. 이뤄지지 않는다고 포기하고, 앉아서 운명을 기다리는 것과.

이뤄지지 않는다고 알면서도 운명에 저항하는 것은 다르다고.

그 사실은, 하지만 이 눈앞에 있는 남자에게 뭐라고 해도 통하지 않는다.

그래. 이것이 절망인가.

"……실례하겠습니다. 칼슈타르 준장님."

†

특별정찰 임무는 레나에게 도달한 것과 같은 때 스피어헤드 전대에도 전달됐고, 이쪽은 묵묵히 준비를 진행했다. 작전에 앞서 공수되는 물자의 수령과 정리. 기지에서 준비해야 할 물자의 확보. 그것들을 수송하는 《스캐빈저》의 선정. 임무 개시 이후로는 전문적인 정비를 기대할 수 없는 《저거노트》 각 기체의 공들인 검사와 정비. 두 번 다시 돌아올 수 없는 프로세서들의 신변정리.

그것들의 결과는 최종적으로 서류의 형태로 전대장인 신에게 올라오고, 그것을 토대로 실상황을 확인하는 것 또한 그의 일이다.

물자의 준비와 적재는 거기에 익숙한 알드레히트가 떠맡고, 빈 공간이 눈에 띄는 격납고의 한 곳에 쌓인 컨테이너 앞에서 확인 작업이 담담히 진행됐다.

"식량, 에너지팩, 탄약, 수리 부품은 소정수를 확보 완료. 아, 어디의 바보 전대장을 위해서 다리 부분의 수리부품은 넉넉히 준비해뒀다. 너 간단한 수리는 할 수 있지?"

"음. 자주 부숴 먹으니까."

"태연히 대답하지 말라고, 이 망할 놈아. ……가져갈 수 있는 건 한 기뿐이다. 똑같은 식으로 싸우지 마라."

굵직한 목소리를 진지한 느낌으로 낮추는 노정비사에게 신은 어깨만 으쓱여 주었다. 그렇게 말해도 확약할 수 있는 게 아니다. 대치한 《레기온》에게 전력으로 맞서지 않으면 목숨이 남아나지 않는 것이 《저거노트》의 전투다. 알드레히트가 깊은 쓴웃음을 지었다.

"마지막 정도는 거짓말이라도 좋으니까 알았다고 해라. 아니, 한 번 정도는 내 말을 들어야지, 너."

"죄송합니다."

"정말이지 너란 놈은……."

알드레히트가 콧김을 내뿜고 침묵이 깔렸다. 신은 딱히 불편하게 여기지 않는 그것에 잠시 동안 머리를 긁적이던 알드레히트가 말했다.

"……신. 이 준비가 다 끝나면 좀 이야기할 게 있다. 애들을 다 모아줘."

신은 한 차례 눈을 껌뻑이며 알드레히트의 선글라스 낀 억센 얼굴을 올려다보았다. 괜찮지만 무슨 일이냐고 물으려던 때 지각동조가 기동하여 입을 다물었다.

[……노우젠 대위.]

"소령님, 무슨 일 있습니까?"

이야기의 중단을 몸짓으로 알리면서 대답했다. 알드레히트는 끄덕이고 일단 물러났다.

[……특별정찰 명령이 도착했습니다.]

"알고 있습니다. 현재 준비 작업에 지연은 없습니다만, 뭔가 변경 있습니까?"

너무나도 무거운 레나의 어조와 대조적으로 평소의 작전명령 수령과 완전히 똑같은 어조로 대답한 신에게, 그 침착하게 들리는 목소리에 레나는 이가 갈리는 기분이었다.

[미안합니다. 내 힘으로는 철회시킬 수 없었습니다.]

한 박자, 입술을 다무는 침묵. 견뎌낼 수 없다는 듯이 레나는 입을 열었다.

"도망치세요. 이런 말도 안 되는 명령에 따를 필요는 없습니다."

한심하기 짝이 없었다. 이런 말도 안 되는 작전 하나도 철회시키지 못하고, 이런 무책임한 방법밖에 제시할 수 없다.

그리고 조용한 목소리가 부드럽게 돌아왔다. 그것은 질문의 형태를 취했을 뿐인 부정이었다.

[어디로, 말입니까?]

"……."

알고 있다. 도망칠 곳 따윈 없다. 가령 도망친다고 해도 살아남을 수 없다. 몇 명의 인원이 살아가기 위한 식량 생산조차 여의치 않을 것이 눈에 선했다.

혼자서 살아갈 수 없으니까 인간은 서로 모여서 마을을 만들고 도시를 만들고 나라를 만들었다.

살아가기 위한 것이어야 할 시스템이 지금 그들을 죽이려 한다.

무엇을 향한 것인지도 모르는 분노가 속에서 끓어올라서, 그 감정이 가는 대로 덤볐다.

"당신은 항상, 왜 그렇게……!"

부조리한 죽음도 담담히 받아들이는 그 차분함에 화가 났다. 마치 자기 죄를 받아들이는 사형수 같다. 그들이 벌을 받아야 하는 죄 따윈 없는데도!

[원망할 일도 아니니까요. 사람은 언젠가 반드시 죽죠. 그것이 남들보다 조금 이르다고 해서 누군가를 탓할 수도 없습니다.]

"그런 게 아니잖아요! 살해되는 겁니다! 미래도 희망도, 목숨마저도 부조리하게 빼앗기고도 원망하지 않는다는 게 말이 됩니까!"

거의 눈물 어린 목소리로 외치자, 신은 일단 입을 다물었다. 잠시 뒤에 돌아온 목소리에는 흐릿한 쓴웃음의 기척이 났다.

[소령님. 우리는 딱히 죽으러 가는 게 아닙니다.]

아무런 미련도 집착도 없이, 어딘가 시원스럽게.

[우리는 여태까지 계속 갇히고 묶여 있었습니다. 그게 간신히 끝납니다. 간신히 우리가 가려고 하는 곳까지, 가려는 길을 갈 수 있게 됩니다. 간신히 자유로워지는데 그걸 뭐라고 하지 말아주시겠습니까.]

레나는 고개를 저었다. 그런 건 자유가 아니다. 자유란 법과 타인의 권리를 침범하지 않는 범위로 가고 싶은 곳에 갈 수 있고, 되고 싶은 것이 될 수 있고, 적어도 그것을 바라는 것을 방해받지 않는다는 것. 인간으로서 지극히 당연히 누릴 수 있어야 하는 것이다.

내일 죽는 장소와 오늘 거기까지 가는 길만을 바랄 수 있다는 것은, 그런 것은 결코 자유가 아니다.

"그럼…… 그럼 하다못해 이제 싸우지 말아 주세요. 당신은 《레기온》의 위치를 알 수 있지요. 그렇다면 교전을 피하며 나아가는 정도는……."

[그건 무리입니다. 아무리 위치를 안다고 해도 들키지 않고 그들의 초계선을 빠져나가는 건 불가능합니다. 전진하려면 싸울 수밖에 없고, ……그건 처음부터 알고 있었습니다.]

그때 신은 분명히, 희미하게 웃었다.

'알고 있었습니다.' 가 아니라 '원하는 바입니다.' 라고 말한 듯하였다.

레나는 견디다 못해 시선을 내렸다. 그것은.

"——《레기온》의 안에 있는 형을 치기 위해서군요."

한순간의 침묵. 잠시 뒤에 신은 짜증을 내듯이 탄식했다.

[……왜 그렇게 쓸데없는 건 알아차리는 겁니까.]

"알지요, 당연히."

레이가 이미 죽었다는 것을 알면서도 찾고 있다고 말했을 때. 제1구역의 《양치기》를 언급했을 때. 신은 지금과 마찬가지로 차갑고 무시무시한 미소의 기운을 띠고 있었다.

아니면 신 자신은 모를지도 모른다. 자기 자신의 표정은 알기 어려운 것과 마찬가지로, 마음속 깊은 곳의 생각에는 둔한 걸지도 모른다.

두려움 같은, 증오 같은, 집착 같은, 강박 같은, 너무나도 무참한, 스스로에게 들이댄 칼날 같은 감정에는.

그것은 원한다기보다는 오히려 정반대.

"그렇다면 더더욱 싸우지 마세요. 아무리 《레기온》이라고 해도 형과 싸우다니……."

[형은 《양치기》입니다. 없애기 전에는 어디에도 갈 수 없습니다.]

딱딱하고 매서운 목소리였다. 처음으로 듣는 짜증의 감정.

"대위."

[관제하는 게 싫다면 더 이상 동조하지 않아도 됩니다. ……그래야 한다고 라이덴이나 카이에가 몇 번이나 말했을 겁니다.]

내뱉는 듯한 어조에 숨을 삼켰다. 짜증낸 것도 잠시—— 의식해서 숨을 길게 내뱉은 신은 갓 배속됐을 때의 그 쌀쌀맞고 무관심한 목소리를 내었다.

[……소령님. 이제 우리를 관제할 필요 없습니다.]

"그건……."

[방금 말, 정정하겠습니다. ……나는 형의 마지막 목소리를 당신에게 들려주고 싶지 않습니다.]

그 저주를, 그 원념을—— 레이가 내밀어준 손바닥과 미소만을 아는 레나에게는.

"……."

[그리고 또 하나. 여기서 동쪽, 국경을 넘은 곳에서는 《레기온》의 목소리가 들리지 않고 있습니다.]

잊어버렸던 사무연락이라도 하는 듯한 목소리였다.

어쩌면 그렇게 가장하며 뭔가를 숨기는 목소리였다.

"……노우젠 대위."

[그게 내가 들을 수 있는 한계일지도 모릅니다만, 어쩌면 누군가가 살아남았을지도 모릅니다. 그렇다면 공화국이 멸망하기 전에 도움이 올지도 모릅니다. ……《양치기》를 없애면 《레기온》도 한동안 혼란이 생깁니다. 그 정도의 시간은 벌 테니까, 그러니까——소령님은 그때까지 살아남아 주세요.]

쌀쌀맞은 어조로, 무관심한 목소리로, 하지만 어딘가 애절한 기도처럼 보내는 그 말에—— 레나는 두 손을 힘껏 움켜쥐었다.

†

그날의 요격작전에서 하루토가 전사했다.

작전 개시부터 종료까지, 처음으로 레나의 관제는 없었다.

그리고 특별정찰의 날이 찾아왔다.

《저거노트》에 타고 시스템을 기동했다. 스크린을 흐르는 기동 시퀀스와 체크 결과. 서브 스크린에 표시되는 우군기의 숫자에 라이덴이 코웃음을 쳤다.

"다섯 명, 인가. 하루토 녀석은 아쉬웠어."

앞으로 이틀만 더 살아남았으면 즐거운 하이킹을 갈 수 있었는데.

동조 너머에서 세오가 공허한 탄식을 흘렸다.

[으음, 소령, 마지막에는 연결하지 않네.]

"뭐야, 이러니저러니 하면서 쓸쓸하냐, 세오?"

[아니, 전혀. ……하지만.]

세오는 살짝 고개를 갸웃거렸다.

[조금 미련? 이 있나?]

[어차피 여기까지 함께했으니, 작별 인사 정도는 했으면 좋았겠다는 느낌이네.]

[아, 그런 느낌, 앙쥬. 딱히 없어도 별로 상관없지만, 있으면 말해 줘도 괜찮겠네 싶은.]

[상관없잖아. 엮이지 말라고 계속 말한 걸 겨우 이해했으니까 그걸로 땡이잖아.]

그렇게 말하면서 크레나의 목소리는 살짝 토라져 있었다. 세오와 앙쥬가 몰래 웃었기에 왜 웃냐면서 더 토라졌다.

맞는 말이다 싶어서 라이덴은 캐노피 내벽을 바라보았다. 여기까지 와서 레나가 전혀 연결하지 않을 거라곤 그도 생각하지 않았다. 이제 와서 겁을 집어먹을 그릇으로도 보이지 않는데, ……또 되도 않는 죄책감에 얼굴도 보지 못할 만큼 울적해지기라도 했을까.

마지막으로 해 줄 말도 있었는데. ……뭐, 할 수 없다면 그걸로 끝이지.

최종 체크 시퀀스 완료. 기동 승인. 반짝이며 켜진 스크린에 전송하는 정비 크루들이 비쳤다. 반년을 보낸 낡은 막사와 반년 신세 진 정비 크루들. 더는 못 본다고 생각하면서 고개를 숙였다.

한 달 분량으로 넉넉히 담은 물자와 사람 숫자만큼의 생활용품을 실은 기동식 추가 컨테이너 다섯 기를 연결하여 지네 같은 모습이 된 파이드가 정찰대의 뒤에서 기다렸다.

준비는 이걸로 다 끝났다. 이제 발을 내디디면 후퇴할 수 없다. 작전 발동과 동시에 그들의 군적과 국군 본부의 우군기 등록은 말소되고, 관제용으로 남겨진 핸들러와의 동조 대상 등록도 관제 범위 밖으로 나가든가 오늘 정오를 기해서 해제된다. 후퇴하면 공화국 요격포에 공격을 받는, 죽을 때까지 사지를 나아갈 뿐인 결사행.

그 미래를 눈앞에 두고 신기하게도 마음은 고요했다.

이 부대로 배속이 결정됐을 때 각오를 마쳤다.

그때는 다이야가 있어서 여섯 명이었다. 그 여섯 명이 예전 임지에서 수송기를 타고, 여기 막사에서 카이에나 하루토나 키노와 만났고 인사 파일용 사진을 전원이 다시 찍었다. 부대를 재편성할 때마다 다시 찍는, 키 높이를 그어놓은 벽 앞에서 번호표를 든 죄수 같은 사진. 부대가 해체되면 한꺼번에 폐기되기에 오늘 밤에는 이미 폐기될, 위령받을 일 없는 그들의 영정 사진. 마음 약하고 사람 좋을 듯한 병사에게 한 장 더 찍어달라고 한 것도, ……언제까지 남아있을까.

그날 밤에 다시금 전원이 맹세했다.

누가 돼지라고 욕해도 결코 돼지로 전락하지 않는다. 마지막 한 명이 됐다고 해도 마지막 하루까지 싸우기로.

좋다, 마지막으로 다섯 명, 그만큼 남았다.

나쁘지 않다고 흐릿하게 웃으면서, 의식은 자연스럽게 선두에 선 《언더테이커》에게 모였다. 삽을 짊어진 목 없는 해골의 퍼스널 마크. 그것이 상징하는, 그들을 여기까지 이끌었고 이제부터 죽는 순간에도 그 후에도 함께 있을 그들의 사신에게.

여태까지 묻어온 576명의 전사자들의 작은 알루미늄 묘비도 길동무로 삼아서.

신이 감고 있던 붉은 눈동자를 희미하게 뜨는 기척. 조용한 목소리가 들렸다.

[……가자.]

들려온 희미한 목소리에, 그것은 대기상태에서 눈을 뜬다.

온다. 아직 멀다, 하지만 다가온다. 계속 찾아서 간신히 발견했다. 애타듯이 기다렸던 그 상대가.

더는 못 기다린다. 맞으러 가자. 그리고 이번에야말로.

항상 들려오는 망령의 목소리가 성량을 더하며 이동을 시작한다. 덩어리진 채로, 육지를 죄다 뒤덮고 전진하는 해일의 맹위처럼 계속해서 밀려든다.

본대에 선행해서 전개하는 은색의 자잘한 방전교란형들. 하늘을 죄다 뒤덮고, 어두운 구름으로 햇빛을 가렸다.

[……신.]

"그래."

낮게 신음하는 라이덴에게 짧게 대답했다. 선택한 진로에 정면에서 맞부딪히는 위치. 진로를 조금 바꾸면 적 부대의 전개 상황도 거기에 맞추어 정면을 변경한다.

……당연, 하겠지. 신이 《레기온》의 목소리를 듣는다면, 같은 이유로 그 반대도 가능하다.

지세를 감안하고 제일 지당한 진로를 선택한다. 어떻게 해도 만나는 이상, 조금이라도 유리한 전장으로 가는 수밖에 없다.

레이더 스크린에 불이 켜졌다. 적성 존재를 알리는 코드. 순식간에 숫자가 늘어나고 모여서 진행방향 전체가 새하얗게 물들었다.

시야를 가로막는 구릉지, 기슭을 돌아서 빠져나갔다. 왼편으로 울창하게 우거진 나무들이 있는, 초원과 삼림지대의 경계.

기다리는 것은 시야를 가득 메울 정도의 대군이었다.

선두를 가는 척후형의 정찰부대. 그 후방 2킬로미터부터 전차형, 근접엽병형 혼성의 기갑부대가 부대별로 함께 진군하고, 몇 킬로미터 거리를 두고 같은 기갑부대의 제2진, 눈에 아슬아슬하게 들어올 거리의 제3진으로 이어졌다. 그 너머에는 장거리포병형의 포병진지도 버티고 있겠지. 제1구역에서 상대하는 《레기온》의 거의 모든 전력을 동원해 왔다.

그 선두, 척후형 1개 소대를 거느리고 느긋하게 걷는 중전차형에게 의식이 갔다.

그 높이는 4미터, 전차형의 두 배 중량에 달하는 거구에 튼튼하기 짝이 없는 장갑을 두르고 폭발적인 기동력을 낳는 여덟 개의 다리를 갖춘 육상전함 같은 그 위용. 거대하고 장대한 155mm포와 동축부포인 75mm포를 이쪽으로 들이댔고, 포탑 상부에 갖춘 두 자루의 12.7mm중기관총은 이 강철의 거구에 대면 그야말로 장난감이다.

목소리를 들을 것도 없이 이 군세를 지휘하는 《양치기》라는 것을 알았다. 단순한 진행방향의 연장상이 아니라, 이쪽이 택할 진로의 정면으로 부대 전개를 완료시키고 기다리고 있었다. 상황을 감안하여 적이 선택하는 진로를 예측한다. 《양》에게는 불가능한 짓이었다.

그리고 여기 제1구역 제일 안쪽에 숨은 《양치기》가 바로.

[……신.]

입증하는 듯한 낮은 목소리. 그것만큼은 선명하게 기억하는 목소리다. 잊을 수도 없다. 마지막으로 들은 생전의 그것과 같은 말이고 목소리다.

　같은 목소리가 계속 그를 부르고 있었다.

　신은 희미하게 웃었다. 간신히 나왔다. ……간신히, 그 앞에 도
달했다.

　그 웃음의, 얼음칼날 같은, 광기와 같은, 차갑고 예리한 사나움.

　"찾았어. ──형."

The dead aren't in the field.
But they died there.

THE CAUTION DRONES
[〈레기온〉 요주의 전력]

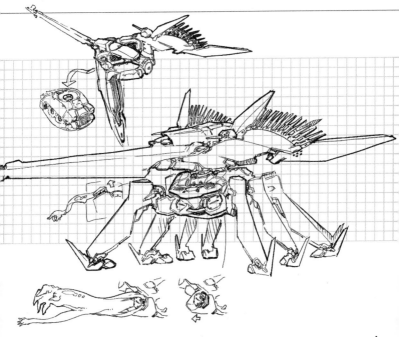

[디노자우리아]

중전차형

ARMAMENT]

155mm 활강포 x 1
주포동축 75mm 부포 x 1
12.7mm 중기관총 x 2

[비고] 스피어헤드 전대가 맞닥뜨린 기체는 다른 기체와 달리 특수한 유체 마이크로머신 '팔'을 가지고 있으며, 이것이 어떤 성능을 지녔는지는 알 수 없다.

이름의 모티브는 '공룡'.

그 이름대로 전차형이 유래가 된 사자는 발끝에도 미치지 못하는 화력과 무시무시하게 큰 덩치를 가졌다. 주포의 구경은 155mm에 달하며, 그 직격에 버티는 것은 지상에 거의 존재하지 않는다. 또한 전차형의 약점이기도 한 기동력도 부무장을 충실하게 갖춤으로써 커버하고 있다. 무엇보다 총중량 100톤(보통 승용차 약 100대 무게)에 달하는 그 거대한 몸은 움직이는 것만으로도 모든 것을 유린할 수 있으리라.

인터챕터 목 없는 기사 Ⅳ

소리도 없이, 한없이 눈이 내렸다.

어두운 하늘에서 떨어지는 하얀 눈은 차곡차곡 쌓이는 절망과 비슷해서, 폭위처럼, 세상의 거절처럼 아름다웠다. 눈물은 얼어붙고, 한탄마저도 얼어붙는, 잔혹하고 무정한 엄동설한의 순백색.

캐노피가 날아간 《저거노트》의 안에서, 하다못해 하늘을 보며 죽자고 드러누운 레이는 어둠 저편에서 나와서 자신의 위에 쌓이는 하얀 눈을 올려다보았다.

"……신."

열 살 때 태어난 동생은 레이에게 간신히 생긴 대망의 형제였다.

양친 이상으로 레이가 잔뜩 귀여워해 준 동생은 살짝 울보에 응석받이로 자랐다. 항상 곁에 있으며 뭐든지 잘하고 무엇에게서도 지켜주는 레이는 동생의 영웅이었다.

17세 때 전쟁이 시작되어 레이와 양친과 동생은 인간이 아니게 됐다.

조국이 그들에게 총을 겨누고 가축처럼 트럭에 채우고 화물열차에 채웠다.

　그동안 신은 계속 두려움에 떨고 울었기에, 매달리는 작은 몸을 끌어안아 주었다. 동생은 내가 지킨다. 무슨 일이 있어도, 무엇에게서도 반드시.

　수용소는 조악한 병영과 생산 플랜트, 흉흉한 철조망과 지뢰밭이 그 구성물의 전부였다.

　병역에 응하면 시민권을 돌려준다는 말이 있었고, 최초의 징병에 아버지가 응했다. 너희만이라도 집으로 돌아가야 한다면서 아버지는 웃었고, 그리고 두 번 다시 돌아오지 않았다.

　아버지가 죽고, 그 소식과 함께 어머니에게 징병 연락이 왔다.

　되찾았을 터인 시민권은 돌아오지 않았다. 징병에 응한 것이 한 명이라면 줄 수 있는 시민권도 당연히 1인분이라는 것이 정부의 궤변. 그리고 어머니에게 지켜야 할 자식은 두 명 있었다.

　이윽고 어머니도 죽고. 그 사망 소식과 함께 레이에게 징병 연락이 왔다.

　그에게 주어진 방안, 레이는 눈앞이 어두워질 정도로 격렬한 분노에 멍하니 서 있었다. 징병 연락.

　한 명의 징병당 한 명의 시민권이라는 궤변조차도 뒤집고.

　대체 어디까지. 정부는. 백계종들은. 이 세계는.

　왜 나는. 그런 걸 담담히 알고 있었는데 그때 어머니를 막을 수 없었지……?!

"……형."

신.

오지 마. 어디든 좋으니까 어디로 가버려. 너를 신경 써 줄 여유가 지금은 없어.

"엄마는? 이제 안 돌아와? 왜?"

가르쳐줬잖아. 몇 번이나 말하게 하지 마. 나이 어린 동생의 둔한 머리에 내심 짜증이 났다.

"……왜, 죽었어?"

뚝 하고 뭔가가 끊어진 기분이었다.

네가.

둘째 자식이 있었으니까.

목을 붙잡고 쓰러뜨리고, 가는 목을 두 손으로 힘껏 졸랐다. 부러지면 된다. 끊어지면 차라리 시원하다. 격정에 따라 너 때문이라고 소리쳤다.

그래, 어머니가 죽은 것은 신 때문이다. 이 녀석이 있었으니까, 이 멍청한 동생 따위가 있었으니까, 이 녀석을 인간으로 되돌리기 위해서 어머니는 죽으러 갈 수밖에 없었다. 단죄의 말을 퍼붓는 것은 통쾌했다. 상처 입으면 돼. 견디다 못해 죽어버려.

"──무슨 짓이냐?! 레이!"

누가 어깨를 붙잡고 힘껏 잡아당기는 바람에 나뒹굴며 정신이

들었다.

지금. 나는. 무슨 짓을.

희미하게 보이는 것은 끼어든 신부님의 검은 사제복의 뒷모습이고, 쓰러진 채 움직이지 않는 신의 용태를 살피고 있었다. 입가에 손을 대고 목을 만지다가, 안색을 바꾸며 심폐소생처치를 시작하였다.

"······신부님."

"나가거라."

으르렁거리듯이 하는 말에 곤혹스럽게 시선을 이리저리 움직였다. 아니, 신이, 움직이지 않는데.

멍하니 서 있는 레이를 은색 눈 한쪽만으로 노려보며 신부님이 소리쳤다.

"애를 죽이고 싶었느냐! 어서 나가거라!"

진짜 노성.

비틀거리면서 방을 나가서 비틀비틀 주저앉았다.

"아······."

전쟁에 진 백계종이 에이티식스를 학대하고, 그 에이티식스가 보다 작고 어린 에이티식스를 학대하는 연쇄를 레이는 계속 경멸하였다. 자기가 받은 고통이나 부조리를 견디거나 맞서는 게 아니라, 그저 자기보다 약한 자를 배출구로 삼아 분풀이하는 저열함.

똑같은 짓을 하였다.

양친의 죽음이나 공화국의 비열함, 세계의 부조리, 그리고 무엇보다 자신의 무력함에 대한 갈 곳 없는 분노나 증오를 채 견디다 못해 터뜨렸다. 자기보다 훨씬 작고 훨씬 약한, 자기가 지켜야 할 동생에게.

그 깊은 죄에 이제야 몸서리를 쳤다. 머리를 싸안고 웅크렸다.

"아아아아아아아아아아아아아아아아아아아아아악!"

나는. 그 녀석을. 지키고 싶었을 텐데.

다행스럽게도 신은 곧 다시금 숨을 쉬고 눈을 떴지만, 레이는 만나러 갈 수 없었다. 신부님은 두 사람이 만나는 것을 경계하여 허락해 주지 않았고, 얼굴을 마주치는 것이 무서웠다.

도망치듯이 징병에 응했다.

출발할 때 신부님도 신을 데리고 배웅을 나와 주었지만, 신은 한마디도 말을 붙이지 않았다. 한 번도 본 적 없는 두려움의 시선이 가슴에 아팠다.

이대로 죽을 수는 없다. 반드시 살아서 돌아가야지.

그렇게 생각하며 동료가 차례로 죽어가는 가운데 싸우고 싸우고 필사적으로 살아남아서.

하지만.

쏟아지는 싸락눈이 추웠다. 출혈로 멍해진 머리로 이거 틀렸구나 하고 레이는 생각했다.

찌그러진 장갑의 퍼스널 마크가 눈에 들어왔다. 목 없는 해골 기사. 그림책의 표지다. 이야기의 주인공.

레이가 보기엔 솔직히 기분 나쁜 그림책이지만 왜인지 어린 신은 아주 좋아했다.

그림책도, 매일 밤 그것을 읽어준 것도 아직 기억할까.

사랑받았던 기억도.

레이는 얼굴을 찌푸렸다.

출발하던 날. 말을 걸어주면 좋았을걸.

너 때문이 아니라고 분명히 말해 주어야만 했다.

그날 밤 레이는 신에게 저주를 걸었다. 그리고 그대로 도망쳤다.

네 죄라는 비난에 신을 얼마나 자책했을까. 사랑해 주던 가족의 손에 죽을 뻔한 일이 신의 마음을 얼마나 일그러뜨렸을까.

양친의 죽음과 레이의 폭력에 울었을까. 지금은 웃을 수 있을까.

"……신."

희뿌예진 시야에 납빛 그림자가 비쳤다. 《레기온》. 쫓아온 건가.

시야 구석의 해골 기사. 약한 자를 도와 어떠한 강적에게도 맞서는 정의의 히어로.

동생을 지키는 히어로로처럼 있고 싶었다.

스스로 그걸 부수고도 다시금 만나고 싶다며 손을 뻗으며.

'그'의 형태는 그렇게 만들어졌다.

제7장 안 녕
Shalom Chaverim

[……신.]

좌악. 중전차형의 기체에서 장갑을 살짝 들어 올리며 무수한 '손'이 뻗어 나왔다.

유체 마이크로머신의 은색. 마디가 높고 긴 손가락을 가진 성인 남성의 손으로, 진짜 팔의 몇 배나 되는 길이의 그것이 폭발적인 속도로 뻗었다. 오른손도 왼손도 제각각 뭔가를 찾아서 뻗었다.

그것들 모두를 분명히 《언더테이커》를 향하여 천둥 같은 굉음으로 포효했다.

[시이이이이이이이이이이이이이이이이이이이이이이이이이인!]

최저의 동조율에서도 내장을 뒤흔들며 뱃속에 찌릿찌릿 울리는 대음성. 피도 얼어붙을 정도로 으스스한 절규에 가장 익숙할 터인 라이덴조차도 식은땀이 좍 솟는 것을 억누를 수 없었다. 앙쥬가 작은 비명을 지르며 귀를 틀어막았다.

신만이 단순히 이름을 불린 것처럼 《언더테이커》를 녀석의 정면에 세웠다.

"……신?!"

[먼저 가. 라이덴, 그동안의 지휘는 맡기겠어.]

중전차형만을 똑바로 바라보는 냉철한 눈빛이 보이는 듯했다.

[숲속으로 들어가면, 척후형만 조심하면 그리 들키지 않아. 통과해서 앞으로 가.]

"너는?!"

[쓰러뜨린 뒤에 가지. 해치우지 않으면 전진할 수 없고, 전진할 생각도 없어. ……보내줄 것 같지도 않아.]

라이덴은 그 마지막 독백에 소름이 끼쳤다.

이 녀석. 지금.

웃었다.

으으. 글렀다.

돌이킬 수 없다. 애초에 이 녀석의 마음은 여기에 없다. 이 녀석은 계속 붙들려 있었다. 없어진 목을 찾아 헤맸다. 살해되어서 빼앗긴 형의 목을 여태까지 계속…… 아마 과거에 형이 목을 졸랐는 그때부터.

그것을 알면서도 라이덴은 낮게 신음했다.

"웃기지 마. 누가 그런 명령을 듣겠냐."

두고 가란 명령 따위 누가.

[──.]

"혼자서 하고 싶다면 어쩔 수 없지. ……다른 놈들은 정리해 줄게. 얼른 해치워."

말하면서 속에서 치솟는 것에 꾸욱 어금니를 깨물었다.

혼자서 싸우겠단 말인가.

도우라고, 함께 싸우라고 말해 주면 응했을 텐데. 왜 이 녀석은 이렇게, ……이럴 때도 한없이 바보인 걸까.

한순간 침묵이 깔리고, 신이 살짝 탄식하는 기척.

[……바보로군.]

"너도 마찬가지야. ……죽지 마라."

이번에는 대답이 없었다.

장거리포의 우렁찬 소리가 시작을 알렸다. 폭풍처럼 쏴대는 탄막에 뒤로 물러나는 형태로 네 기가 산개.

해골 저승사자를 짊어진 네 다리의 거미가 사냥감을 쫓는 야수의 속도로 뛰었다.

중전차형이 덤벼들었다.

뒤에 있는 척후형이 네 방향으로 전개. 척후형 이외의 《레기온》은 센서 성능이 대단하지 않고, 화력을 희생하여 고성능 복합 센서를 장비한 척후형에게서 데이터링크를 통해 탐색 정보를 받는다. 네 방향으로 흩어진 그것들이 중전차형의 눈이다. 접근하는 《저거노트》를 전방의 두 기가 포착, 전송되는 각종 정보와 자신의 센서가 얻은 광학 영상을 토대로 중전차형의 포탑이 선회했다.

포성.

이미 전차포가 아니라 중포급의 155mm포가 사납게 포효하고, 소리조차 능가하여 달리는 고속철갑탄이 조금 전까지 《언더테이커》가 있던 공간을 훑듯이 관통했다.

응사. 하지만 《언더테이커》는 중전차형이 아니라 주위의 척후형을 쐈다. 한 기를 격파, 두 번째 기체의 동체를 회피기동과 함께 걷어차 부수고, 다음에야 간신히 중전차형을 포격. 공중에서 터뜨린 발연탄이 중전차형의 광학 센서를 한순간 가린 사이에 두 기의 척후형을 부수고 생긴 사각으로 들어갔다.

《저거노트》의 주무장은 적의 그것과 비교도 되지 않도록 작고 빈약한 57mm포, 견고하기 짝이 없는 중전차형의 장갑은 아무리 근거리여도 전후좌우, 어느 위치에서도 뚫을 수 없다. 유효한 공격 장소는 단 하나. 거기를 노릴 수 있는 위치까지 접근하기 위해, 일단 그 거구의 사각을 밖에서 메우는 눈을 부수고 파고들 틈을 늘리는 작전으로 나섰다.

하얀 연기의 장막을 풍압으로 걷어내며 중전차형의 거구가 튀어나왔다. 접근방향을 예측한 움직임으로 중기관총이 선회, 일제 사격을 갈겼다. 피하며 물러난 《언더테이커》가 연기 너머로 나타났다.

발사의 열기로 아지랑이가 생긴 거포의 포구가 그 목 없는 그림자를 향했다. 거의 신들린 듯한 난수기동, 적기의 조준을 예측하면서 《언더테이커》가 질주했다.

《레기온》의 군세는 명백히 《언더테이커》를 다른 네 기에게서 떼어놓고, 또 그 네 기를 분단하여 각개격파하려고 움직였다.

전차형과 근접엽병형 여럿이 연대하여 목표로 정한 한 기에게 파상공격을 가하고, 차폐물에 숨으려고 해도 전장 전체를 덮은 척후형이 반드시 냄새를 맡았다. 퇴로가 될 만한 요소에는 대전 차포병형이 빈틈없이 포열을 늘어세웠고, 장거리포병형의 맹포격이 이동 가능한 구역을 한정했다. 근처에 있는 《레기온》을 차례로 격파하였지만, 그 이상이 계속해서 밀려들었다.

보통 《레기온》은 이렇게 치밀한 전술을 취하지 않는다. 틀림없이 《양치기》다. 아마도 저 중전차형 《양치기》의 지휘.

미친 듯한 포격과 참격의 맹공 속에서 라이덴은 힐끗 그쪽으로 시선을 보냈다. 개미가 모여들듯이 밀려드는 《레기온》들의 너머, 거기만이 공백이 된 일대에서 거듭되는 것은 중전차형과 《언더테이커》의 치열한 대결이다.

농담 같은 광경이었다.

중전차형과의 일대일 대결이라니, 제정신으로 할 짓이 아니다. 응수가 오가는 것처럼 보이는 것조차도 기적의 영역이다. 화력도 장갑도, 기동력조차도 《저거노트》는 아득히 뒤진다.

본래 승부라고 할 레벨이 아니다. 신이니까 가까스로 전투를 성립시키는 것이다. ……아니, 신조차도 승부라고 할 정도에 이르지 못했다. ──중전차형은 기갑병기의 정의를 무시하고 거의 움직이지도 않으며 의연히 서 있고, 반대로 《언더테이커》는 면도날 위를 춤추는 듯한 치밀함과 만용으로 짜여진, 보고 있기만 해도 속이 쓰린 아슬아슬한 조작을 할 수밖에 없었다.

도저히 호각 같은 게 아니다. 저런 줄타기가 언제까지 계속될까.

아니면 이쪽이 먼저일까.

살짝 약한 마음이 뇌리를 스쳤다. 이미 몇 기를 해치웠는지 기억도 못한다. 해치워도 해치워도 끝이 없다. 밀려드는 피로와 허탈감은 전쟁에 익숙한 그들의 기력도 확실히 좀먹었다.

[리로드! 원호 부탁해!]

가쁜 숨을 삼키며 세오가 외쳤다. 그 목소리도 피로로 메말라 있었다.

단 한 기로 포화 속에서 씩씩하게 보급하러 뛰어다니는 파이드가 총 여섯 개의 컨테이너 중 하나를 버렸다. 그 컨테이너의 탄약 재고가 다 떨어진 것이다. 한 달 분량을 상정한 탄약의 2할 가량을 여태까지의 전투로 벌써 다 썼다.

탄약을 다 썼을 때가 우리의 최후인가.

그런 생각을 하며 억지로 웃었다. 좋다. 그렇게 살다 죽는 것은 바로 원하던 바다.

갑자기 동조 대상이 한 명 늘었다.

[──슈가 중위! 왼쪽 눈을 빌리겠습니다!]

그 순간 왼쪽 시야가 살짝 어두워졌다가 곧바로 돌아왔다. 같은 목소리가 연이어서 외쳤다.

[사출했습니다! 착탄합니다, 대비해요!]

찰나. 하늘이 하얗게 물들었다.

소리 없는 섬광. 뒤늦게 폭발의 굉음. 상공에서 전개한 방전교란형들이 순식간에 퍼진 폭염에 휩싸여서 불타고, 혹은 전방위에서 덮치는 충격파에 뭉개져서 투두둑 떨어졌다.

한가운데에 갈긴 연료기화폭탄의 강렬한 일격. 은의 구름에 뻥하니 구멍이 생기고 잠깐 보인 푸른 하늘을 계속해서 날아온 유도비상체들이 시커멓게 뒤덮었다.

지시된 좌표 상공에 정확하게 도달하고 신관이 작동하여 껍질이 파열. 내부에 들어있던 수백 개의 자탄 각각이 레이더를 작동하여 목표를 탐지, 목표 상공에서 작렬하여 발사속도가 초속 2500에서 3000미터에 달하는 초고속의 폭발성형탄을 날린다.

강철의 소나기에 연약한 상부장갑을 두들겨 맞은 《레기온》 제2진의 전방 절반이 순식간에 침묵했다.

이어서 제2파가 날아왔다. 거듭된 강철의 소나기가 제2진의 잔존병력을 완벽하게 깨부쉈다.

라이덴도, 세오도, 크레나도, 앙쥬도, 한순간 아연해졌다.

본 적은 없지만 뭔지는 알았다. 요격포. 《저거노트》가 지키는 전선 배후에 두더지처럼 모여 있는, 한 번도 그 역할에 쓰인 적 없는 장식품인 오브제.

그것을 기동시킬 수 있는 것은.

애초에 이런 죽음의 길에도 연결해올 만큼 괴짜는 단 한 명.

"너인가——밀리제 소령!"

대답이 돌아왔다. 방울 같은 목소리. 뭔가 결심한 듯한, 뭔가 단단히 각오한 듯한.

[예. 나입니다. 늦어서 미안합니다. 전대원 여러분.]

†

"──얼굴 보기 싫다고 했잖아. 레나."

나오지 않을까 걱정했지만, 아네트는 순순히 홀에 나타났다.

"그래, 들었어, 아네트. 대답한 적은 없지만."

안개비가 내리는 밤. 저택 안의 불빛과 밤의 어둠의 경계선에 선 레나는 옷을 제대로 챙겨 입을 시간조차 아까워하는 초췌함과 피로를 함께 띠어서 유령 같은 모습이었다. 대충 빗질한 것뿐인 은발에 구겨진 군복, 화장기도 없는 하얀 얼굴.

딱딱한 은색 눈동자만이 이상한 빛을 띠며 번쩍였다.

"시각의 동조 설정. 레이드 디바이스 설정까지 포함해서 해 줘."

아네트가 신음했다. 다친 야수의 눈빛으로.

"해 줄 리 없잖아. 나랑은 관계없으니까."

"해 줘야겠어. 꼭."

레나는 웃었다.

무시무시하게 잔혹하고 지독한 표정을 하고 있을 거란 걸 머릿속 어딘가로 생각했다.

"당신이 버린 소꿉친구."

웃었다. 악마처럼. 저승사자처럼.

"신이라는 이름이지?"

그 순간 아네트의 표정이 벗겨졌다.

"……어떻게……?!"

이 이상 없을 정도로 핏기가 사라진 그녀를 보며 레나는 '역시나 그런가'라고 생각했다.

슬쩍 떠본 것뿐이다. 하지만 동시에 그럴 거라는 확신이 있었다. 에이티식스 주민이 극단적으로 적은 제1구에 살았고, 레나나 아네트와 동갑이고 나이 터울이 큰 형이 있고.

무엇보다 망령의 목소리를 듣는 신의 능력과 가족의 마음이 들렸다는 아네트의 소꿉친구의 능력. 이어지는 대상이 다를 뿐이지 아마 근본적으로는 같다.

이렇게까지 겹치는데 다른 사람이라니——그럴 리가 있을까.

"왜 네가 그 이름을 알고 있어……?! ……설마——!"

"응, 그래. 내 부대에 있어. 스피어헤드 전대 전대장, 퍼스널 네임 《언더테이커》. 그가 신이야."

구할 기회가 있었지만 아네트는 두 번째 기회에도 그를 저버렸다.

덥썩. 멱살을 붙잡혔다. 매달리는 동작과 시선에 레나는 눈썹 하나 움직일 수 없었다.

"그걸 신이 말했어?! 그 애는 아직 살아있어?! 그 애는…… 아직 나를 증오해?!"

"들어서 어쩌려고? 관계없잖아?"

그 손을 쳐내며 레나는 천천히 뒷걸음질 쳤다. 그녀를 따라서 부슬비와 어둠 속으로 나온 아네트에게 차가운 미소를 보냈다.

사실 신에게서 아네트의 이야기를 들은 적은 한 번도 없다. 아마도…… 이미 기억도 하지 않겠지. 레이나 양친의 기억조차도 전쟁의 불길과 망령의 한탄으로 뭉개져버린 신이 소꿉친구만 기억할 이유는 없다.

그것이 아네트에게 구원인지 저주인지는 모르지만.

"그게 아니라면 도와줘야겠어. 어쩔래.──얼른 안 하면 닭이 울걸."

너는 닭이 울 때까지 나를 모른다고 세 번 말하리라.

아네트는 멍하니 서서 웃었다. 그것은 슬픔의 웃음 같으면서도 어딘가 안도와도 비슷한 표정이었다.

"……악마."

"그래, 펜로즈 기술대위. 나도, 당신도."

†

그래, 레나는 우울함에 빠진 것도 떨고 있었던 것도 아니다. 스피어헤드 전대와 동조할 시간이 없었던 것이다.

시각 동조의 설정과 조정. 주변 구역 일대의 모든 요격포의 수동 발사 코드. 할 수 있는 원호의 수단을 긁어모으기 위해서.

"큭……. 전체의 절반이 불발……?!"

돌아온 작동 결과에 레나는 신음했다. 3할의 요격포가 동작하지 않고, 발사된 유도비상체도 그 3할 정도가 외각의 신관이 작동하지 않고 낙하. 중량 100킬로그램을 넘는 유도비상체 한 기의 밑에 있던 불운한 척후형이 짓눌려 납작해진 모양이지만, 본래의 위력을 생각하면 전과로 볼 수도 없다.

정비 불량도 정도가 있지. 자기를 지키는 갑옷을 자기의 태만으로 녹슬게 만들다니 웃기기 짝이 없다.

나머지 요격포에 같은 좌표를 입력하고 발사. 목표로 삼은 부대가 그걸로 전멸하여 한숨 돌렸다.

간신히 자유로워졌다고 신은 그때 말했다.

그런 건 자유가 아니라고 레나는 생각하지만, 그렇다고 해서 특별정찰을 철회시킬 수도 그들을 해방해 줄 수도 없었다. 그렇다면 하다못해 그들이 원하는 길을 1초라도 더 방해 없이 나아갈 수 있도록 하는 것이 그녀가 해 줄 수 있는 유일한 도움이었다.

간신히 얻었다고 말하는 자유다.

이렇게 첫날에. 이렇게 첫걸음을 내디딘 장소에서. 끝나게 할 순 없다.

돌아온 방울 같은 목소리에 라이덴은 무심코 호통을 쳤다. 제2진이 괴멸하고 제3진은 판단을 내리지 못하여 멈춰 섰고, 보급이 끊긴 제1진을 격파하는 그동안.

"진짜 바보냐! 너 대체 뭘 한 거야!"

[당신과 왼쪽 눈 시각을 공유하여 위치정보를 확인하고, 그 위치를 토대로 요격포를 수동 발사했을 뿐입니다만. 아, 시각 공유 시에는 그쪽의 정신이 흐트러지지 않도록 왼쪽 눈을 감고 있었으니까 걱정 말길.]

담담하게 돌아오는 목소리에 드디어 짜증을 내며 외쳤다. 뭐가, 뿐, 이냐. 그걸로 끝날 이야기가 아니잖아!

"시각 공유는 핸들러가 실명하니까 하지 말라는 소리 못 들었어?! 요격포 허가도 어떻게 받아낸 거야?! 애초에 지금 거기에 있는 것 자체가 명령위반이잖아!"

시각 공유는 쌍방이 혼란스러워지는 것으로 끝나지 않을 만큼 정보량이 너무 많다. 연속으로 사용하면 부담이 커져서 최악의 경우 실명할 수도 있다고 해서 관제에는 사용되지 않는다. 지원 금지 작전에 허가도 없는 병기를 사용하며 원호한다는 명확한 명령 위반도 포함하여, 이제부터 죽을 뿐인 부대를 위해서 할 짓이 아냐!

갑자기 레나가 맞받아 소리쳤다. 이 핸들러 소녀의 처음으로 듣는 노성이었다.

[그게 어쨌단 말입니까! 실명이야 언젠가의 이야기, 요격포의 자기 판단 사용도 명령위반도 끽해야 감봉이나 강등 정도! 죽는 것도 아닙니다!]

진짜 노성에 라이덴은 허를 찔려서 입을 다물었다. 격앙한 나머지 헉헉 가쁘게 숨을 내뱉더니, 여태까지의 모습에서는 상상도 할 수 없을 만큼 자포자기한 목소리로 레나는 내뱉었다.

[어차피 본부나 정부도 도리를 모릅니다. 이쪽만 도리에 따라서 할 이유도 없고, 누구에게 비난받는 게 어떻단 말입니까. ……그러니까 허가 따윈 신경 끄고 일찌감치 이랬어야 했습니다.]

한순간 씁쓸한 목소리는 가라앉았다. 이어서 내뱉으며 오만하게 콧방귀를 뀌었다.

팽팽하던 기분이 풀어지고 쓴웃음이 새어나왔다.

"……너, 정말로 바보군."

[딱히 당신들을 위한 건 아닙니다. 이 숫자가 전선을 돌파하면 공화국이 위태롭죠. 내가 죽기 싫으니까 싸우는 것뿐입니다.]

　맑은 목소리로 이번에야말로 소리 내어 웃었다. 오늘 처음으로 레나가 웃는 기척.

　[제3진이 움직이면 이쪽에서 쏘겠습니다. 제1진은 당신들도 말려드니까 지원할 수 없습니다. 미안하지만 자력으로 어떻게든 해 주세요.]

　"그래, 맡겨줘. 우리한테야 항상 있는 일이지."

　[……노우젠 대위는?]

　그 질문에 씁쓸하게 눈을 가늘게 떴다. 동조 자체는 연결된 상태지만, 응답이 없고 이쪽을 신경 쓸 여유도 없다. 다만 전해져오는 냉철하고 사나운 전의의 기척.

　"형하고 싸우고 있어. ──저게 신의 목적이야. 이쪽의 목소리는 이미 들리지 않아."

　귀를 찌르는 형의 절규가 울려 퍼지는 가운데, 신은 반격의 틈을 엿보며 《저거노트》를 몰았다.

　사소한 미스도 허용되지 않는 가늘고 가는 사선 위를 계속 싸우면서, 극도로 집중한 신경은 눈앞의 적 이외의 광경도, 그 절규와 포성 이외의 소리도, 시간의 경과조차도 이미 인식하지 않았다.

　포가 향한다. 조준. 아슬아슬하게 《언더테이커》는 반격하러 가려던 다리를 일부러 미끄러뜨려서 사선을 벗어났다. 부포는 주포

의 오른쪽에 있으니까, 왼쪽으로 계속 도망치면 공격해 오는 것
은 주포와 포탑 상부의 선회기총뿐——…….

부포가 불을 뿜었다.

포탄이 오른쪽 다리를 스치듯이 날아가고, 동시에 주포가 이쪽
을 조준했다. 기체를 옆으로 미끄러뜨렸던《언더테이커》는 아직
회피기동을 취할 수 있는 자세가 아니다.

포성. 지면에 발사했던 와이어에 이끌려서《언더테이커》가 간신
히 사선을 피하고, 우연히 후방에 있던 전차형이 휘말려서 폭산했
다. 강렬한 반동을 그 초중량과 강인한 각력으로 버티는 2연사에
아무리 중전차형이라도 여덟 개의 다리를 땅에 깊이 박았다.

그 순간《언더테이커》가 자기 사거리로 들어갔다.

그때 앙각을 취한 주포는 중전차형의 포탑 후부 상판으로 조준
을 맞추고 있었다. 눈에 들어오는 범위에서 가장 얇은 장갑. 견고
하기 짝이 없는 중전차형의 장갑 중에서 유일하게《저거노트》의
빈약한 주포로도 뚫을 수 있는 곳.

격발. 곡사의 궤도로 발사된, 치명타의 탑어택인 철갑유탄을.

중전차형은 포탄에 생겨난 그 손 중 하나로 쳐냈다.

"……?!"

악몽 같은 광경에 신은 눈을 치떴다. 요격한 손은 그 충격으로
흩어졌지만, 원래부터 유체인 팔은 순식간에 손목부터 다시금 팔
을 만들고 아무 일도 없었던 것처럼 손가락을 굼실거렸다.

중전차형의 의식이 이쪽을 향한다고 느꼈다. 반사적으로 물러
나자 조금 전에 있던 지면을 기관총 사격이 훑었고, 이어서 두 번

세 번 날아온 납탄의 호우를 피해서 물러나자 거기는 이미 사정거리 밖. 위력이 뒤떨어지는 중기관총만으로 《저거노트》를 물러나게 한 중전차형이 의연하게 이쪽으로 방향을 돌렸다.

견제사격 정도에도 이쪽은 필사적으로 도망쳐야만 하고, 게다가 이쪽의 유일한 공격 가능 부위도 막혔나.

온몸을 훑는 깊은 전율, 반대로 입가에 떠오르는 웃음.

기회라고 보았는지, 대열을 빠져나와 옆에서 덮친 근접엽병형을 중전차형이 사정없이 포격으로 날려버렸다. 방해하지 말라고 호통치는 듯한 그 모습에 미소는 한층 깊어졌다.

그를 계속 부르는 형의 마지막 목소리. 모든 것은 너의 죄라고, 죽어서 갚으라고 계속 외친다.

죽일 거면 자기 손으로 죽이겠다고, 죽어서도 계속 원하는가.

……나도 그래. 형.

스스로를 쇼레이 노우젠의 영혼이라고 불러야 할 것인지, 눈 오는 날에 죽어서 부패하지 않은 채로 복사된 그의 기억을 가졌을 뿐인 《레기온》인지, 그런 건 지금의 레이에게는 아무래도 좋은 것이었다. 죽었어도 다시금 기회를 받았다, 그것이 전부고 그거면 족했다.

신이 전장에 온 것은 그 목소리를 들었으니까 알고 있었다.

하지만 신의 목소리는 너무나도, 너무나도 작아서, 그 너머에 있는 공화국의 한심하고 거대한 사체의 소음에 지워진다. 더불어서 공화국은 뻔뻔하게도 전장에 내버렸을 터인 신을 자기 소유물로 간주했으니까 이제 와서 구분하기란 어려웠다.

각 구역에 배치될 때마다 척후형의 눈을 통해 찾았다. 《레기온》인 레이는 주어진 명령에 거역할 수 없기에 지휘관으로 배치된 구역 안에서 움직일 수 없지만, 근처에 있다면 만나러 가고 싶다. 만나서 사과하고 용서받을 수 있다면, 그렇다면.

어느 날 망가져서 움직일 수 없게 된 척후형의 시야에서 드디어 발견했다.

유성우가 오는 밤이었다. 거리는 꽤 멀어서 배율을 최대로 해서야 간신히 얼굴이 보였다.

많이 자랐다. 동료인 듯한 흑철종 소년과 뭐라고 이야기하고 있었고, 목소리를 듣고 싶어서 집음 센서의 초점을 돌렸다. 이미 목소리는 변했을까, 아직일까. 어느 쪽이든 좋다. 듣고 싶다.

두 사람은 별이 떨어지는 하늘을 올려다보고 있었다. 웅크린 《저거노트》의 장갑에 등을 기댄, 아직 아이 같은 실루엣.

"형이 아직도 있어?"

"그래. 계속 부르고 있어. 그러니까 가야지."

나 말인가? 찾으러 와 주었나?

기체의 몸이지만 몸이 떨렸다. 신이 전장에 온 것은 슬펐지만, 그것이 자신을 찾으러 와 줬다는 사실은 떨릴 만큼 기뻤다.

"하지만. 넌 형을 찾아서 묻어 줬잖아. 그럼 이제 되지 않았어?"

그래. 내 사체를 매장해 주었나. 착하구나, 신.

"……형은 그런 걸로 날 용서하지 않아."

경악했다.

왜 그런 소리를 하는 거야. 네가 용서받지 못한다니, 그럼 나도 용서를 받을 수 없다는 소린가.

그건 아니라고 전하고 싶고 가르쳐주고 싶고 만나고 싶고 만나고 싶어서 미칠 것만 같았다.

그때는 바로 공화국의 수송기가 신을 데려갔기에 동생의 작은 목소리를 또 잃어버렸다. 필사적으로 찾아서 발견할 때마다 데려오려고 애썼다. 레이는 전투구역 깊숙한 곳에서 움직일 수 없지만, 움직일 수 있는 예하 《레기온》들을 모두 써서.

신은 계속해서 싸우고 있었다.

언젠가 그 구석에서 버림받아 소리 없이 스러질 뿐인 전장에서, 그래도 묵묵히 계속 싸웠다.

그런 짓은 더 이상 하지 않아도 된다.

돼지들을 위해서 싸우지 않아도 돼. 거기서밖에 살아갈 수 없다면 아예 이쪽으로 데려와 줄게. 연약한 인간의 몸 같은 건 버리고. 몸이라면 얼마든지 갈아타면 돼. 그리고 이번에야말로 지켜주지. 이번에야말로 계속해서, 영원히.

오늘 간신히 돼지들의 더러운 손이 신에게서 떨어졌다. 찾아내긴 했지만 놓치기 쉬운 작은 목소리가, 간신히 작으면서도 또렷하게 들리게 됐다.

레이가 있는 구역 안쪽을 향해 오는 걸 알았기에 마중 나갔다. 간신히 마중을 나갈 수 있었다.

지금은 눈앞에 있다. 꼴사나운 거미 안에서, 애타게 기다리고 계속 불렀던 소중한 동생이.

그 거미는 갑옷이라고 하기에 너무 약하니까 부수지 않도록 세심한 주의를 기울이면서 손을 뻗었다. 도망쳐다니니까 잘 안 된다. 다리만 부수려고 쏘았다.

간신히 만났다. 이제야 간신히 데리고 돌아갈 수 있다.

계속 함께 있는 거야. 계속 형이 지켜줄게. 그러니까 이쪽으로 와──신.

중전차형은 다리 말고 노리지 않는다. 유탄도 쓰지 않고, 사용하는 것은 철갑탄뿐. 유탄이 뿌리는 고속의 파편은 그 방향을 제어할 수 없고, 《저거노트》의 연약한 장갑으로는 지근거리에서 작렬하는 155mm유탄의 충격파에도 견딜 수 없으니까.

가지고 놀려는 걸까. 아니── 쏴 죽이는 건 싫은가. 굼실굼실 흔들리는 수많은 손. 그날 밤과 마찬가지로 나의 목을 조르는 형의 손.

같은 짓을 몇 번이라도 할 수 있다고 하듯이.

광학 스크린에 시선을 옮기고 그것을 실행 가능한 지세를 찾았다. 일부러 물러나자 레이는 쫓아서 발을 옮겼다.

자잘하게 방향을 바꾸면서 계속 후퇴하자, 애가 탄 것처럼 포탑이 회전하고 포구가 다리를 노렸다. 조준 동작. 쏜다, 지금──.

예정된 위치. 걸렸다.

발사염이 번뜩이기 직전, 와이어 앵커를 사출. 중전차형의 왼쪽 후방에 있는 떡갈나무에 앵커가 꽂히자 최고 속도로 와이어를 감아서 거의 날아가는 형태로 이동, 좌측면에 서있는 숲의 나무들의 줄기를, 가지를 차면서 중전차형의 머리 위를 순식간에 통과했다.

같은 육상의 장갑 목표를 주요 공격대상으로 삼는 전차의 포탑은 수평방향으로는 360도 회전시킬 수 있지만, 상하방향으로 취할 수 있는 각도——부앙각에는 커다란 제한이 있다. 머리 위로는 결코 돌릴 수 없고, 하물며 발밑을 노려 아래를 향하던 자세에서는 대응할 수 없다.

공중에서 와이어를 놓고 관성에 따라 하늘을 미끄러지면서 기체를 비틀어서 착지 위치를 조정. 장갑의 틈새를 발판 삼아서 중전차형의 차체 뒷부분에 달라붙었다. 자신의 거구 때문에 기관총탄도 닿지 않고 정면과 비교하면 장갑이 얇은 거기에 격투암의 고주파 블레이드를 꽂았다.

불꽃이 튀었다. 두꺼운 장갑이 물처럼 갈라졌다. 열어젖힌 틈새에 주포를 들이대고.

그 틈새에서 은색의 두 팔이 생겨서 격투암을 붙잡았다.

"아닛——."

그것은 예전의, 교회에서의 밤 같아서.

휘둘러서 내던져졌다. 그걸로 신의 의식은 끊겼다.

신과의 동조가 뚝 끊겨서 라이덴은 눈을 치떴다. 주위의 《레기온》은 죄다 정리했고, 파이드는 두 번째 컨테이너를 버렸고, 체념

할 줄 모르고 상황을 엿보던 후방의 《레기온》들도 레나가 사정없이 미사일을 갈겨대서 간신히 철수를 시작한 순간.

"……신?!"

다시 연결하려고 했지만 연결되지 않았다. 살펴보니 중전차형이 방향을 돌리는 곳, 내던져서 나뒹굴듯이 부자연스럽게 쓰러져서 움직이지 않는 《언더테이커》의 모습.

지각동조는 서로의 의식을 통하고, 그러니까 어느 한쪽의 의식이 없는 상태에서는 접속할 수 없다. 즉 자고 있든가 의식을 잃었든가──죽었다면.

중전차형이 느긋하게 다가갔다. 왜인지 쏘지는 않았다. 하지만 접근하게 놔두면 좋은 일 없다고 느끼게 하는 그 불길한 기대의 기척.

무전으로 바꾸었다. 이쪽은 살아있다. 콕핏 내부는 그렇게 망가지지 않았다.

"신! 일어나, 이 바보야!"

《언더테이커》는 움직이지 않았다.

내부를 부수지 않도록 적당히 힘을 조절했지만, 연약한 《저거노트》의 격투암은 죄다 빠져버렸고 모처럼 붙잡았을 터인 신은 저쪽으로 굴러갔다.

그대로 움직이지 않으니까 잘된 걸로 치기로 했다. 아마 기절했을 거고, 어쩌면 다쳤을지도 모르지만, 그것도 포함해서 나중에 모두 사과하자.

급해지는 마음을 억누르려고 천천히 다가갔다. 드디어다, 그렇게 생각하니 기쁘기 짝이 없었다.

드디어 되찾을 수 있다. 함께 있을 수 있다. 그러니까 일단은 그 연약한 인간의 몸을.

《언더테이커》에 다가가는 중전차형의 마크에 레나는 입술을 깨물었다. 라이덴이나 다른 이들이 다가가고 있지만, 그들의 무기로는 막을 수 없다. 이대로 가면 신이, 혹은 라이덴과 다른 이들도.

입술이 찢어져서 피 맛이 났다.

레이는 그때 돌아가고 싶다고 말하였다. 소중한 동생이라고, 말로는 하지 않았지만 그렇게 생각하는 게 느껴졌다. 그런데 그런 레이가 왜 지금 신을 죽이려는 걸까.

막아야만 한다고 생각했지만, 레나에게는 방법이 없었다. 쏠 수 있는 포가 없는 게 아니다. 신을 끌어들이지 않고 중전차형만 격파할 수단이 없다.

유도비상체도 중포도 위력이 너무 강하다. 《저거노트》의 장갑은 연약하다. 중전차형을 쏘면 그 파편에 신도 확실히 말려든다.

뭔가. 뭔가 수가 없을까.

생각하고, 생각하고, 생각하고── 문득 떠오른 기억에 레나는 눈을 치떴다.

[쿠쿠미라 소위. 중전차형의 위치 정보를 최대한 정확하게 관측해서 보내주세요.]

레나가 말한 내용에 크레나는 펄쩍 뛸 뻔했다. 크레나는 저격수다. 뭘 할 생각인지 설명을 듣지 않아도 알았다.

[최종 유도는 그쪽에 맡기겠습니다. 조준파를 쏘고 있으면 되니까……]

"자——잠깐 기다려! 그건……!"

세오가 끼어들었다. 순간적으로 확 열이 오른 모양이다. 이어서 다급한 기색의 앙쥬도.

[포격할 셈이야?! 웃기지 마, 아직 신이 근처에 있어!]

[근처에서 터지기만 해도 《저거노트》는 견딜 수 없어! 저 거리면 신도 휘말려!]

[생각이 있습니다. 틈을 만드는 정도라고 생각합니다만. ……나도 대위를 죽이고 싶지 않아요.]

그 진지하고 어딘가 필사적인 목소리.

크레나는 무심코 고개를 끄덕였다.

라이덴은 도착과 동시에 쏘았고, 세오와 앙쥬도 그 뒤를 따랐다. 장갑에 튕겨 나가도 개의치 않고 달려갔다. 아직 주위를 어슬렁대는 척후병에게는 접근하는 김에 살살이 기총사격을 먹이고 또 쏴댔다.

그것들은 모두 장갑에 튕겨나가거나 손에 가로막혔고, 중전차형은 걸음을 멈추지 않았다. 제길. 동생도 동생이지만 형도 형이군. 주위의 기타 등등은 죄다 날벌레나 배경이라는 얼굴을 하고.

파편을 맞은 기총 한 정이 침묵. 광학 센서의 바로 옆에 착탄하여 작렬.

처음으로 중전차형의 의식이 이쪽을 향했다.

남은 기총이 귀찮다는 듯이 선회하는 것을 본 순간, 라이덴은 기체를 옆으로 흔들었다. 아슬아슬하게 기총사격이 공기를 가르는 절규와 함께 지나갔다.

그동안에도 접근한 세오와 앙쥬가 와이어 앵커를 사출. 하나가 포신에, 하나가 다리 하나에 얽혔고, 두 기체는 그대로 힘을 주어 버렸다. 중전차형의 10분의 1 정도의 중량밖에 안 나가는 《저거노트》로는 두 대를 합쳐서도 도저히 버틸 수 없다. 근접신관으로 전환한 유탄을 곡사궤도로 쏘아서 또 한 정의 기총도 침묵시킨 뒤에 라이덴도 앵커를 쏘았다. 중전차형의 걸음이 더욱 둔해졌다.

조금 전의 그것과 비교도 안 되는 살기. 재빨리 와이어를 끊은 순간 중전차형은 구속된 포신을, 다리를 힘껏 휘둘렀다. 파지가 늦은 《스노윗치》가 순간 휘말려서 하늘을 날아서 《래핑폭스》에 격돌. 함께 날아가서 굴렀다.

"앙쥬! 세오!"

[으으…… 이쪽은 괜찮아.]

[이쪽도야. 미안, 세오 군.]

[지금은 됐어. ……라이덴! 놈이 쏜다!]

"……!"

의식이 늦은 틈에 조준이 끝나있었다. 회피할 수 없다. 이를 악문 순간 중전차형이 비틀거리며 자세가 무너지고 《베어볼프》를 스친 포탄이 엉뚱한 방향에 착탄. 크레나의 저격. 중전차형이 내디딘 앞다리, 그 발밑의 지면을 풀오토 사격으로 날렸다.

[라이덴, 괜찮아?!]

"그래, 고마워! 하지만 이젠 물러나. 네가 당하면 작전을 걸 수 없어. ……소령, 배달은 아직이야?!"

레나의 목소리도 긴박해져 있었다.

[사출하고 있습니다. 도착까지 남은 거리…… 3000! 쿠쿠미라 소위!]

[이어받았어. 최종 유도 개시. 착탄까지…… 5초. ……3, 2…….]

사람의 눈에 보이지 않는 조준 레이저를 《건슬링어》가 쏜다. 그것은 똑바로 《언더테이커》의 옆에서 발을 멈춘 중전차형을 향하고 있었다.

중전차형의 탐색 능력은 낮다.

그 점은 지휘관기인 레이도 예외는 아니어서, 몇 대 거느렸던 척후형이나 지휘하의 본대의 그것과 링크하는 것으로 탐색 능력을 보완한다. 하지만 밑의 척후형은 전멸하였고, 본대도 처음에 지시를 내린 뒤 내버려 뒀기에 당하여 후퇴하기 시작했다. 레이로서는 신을 데리고 돌아가는 게 제1목적이고 나머지는 다 부차적이었기에 내버려 두었는데.

그렇기에 알아차리는 게 결정적으로 늦었다.

캐노피에 손을 대고 뜯어내려는데, 갑자기 록온 경고가 울렸다.

쳐든 광학 센서의 시야에 이미 지근거리까지 다가온 거대한 포탄이 비쳤다. 45도 각도를 지키며 자세 제어의 날개를 펼쳐서 상면 장갑을 노리며 급강하하는, 어린애만 한 대형 구더기.

155mm 중포, 대장갑 유도포탄.

들끓는 듯한 분노가 일었다.

그래, 제대로 맞으면 레이도 버틸 수 없는, 절대적인 위력의 포탄이다. 하지만 이런 거리에서는 신도 분명히 휘말려든다.

공화국의 쓰레기들이 쓰다 버리는 걸로 모자라서 미끼로 삼아서 함께 날려버릴 생각인가!

신을 데리고 도망칠 틈은 없다. 그러니까 레이는 앞다리 절반을 힘껏 쳐들어서 울부짖는 말처럼 상체를 쳐들었다. 몸을 비틀고 가장 견고한 정면 장갑으로 포탄에 맞섰다. 유체 마이크로머신의 팔을 최대한 펼쳤다. 상부 장갑은 관통되더라도 정면장갑이라면 어떨까. 폭풍도 충격파도 모두 이 몸으로 막아낸다. ──등 뒤로 감싼 신은 어떻게든 지켜낸다!

포탄이 닥쳐왔다. 착탄은 다음 순간.

문득 예전에 보았던, 차르륵 소리가 나듯이 별들이 흩날리는 밤하늘이 떠올랐다.

그 하늘을 배경으로 소녀가 말했다. 백은색 머리와 눈. 언젠가 만났던, 신과 동갑내기 소녀.

[지키고 싶은데.]

아아, 그런가. 나는 신을 지켜야만 한다. 소중한 동생이다.

소녀가 말한다.

[또 죽이는 거야?]

—————————————————————————————!

움직이지 않는 《저거노트》. 움직이지 않는 자그마한 신.

나는.

또.

착탄.

접촉한 신관이 작동——하지 않는다.

불발탄.

성형작약 유도포탄은, 질량탄으로는 밀도도 속도도 중전차형의 두껍기 짝이 없는 정면장갑을 관통하기에 부족하다. 포탄은 한심하게 우그러지고, 신관이 작동하지 않은 작약은 폭발도 하지 않았다.

하지만 음속을 아득히 넘는 고속과 전차포탄과는 비교도 되지 않는 중량이 낳는 막대한 운동 에너지는 그것을 받아낸 레이의 온몸을 인정사정없이 덮쳤다.

"명중."

레이더 스크린의 유도포탄의 표시가 중전차형과 겹쳐서 사라지는 것을 레나는 보았다.

폭발은 없다. 당연하다. 레나는 처음부터 신관을 불활성인 채로 사출했으니까.

예전에 아버지에게 들었다.

전차의 장갑은 적탄을 튕긴다. 하지만 그것은 아무런 피해도 받지 않는 것이 아니라고.

포탄을 튕겨도 그것이 가졌던 운동 에너지 중 일부는 충격으로 전차 전체에 침투한다. 그것은 부품을 떨어뜨리고 승무원을 쓰러뜨리고, 장갑을 리벳이나 볼트로 고정했을 경우에는 그것을 찢고 날려버려서 내부의 승무원들을 살상할 만큼 강력하다고 했다.

물론 중전차형이 상대라면 그것도 타격 정도에 불과하겠지. 레나가 가진 무기로 신을 끌어들이지 않고 중전차형을 격파하려면 이러는 수밖에 없었다.

그래도 고작 몇 초를 벌고, 이 동안에 다른 수를. 누가.

그리고 깨달았다.

동조의, 대상이.

전투 중에도 연결하려고 시도하였던 신과의 동조가 회복된 것을 라이덴은 깨달았다.

"신!"

반응이 둔하다. 의식이 완전히 돌아온 게 아닌가. 다시금 불렀지만 역시나 반응하지 않았다.

그래도 외쳤다.

"일어나, 이 바보야! 어이, 신!"

"노우젠 대위! 들립니까, 노우젠 대위! 일어나세요!"

모두가 제각기 부르는 소리에 어딘가 딴 세상 소리처럼 들으면서 레나도 외쳤다. 눈을 뜨고 그 자리를 벗어나라. 중전차형을 쳐라. 그렇게 이 상황에 맞는 지당한 이유 때문이 아니라.

알고 있다. 깨닫고 말았다. 그러니까 나는 그걸 다해야만 한다.

사실은 형과 싸우고 싶지 않았던 신이, 그런데도 레이와 대치한 이유.

"형을 위령할 거잖아요?! ——신!"

희미하게.

붉은 눈동자가 각성하는 기운이.

버티고 선 뒷다리가 지면을 으깼다. 강철의 몸이 삐걱대고, 엄청난 충격이 침투하여 중추처리계가 에러를 일으켜서 사고가 새하얗게 물들었다.

그래도 전투기계의 본능이 주위에 포탄을 연사하였다. 주위의 날벌레가 날아다니는 기운.

처리계가, 센서가 회복하고.

그리고 레이는 보았다.

배후, 어느 틈에 몸을 일으켰던 《언더테이커》가 이쪽에 포구를 들이대고 있었다.

정신을 잃었을 때에 이마가 찢어진 모양이다. 출혈 때문에 왼쪽 눈을 뜰 수가 없었다. 몸의 감각이 멀었다. 움직이기 힘들었다. 머리가 멍해서 잘 움직이지 않고 생각하기 힘들었다.

서브 스크린이 죽어서 어둑어둑한 콕핏 안, 아직 안개가 낀 듯한 머리를 왼손으로 누르며 신은 내벽에 기댄 몸을 일으키지 않은 채로 조종간만 쥐고 스크린을 노려보았다.

누군가가 부르는 소리가 눈을 떴지만 혼절의 대미지는 아직 짙게 남아있었다. 무슨 일이 일어난 건지 알 수 없었다. 자기가 왜 아직 살아있는 건지도, 주위 상황도.

하지만 신도, 《언더테이커》도 아직 죽지 않았고.

이 손으로 묻어버리기를 바란 형이 눈앞에 있고.

졸도했던 몸이지만 그래도 조종간을 붙잡고 방아쇠에 손가락을 걸게 하였다.

그걸로 충분했다.

[……신.]

망령의 목소리가 들렸다. 이미 죽은 형의 목소리다. 마지막으로 들었던 말과 마찬가지로, 이 전장의 구석에서 고독하게, 끝까지 그를 용서하지 않고 죽은 형의 목소리.

망령들의 한탄 속에 처음으로 그것을 들었을 때, 어떻게든 찾아내서 이 손으로 묻어주기로 결심했다.

[신.]

무심코 악다문 이가 갈렸다. 목 졸려서 없어졌을 터인 일곱 살의 자신이 아직 어딘가에서 울고 있다. 전부 내가 잘못했다고, 그때 죽어야 했다고 울부짖는다. 지금이라도 그래야 한다고 형의 목소리가 속삭인다. 결코 잊게 하지 않는다……. 형은 언제까지고 그걸 허락하지 않는다.

하지만 다시금 죽어줄 만큼 신은 어린애가 아니다.

그로부터 꽤나 시간이 지났고, 그동안 세상을 알고 생각하여 마침내 깨달았다.

그때 목을 졸렸던 것은 나 때문이 아니다.

양친의 죽음도, 형의 죽음도, 모두 다 내 죄가 아니다.

그것은 그냥 형의 화풀이다. 그때 형은 도저히 견딜 수 없어서, 그때 형보다도 내가 약했으니까 분출구로 딱 좋았던 것뿐이었다.

짊어져야 할 부채는 사실 하나도 없다.

[신.]

망령의, 목소리가 들렸다.

계속해서 외쳐대는 그런 목소리를 신은 두렵다고 생각하지 않았다. 그들은 그저 불쌍한 존재였다. 죽은 이의 말을 빌려서, 혹은 채 알아들을 수 없는 기계의 말로, 그들은 항상 돌아가고 싶다고 한탄했으니까.

고국을 잃고, 몸을 잃고, 그래서 죽어서 돌아가야 하는데도 돌아갈 수 없어서, 죽고 싶지 않다고 한탄하는 죽은 이의 목소리에 섞여서, 돌아가고 싶다고 계속 한탄하는 망령들.

그 안에 형을 놔두고는 어디든 갈 수 없다고 생각했다.

죽고, 목을 빼앗기고, 망령의 전투 기계 안에 갇혀서, 그러면서 자신을 부르는 목소리로 한탄하는 형을 찾아내어서 대치하고, 싸우고, 부수고, 매장해야만 했다.

그러려고 신은 전장에 왔다. 그러기 위해서 5년 동안 싸웠다.

져야 할 부채가 아니다. 갚아야 할 죄가 아니다.

그걸 알면서도.

마지막으로 형에게 내려진 죄를. 마지막에 자신을 부르며 죽어간 형의 망령에게.

갚지 않으면 전진할 수 없다.

조준을 맞춘다. 포구 앞, 버티고 선 납빛의 장갑이 찢어져서 살짝 벌어진 틈새.

"……잘 가. 형."

방아쇠를 당겼다.

레이는 그 광경을 후부 광학 센서의 영상으로 보았다.

방아쇠를 당기는 게 느껴졌다. 발사염이 빛났다.

그때 왜인지 보인 듯하였다.

똑바로 바라보는 핏빛 두 눈동자가. 그 시선의 강함과 결연함과 의지가.

모르는 얼굴이고, 모르는 표정이었다.

당연했다.

5년 전, 레이는 죽었다. 죽었으니까 그때부터 전혀 변하지 않고, 어디에도 갈 수 없다.

하지만 신은 살아있으니까 계속 변하고, 어디까지든지 나아간다.

무슨 일이 있어도 지키겠다고 맹세한 조그만 동생은 이미 없다.

언젠가 신은 레이의 나이도 뛰어넘겠지. 그게 기쁘고, 조금 적적했다.

아아, 그래.

마지막 딱 한마디, 해야만 하는 말이 있었다.

말하지 않으면 갈 수 없고, 끝까지 전할 수 없었던 말이다. 그 눈 오는 밤의 폐허에서, 하다못해 마지막으로 그 말만큼은. 전할 수 없다고 알면서도 말하려고 했고, 그 전에 레이는 죽었다.

그때처럼 손을 뻗었다. 찢어진 장갑 틈새로 손이 빠져나왔다.

신.

섬광.

벗겨져 가는 캐노피는 살짝 올라가서 틈새가 있었고, 그 틈새를 타고 유체 마이크로머신의 팔이 들어왔다.

방아쇠를 당기고 착탄할 때까지, 정말 1초도 안 되는 시간. 연장

된 시간 속에서 손은 기묘하게도 천천히 움직였다. 뭔가를 찾듯이 살짝 벌린 모습으로 뻗어오는 형의 커다란 손.

언젠가의 밤과 같은 광경에 반사적으로 몸이 움츠러들었다. 하지만 긴장한 몸을 의지의 힘으로 억누르고, 신은 거기서 눈을 돌리지 않았다.

한순간 뒤에는 포화로 불타서 사라질 형이다. 5년 동안 계속 찾았던 형이다. 정확하게는 그 마지막 순간의 생각의 잔재에 불과하더라도, 마지막에 신을 향한 생각을 기억하고 싶었다.

그것이 증오든 살의든 짊어질 생각은 이제 없지만, 기억하고 싶었다.

손가락이 목에 닿고, 스카프 위로 닿겼다. 또 목 졸라 죽이려는 건가 싶었던 손은 그저 부드럽게, 어딘가 슬프게, 과거에 자기가 새긴 무참한 상처를 어루만졌다.

[⋯⋯미안해.]

어? 싶어서 눈을 치떴고, 시간의 흐름이 원래대로 돌아왔다.

싱거울 정도로 착탄. 성형작약 탄두가 작렬. 발생한 초고온, 초고속의 메탈제트가 장갑 틈새를 통해 내부로 스며들고, 한 박자 늦게 중전차형의 거구 곳곳에서 검붉은 불을 뿜었다.

형의 손이 스르륵 떨어졌다. 콕핏 틈새를 빠져나가면서 자기를 태우는 불길 속으로 돌아갔다.

"형⋯⋯."

순간적으로 뻗은 손은 닿지 않았다. 되돌아간 형의 손이 업화에 닿아서 불타고 힘없이 녹아서 불길 속으로 사라지는 광경만을 공허하게 붙잡았다. 그 모든 것이 갑자기 흐려졌다.

"……아."

흘러넘쳐서 뺨을 흐르는 것이 무엇인지 신은 순간적으로 알 수 없었다. 레이에게 한 번 죽은 뒤로 신은 한 번도 운 적이 없었으니까.

뭐가 슬픈 건지는 모르겠다. 솟구쳐서 가슴을 메운 것이 슬픔이라는 것도 알지 못했다.

다만 눈물은 계속해서 흐르며 멎지 않았다.

"——소령. 동조를 끊어 줘. ……별로 남에게 들려주고 싶지 않을 테니까."

[예.]

잠시 뒤에 라이덴이 이제 됐다면서 연결해 왔고, 레나는 지각동조를 재기동했다. 이미 다른 이들은 연결을 회복했고, 대표로 라이덴이 물었다.

[진정됐어?]

[그래.]

대답하는 신의 목소리는 아직 다소 메말랐지만 눈물의 흔적은 없고, 평소처럼 침착한 동시에 어딘가 후련한 듯한 느낌이었다. 라이덴이 웃었다.

[이걸로 형의 이름도 남길 수 있군.]

그 말에 소리 없이, 하지만 분명히 신은 웃었다.

[그래.]

그리고 이쪽으로 의식을 돌렸다.

[……소령님.]

"있습니다. 당연하죠. 나는 스피어헤드 전대의 핸들러니까요."

전부 지켜볼 의무가, 다들 필요 없다고 해도 내게는 있으니까.

[…….]

"상황 종료. 수고했습니다, 언더테이커. 여러분도."

일부러 퍼스널 네임으로 부른 레나에게 신은 쓴웃음을 지은 듯하였다.

[예. 수고하셨습니다, 핸들러 원.]

어디 보자, 라고 라이덴이 중얼거렸다. 좁은 공간에서 한 차례 기지개를 켜는 기척을 낸 뒤에 입을 열었다.

레나는 눈을 깜빡였다.

지금 다섯 명 사이에만 뭔가 결정과 동의가 오갔다. 레나만 동떨어져서 다른 이들을 살폈다.

뭘까. 지금, 뭔가. 결정적인 뭔가가.

[파이드. 컨테이너 재연결 끝냈어?]

뭔가가 대답하는 듯한 시간이 지났다. 파이드? 아, 데리고 다니는 《스캐빈저》인가.

[정비와 수리는 잘 곳을 정한 뒤에 해야지……. 첫날에 이렇게 탄약을 많이 쓴 건 아픈데.]

[뭐, 그건 괜찮지 않아? 게다가 해치웠고.]

[그래. ……그러면.]

뭔가 무거운 것이 움직이는 구동음. 다섯 명 전원이 대기 상태의 《저거노트》를 기동시켰다.

[갈까.──소령, 그럼 앞으로도 건강히 지내.]

너무나도 평소와 같이 작별 인사를 던지는 바람에, 레나는 순간적으로 이해할 수 없었다.

아니, 전투는 지금 막 끝났고.

적군은 철수하였고, 아무도 죽지 않았고. 그러니까 오늘도 또 기지로 돌아가서 평소처럼.

"어?"

당혹스러워하는 레나를 무시하고 소년소녀들은 걸어갔다. 격전으로 다친 《저거노트》의 다소 어설픈 발소리를 내면서 통학로의 학생들처럼 흔해 빠진 잡담을 주고받으면서.

[어, 그러고 보면 이 길을 이대로 가도 되나? 불발탄 같은 게 엄청 나왔잖아.]

[으음……. 지뢰밭 같은 거니까, 이대로 가는 건 조금 무서운데. 신 군, 우회로를 쉽게 찾을 수 있을까?]

[인근에 조우할 만한 《레기온》은 없으니까 어디든지 택할 수 있지만. ……불발탄?]

[걸으면서 말할게. 그보다 신, 정말로 주위가 하나도 안 보였구나…….]

걸어간다. 동쪽으로. 《레기온》들이 지배하는 미답의 전장으로.

그랬다. 그들은.

두 번 다시, 돌아오는 일이.

"자──."

애타는 초조함과 몸속이 얼어붙는 듯한 상실의 예감에 쫓겨서 입을 열었다.

"잠깐, 잠깐만요……!"

돌아보는 기척. 그들이 발을 멈추고 말을 기다리지만, 레나로서는 계속해야 할 말이 떠오르지 않았다. 이쪽이 쫓아내었다. 죽을 수밖에 없는 명령을 내렸다. 사죄도 자책도 이제 와서 그들에게는 아무런 의미도 없으니까, 해야 할 말이라곤 하나도 없었다.

그런데도 말이 새어나왔다.

"두고 가지 말아요."

한 박자 늦게 무슨 소리를 했는지 이해하고 레나는 굳었다. 하필이면 두고 가지 말라고? 뻔뻔한 데다가 의미도 알 수 없다.

한편 소년소녀들은 그 말에 부드럽게 웃었다.

처음으로 그들이 진심으로 웃어준 것 같았다.

부드럽고, 살짝 쓴웃음이 섞인 웃음. 오늘부터 초등학교에 올라가는 언니오빠와 함께 가고 싶다고 떼쓰는 어린 여동생을 바라보는 오빠나 언니 같은.

[음, 그거 좋네.]

라이덴이 웃었다. 자기 힘과 무리의 동료들을 믿고 황야를 뛰어다니는 야수의 힘과 긍지로.

[그래. 우리는 쫓기는 게 아냐. 어디까지든, 갈 수 있는 데까지 가는 거야.]

의식이 레나에게서 앞길로 향했다. 전원이 시선과 마음을 저 앞의 가야할 곳으로 다시금 향했다.

레나는 살짝 숨을 삼켰다.

그들에게서 전해져오는 감정은 각오도 아니고, 차분함도 아니었다.

그것은 말하자면 저 멀리까지 맑게 퍼져서 푸르게 빛나는 망망대해를 처음으로 본 사람 같은.

한없이 뻗은 봄의 들판에 따라가서, 마음껏 뛰어다녀도 좋다는 허가를 받은 어린아이들 같은.

억누를 수 없는 고양과 흥분과 순수한 기쁨. 두근두근 가슴 뛰어서 가만히 있을 수가 없는.

아아.

이건 막을 수 없다. 어떤 말도 붙드는 사슬이 되지 않는다.

그들에게 자유란.

그것이 죽을 장소와 거기까지 가는 길을 선택해서 나아갈 수 있는, 그저 그것뿐이더라도 이렇게나 귀하고 얻기 어려운 것이었다고 알았다.

뭐라 할 수도 없이 조용히 입을 다문 레나에게서 이별을 받아들이는 결의를 보고, 소년소녀들은 멈추었던 걸음을 재개했다. 그래도 아직 감정으로는 납득할 수 없어서 입술을 깨물던 레나에게 신이 마지막으로 웃어주었다.

처음으로 느끼는 온화한 웃음이었다.

티 없고, 어딘가 시원스럽고 부드러운 웃음.

[먼저 가겠습니다. 소령님.]

동조가 조용히 끊기고.

다섯 개의 점이 조용히 사라졌다. 관제범위 대상 밖. 지각동조의 대상 설정이 소거됐다.

이제 두 번 다시 만날 수 없다.

눈물이 흘러넘쳤다. 뚝뚝 흘러내리고, 솟구치는 오열을 참을 수 없었다.

레나는 콘솔 위에 엎어져서 소리 내어 울었다.

†

색상을 반대로 나열한 빛 바란 오색기가 병영의 막사 나무 벽에 크게 그려져 있었다.

좌우가 뒤집힌 게 아니라 상하가 뒤집혔다. 결국은 제압, 차별, 편협, 사악, 비열함이라고 해야 할까.

그 옆에는 지배를 끊는 검 대신 사슬과 족쇄를 내걸고, 제압을 상징하는 사슬이 아니라 돼지라는 명패를 건 인간을 짓밟으며 너무나도 고결하게 미소 짓는 성녀 마그놀리아의 낙서.

이것이 그들의 눈에 비쳤던 공화국의 모습.

망가지고 갈라진 나무 벽과 붕 뜬 도료를 레나는 보드라운 손가락으로 살짝 매만졌다. 오래된 그림이었다. 아마도 이 막사가 세워졌던 9년 전, 처음에 여기에 배치된 에이티식스들의 그림.

레나도 포함한 시민들이 자랑스러워하고 믿었던 공화국은 이미

한참 전에 죽었다.

그녀들 자신이 찢고 짓밟아서 내버렸다.

눈을 감고 살짝 숨을 들이마셨다. 공화국의 목소리도 분명 들었을, 이미 없는 소년을 생각했다.

그 뒤로 상관에게 처분이 결정될 때까지 근신하라는 명령을 들은 것을 기회 삼아서 레나는 여기, 스피어헤드 전대 기지로 향하는 수송기를 탔다. 다음 처형 대상자를 각 구역에서 모아 태우는 수송기. 마음 약하고 사람 좋게 생긴 인사부의 병사를 거의 협박하다시피 해서 탔다.

"……너. 밀리제 소령, 이랬나?"

돌아보니 쉰 살 정도의 정비 크루가 있었다. 레프 알드레히트 중위. 이 기지의 정비반 반장.

"애들한테 이야기는 들었는데. 설마 여기까지 오다니. 너도 참 괴짜로군."

살짝 메마르고 굵직한 목소리로 말하며 턱을 움직여 뒤쪽의 막사를 가리켰다.

"본인들의 방은 정리했지만, 남아 있는 게 없지도 않아. 새 애들이 들어올 때까지 시간이 좀 있을 테니까 그때까지라도 좋으면 보고 가라고."

"감사합니다. 바쁠 때에 죄송합니다."

"됐어. 여기에서 애들을 지켜본 지 오래됐지만, 위령하러 온 백계종은 네가 처음이고."

레나는 그 눈에 새긴 엄숙한 옆얼굴을 올려다보았다.

"……알드레히트 중위. 당신은……."

백발 섞인 연회색 머리가 아니다. 기름때가 배어서 얼룩진 은발이었다.

"백계종……이군요?"

"……."

알트레히트는 선글라스를 벗었다. 드러난 두 눈동자는 하얀 그늘이 진 은색이었다.

"마누라가 양금종이고 딸도 마누라를 많이 닮아서 말이지. 두 사람만 끌려가는 걸 도저히 참아줄 수가 없기에 머리를 물들였지. 어떻게든 두 사람에게라도 시민권을 되찾아주려고 지원했는데…… 이 꼴을 좀 보라고. 실수나 하는 사이에…… 두 사람 다 전장에 끌려가서 죽어버렸어."

코에서 길게 숨을 내뱉고 머리를 벅벅 긁더니 말을 이었다.

"……신 녀석의 능력은 녀석에게 들었지?"

"예."

"그건 동부전선에서 나름 유명한 이야기야. ……배속됐을 때에 슬쩍 물어봤지. 마누라와 딸도 못 지킨 멍청이를 찾는 《레기온》 은 없냐고."

"……."

"있다면 달려가서 그 손에 죽어주려고 했어. 하지만 없다고 대답하더군. 내 이름을 부르는 《레기온》은 어디에도 없다고. 그 말을 듣고…… 조금 구원을 받았어. 마누라도 딸도 죽은 뒤에까지 전장에 붙들린 게 아냐. 내가 저세상에 가기만 하면 만날 수 있어."

노정비사는 희미하게 웃었다. 쓸쓸하지만, 동시에 어딘가 안도한 웃음이었다.

하지만 동쪽 방향, 아득히 멀리까지 펼쳐진 전장으로 시선을 돌렸을 때 그 옆얼굴은 그저 쓸쓸해 보였다.

"특별정찰 전에 반드시 내가 백계종이라는 이야기를 하게 됐지. 우리를 원망한다면 상관없이 분풀이로 죽여도 된다고 했는데…… 그걸 실행해 주는 녀석이 없었어. 이번에도 그랬지. 덕분에 아직도 뒈지질 못했군."

또 따라가지 못했다고 말하는 듯하였다.

아내나 딸의 뒤를. ……여기서 지켜보면서 그 기체를 돌보았던 많은 아이들을.

솟구치는 것을 억누르듯이 선글라스를 꼈다. 그리고 내뱉었다.

"뭐 하는 거야. 시간 없다고 했잖아. ……얼른 가."

"예. ……감사합니다."

알드레히트에게 꾸벅 고개를 숙이고 옆을 지나 막사로 들어갔다.

폐자재로 대충 만든 듯한 병영은 여기저기가 회색과 갈색이라서 살풍경하고 조악했다.

세월의 흐름과 틈새로 스며든 먼지로 하얗게 변색된 복도는 거친 자재가 그대로 드러났고, 여기저기 나무 거스러미가 떠올라서 삐걱삐걱 소리가 났다.

식당과 주방은 청소해도 지워지지 않는 오래된 기름이나 검댕으로 더러워서 청결하게 보이지 않았다.

샤워실은 언젠가 다큐멘터리에서 보았던 가스실과 비슷하여 축

축하며 어두웠다. 구석에서 시커먼 뭔가가 부스럭대며 꿈틀거렸다.

세탁기도 청소기도 전혀 없고, 복도 구석의 빗자루와 쓰레받기, 뒤뜰의 물가에 있는 용도 모를 우툴두툴한 판자와 대야가 그 대용인 듯했다.

문명적인 생활이라곤 티끌만치도 보이지 않았다. 이게 선진적이며 인도적이라고 자부하는 나라가 그 국민에게 준 생활인가 생각하니 한심했다.

2층이 프로세서들의 방인 듯하여서 끼익끼익 소리 내며 항의하는 계단을 올라갔다.

오래도록 사용한 좁은 파이프 침대와 옷장이면 꽉 차는 작은 방은 역시 먼지와 세월과 햇볕에 빛바랬으며, 어느 방이고 정리되어서 거기에 있던 이들의 기척이 전혀 느껴지지 않았다. 세탁되어 정리된 얇은 담요와 시트와 베개만이 다음 주인을 조용히 기다리고 있었다.

제일 안쪽의 제일 넓은 방이 전대장의 방이었다. 잘 열리지 않는 문을 끼익 소리 내며 열었다.

여기도 좁은 파이프 침대와 옷장이 있고, 이 방에만 안쪽에 책상이, 그리고 그 앞의 공간에 많은 물품이 놓여있었다.

오래된 기타가 있었다. 카드나 보드게임이 있었다. 공작용 공구함이 있었다.

크로스워드 퍼즐 잡지가 있었다. 페이지가 찢겨 나가고, 아직 못 다 푼 문제만 남아 있었다.

스케치북이 세워져 있고, 그림은 하나도 없이 백지뿐이었다.

레이스 실과 뜨개질바늘이 바구니에 담겨 있고, 그걸로 짠 것은 어디에도 없었다.

흔해 빠진 판자로 만든 작은 선반은 수많은 책으로 메워졌지만, 장르도 저자도 통일성이 없어서 주인의 분위기를 느끼게 하지 않았다.

다음 전대장이 쓸지도 모른다며 정리하지 않고 갔겠지. 하지만 모처럼 만든 것은 모두 처분하고 갔다. 남길 수 없다고 알았으니까.

웃음소리가 들린 듯하였다.

마지막으로 아무것도 남길 수 없다고 알면서, 그날까지 열심히 즐기며 산 소년소녀들의 웃음소리.

절망에 굴하지 않고.

증오로 긍지를 더럽히는 일 없이.

존엄마저 짓뭉개는 곤경 속에서, 그래도 인간다운 드높은 긍지를 스스로 내보이며 살아왔다.

안쪽의 책장으로 다가가니, 그 앞에 다리만 하얀 검정고양이가 '여기에 있어야 할 사람들은 다들 어디 갔어?' 라고 하듯이 어쩔 줄 모르는 기색으로 앉아있었다. 창밖에서는 첨부용 사진을 다 찍은 듯한 병사가 프로세서 전원을 모으고 있었다.

이 방의 모습을 봐선 여기에서도 어떠한 발견을 기대할 수 없겠지. 하다못해 뭘 읽었을지 알고 싶어서 기억에 있는 저자명의 책을 꺼내어 훌훌 넘겨보았다.

그때 페이지 틈새에서 뭔가가 팔랑거리며 떨어졌다.

"아."

주워들고 보니 종이 몇 장이었다. 제일 위는 사진, 건물 앞에 몇 명이 모인 집합사진이었다.

거꾸로 뒤집힌 오색기 앞. 이 막사였다. 거기 찍힌 것은 작업복 차림의 정비 크루들과 20명 정도의 10대 중후반의 소년소녀들.

"……!"

아무런 설명 없이도 알았다. 어제까지의 스피어헤드 전대의 대원들이다. 신, 라이덴, 세오, 크레나, 앙쥬, 스러진 전원의, 아마도 착임 당일의 모습.

인사 파일 첨부용의 크지도 않은 사진에 24명의 프로세서와 정비 크루를 억지로 담은 것이니까 각자의 모습은 작고 선명하지도 않다. 왜인지 구식 《스캐빈저》까지 한 기 들어있는데, 아마 이게 파이드겠지.

처음 보는 그들의 모습인 데다가 조악한 화질, 멀리서 찍은 것이라서 한 명 한 명의 얼굴은 거의 알 수 없었다. 다만 정렬한 게 아니라 저마다 마음대로 서서 카메라를 바라보는 그 전원이 부드럽게 웃고 있는 것만큼은 알 수 있었다.

다음 종이는 메모용지였다. 남자의 힘찬, 달필인 필적.

[이런 걸 일부러 뒤져서 발견하다니, 너는 정말로 바보군.]

이번에야말로 숨이 막혔다.

라이덴이다. 서명은 없지만, 레나 앞으로 보내는 것이다.

일부러 뒤져서 발견하다니 정말로 바보다.

당신도 그렇다. 찾으러 올지도 모르는데 이렇게 남겼으니까.

다음 종이는 불규칙하게 나열된 이름들이었다. 생각할 것도 없이, 제멋대로 서서 찍은 집합 사진의 그 위치임을 알았다.

[이름 적어 둘게. 어차피 넌 이번에는 누가 누군지 모른다며 울 테니까.]

세오.

[고양이, 받아 줘. 착한 척하는 김에 이것까지 해.]

크레나.

[이름은 아직 안 붙였으니까. 소령이 예쁜 이름을 붙여주세요.]

앙쥬.

종이 뭉치를 든 손이 떨렸다. 솟구치는 것으로 가슴이 꽉막혔다.

다들 남겨주었다. 함께 싸우지도 않고 구하지도 않고 짓밟기만 하는, 위에서 듣기 좋은 소리만 해대는 무력한 자신에게.

마지막 종이는 신이 남긴 것이었다. 그답게 단정한 글자로, 그 답게 무뚝뚝하게 한 줄 적혀있었다.

[언젠가 우리가 도달한 장소까지 오거든 꽃이라도 선물해 주지 않겠습니까.]

말 그대로의 의미인 동시에 그 의미만이 아니었다.

목숨이 다할 때까지 계속 걷는 것이 신과 동료들이 바란 자유. 그런 그들이 마지막에 도달한 장소에는 레나도 나아가지 않으면 도달할 수 없다.

레나 또한 걸어갈 수 있다고.

절망에 굴하지 않고, 인간의 인간다운 긍지를 더럽히지 않고, 목숨이 다하는 마지막까지 계속 걸을 수 있다고.

그렇게 마지막에 믿어 주었다고.

눈물이 넘쳐나서 한 방울 떨어졌다. 그것은 어딘가 따뜻한 눈물로, 슬픈데도 입술에는 미소가 피어났다.

공화국은 언젠가 멸망한다고 신은 말했다. 자기를 지키는 방법도 잊은 그 태만함 때문에 언젠가 반드시 패배한다고.

이 나라에 그것은 불가피한 미래일지도 모른다. 어쩌면 그것은 내일일지도 모른다.

하지만 그래도 그 마지막 순간까지 계속 싸우겠다고. 포기하지 않고, 사는 것을 방치하지 않고, 죽을 때까지 발버둥 치면서 살겠다고. 그것이 긍지라고 말하며 꿋꿋이 지키다가 죽어간 긍지 높은 그들처럼.

싸우자. 이 몸이 쓰러지는 그때까지, 그 마지막 순간까지.

86
—에이티식스—

The dead aren't in the field.
But they died there.

돼지에게 인권을 주지 않는다 하여 인간의 도리에 어긋났다 비난받은 나라는 없다.

따라서,
말이 다른 누군가를, 피부색이 다른 누군가를, 조상이 다른 누군가를 인간의 모습을 한 돼지라고 정의했다면,
그자들을 억압하거나 박해하거나 학살하는 일도, 인륜을 해치는 잘못은 아니다.

누군가 그것을 옳다고 생각하고, 누군가 그것을 긍정한 순간, 산마그놀리아 공화국의 멸망은 시작되고, 동시에 그때 종말을 맞이했다.

──블라디레나 밀리제 〈회고록〉

종장 선혈 여왕의 탄생

다섯 대의 공화국 기체의 잔해는 강화유리의 관 속에서 서로 몸을 기대듯이 영원히 좌초해 있었다.

공화정 기아데 연방 지배하의 교통로 옆. 투명한 최고급 사파이어처럼 푸른 하늘 아래, 그야말로 꿈이나 환상 같아서 격의마저 느끼는 아름다움으로 봄꽃들이 흐드러지게 핀 초원, 과거에 기아데 제국이 산마그놀리아 공화국과 국경을 접하던 곳이었다.

특별히 출입이 허가된 보호 유리케이스 안, 18세의 블라디레나 밀리제는 그 목 없는 백골 시체 같은 《저거노트》의 잔해를 올려다보았다. 한 올만 붉게 물들인 은발이 흘러서, 검은색으로 새로 물들인 공화국 군복의 어깨로 흘러내렸다.

유리 케이스에 담기기 전까지 비바람과 햇볕을 맞고 상처 입은 희끄무레한 갈색의 장갑. 포격의 손상도 그 열기로 타버린 흔적도 아직 생생한, 가까스로 원형을 지킨 채로 겹치듯이 쓰러진 잔해. 옆에 웅크린 《스캐빈저》의 잔해 측면에는 스프레이 글자가 간신히 남아있었다.

파이드. 우리의 충실한──── 그 다음은 포격으로 뚫린 구멍 때문에 영원히 사라졌다.

하지만 뭐라고 적혀있는지 알 것 같았다.

신 일행은 왜 새끼고양이에게 이름을 붙이지 않고,《스캐빈저》에게는 이름을 붙였을까. 지금이라면 알겠다.

싸우고 스러질 운명이었던 그들에게는 함께 싸우고 함께 죽는 자만이 동료였다. 같은 전장에서 싸운 끝에, 그 같은 전장의 어딘 가에서 스러지는── 같은 전쟁에서 살아남는 전우만이.

파이드가 견인했을 터인 추가 컨테이너는 다섯 기가 모두 사라졌다. 적재됐던 물자가 떨어져서 버린 것이다. 파이드 자신의 컨테이너도 거의 비어 있었던 모양이라서, 당시에는 완전한《레기온》세력권이었던 지역을 행군했다고 생각하면 대략 거리도 일치한다.

한 달 걸려서. 며칠도 못 버틸 거라고 여겨졌던《레기온》지배 영역의 행군을, 휴대한 한 달 치 물자를 다 쓸 때까지 신 일행 다섯 명은 계속 전진했다.

공화국 측의 경합구역을 빠져나가서《레기온》지배영역을 답파한 여기는 당시 연방 쪽의 경합구역 코앞이다. 여기서 행군 물자가 바닥나서…… 아마도 여기서 싸우다 스러졌다.

여기가 그들의 종착지.

신이 남겼던 576명의 전사자의 이름을 새긴 플레이트도,《저거노트》의 잔해 안에서 발견됐다고 했다. 그것들은 이 유리관이 만들어졌을 때에 일단 꺼내서 정교한 복제를 만들고 이름의 기록이 완료된 뒤에 원래 장소로 되돌렸다.

2년 전에 신 일행이 도달한 이 장소, 하지만 공화국은 결국 도달할 수 없었다.

공화국은 멸망했다. 신이 남긴 예언대로 자기들의 태만 때문에.

그 뒤로 레나는 다른 전대에 핸들러로 배속되어서 그 부대의 지휘를 맡았다.

같은 전장에는 서지 않았다. 전장에서 할 수 있는 일은 함께 싸우다가 죽는 것뿐이다. 죽으면 그걸로 끝이고, 신 일행과도 함께 싸우지 않았던 자신에게 이제 와서 비장한 영웅 같은 건 어울리지 않는다.

《검은 양》이나 《양치기》, 초장거리포에 대해서는 당연히 보고를 올렸지만, 에이티식스의 허언, 미확인 정보로 일축됐다. 요격포의 정비 불량조차도 결국은 방치됐다.

그 구역도 격전장이었다. 안 그래도 많은 사람이 죽은 거기에서 프로세서들이 멋대로 죽게 내버려 두지 않고 자기가 소비해버리겠다는 듯이 지휘하는 레나에게는 어느 틈에 별명이 붙었다.

〈선혈의 여왕〉.
블러디 레지나

퍼스트 네임에 빗댄 것이겠지. 삼류 영화의 삼류 악역 같은 별명이지만, 마음에 들었다. 누군가를 짓밟으며 싸우게 하는 주제에 그 누군가도 구할 수 없는, 잔혹하고 오만한 자신에게는 어울리는 이름이다.

그래도 다른 부대와 비교하면 제법 많이 살릴 수 있었고, 1년이

지나도 재편 없이 계속 싸우는 그 부대는 이윽고 〈여왕의 가신단〉이라고 불리게 됐다.

그동안 과거에 강제수용에 반대한 이나 친구나 가족을 감싸던 이, 마음이 병들어서 핸들러를 그만둔 이들을 찾아가서 그들이 기억하는 에이티식스들의 이름이나 인적사항, 말을 기록했다. 공식기록은 삭제되어도 기억을 빼앗을 수는 없다. 혹시 공화국이 멸망해도 언젠가 누군가가 발견하여 알아줄 수 있도록.

파국은 갑자기 찾아왔다.

건국제 날이었다. 그해 고등학교를 수석의 성적으로 졸업하는 학생이 식전 자리에서 연설을 하였다. 레나와 같은 또래의, 분노를 숨긴 듯한 날카로운 눈매가 인상적인 소년이었다.

[내 동급생 중에는 《레기온》과의 싸움으로 죽은 이들이 많이 있습니다.]

조용한 목소리에 동정의 술렁거림이 식전 자리를 메웠다. 벌써 흐느껴 우는 이도 있었다.

그것들을 차가운 모멸의 눈으로 내려다보며 남학생은 갑자기 포효처럼 소리쳤다.

[그들은 이 나라에게서 에이티식스라고 경멸받은 사람이었다. ──그들이 죽은 건 전장이지만, 죽인 건 이 나라다! 언제까지 이런 짓을 계속할 거냐!]

찬동은 하나도 일어나지 않았다.

사람과 돼지를 구별할 줄도 모르는 어리석은 놈이라고 비웃는 자가 있었다. 같은 의분을 숨기고 입술을 깨무는 자가 있었다. 많은 이들은 무관심하게 흘려듣는 것으로 잊어버리고——그 모두가 평등하게 죽었다.

그날 심야, 여태까지 공세가 가장 약했던 북부전선을 미증유의 대군세가 덮쳤다.

배치됐던 전대는 압도적인 숫자의 차이에 거의 반항도 못 하고 깨졌다.

그 부대들이 전멸했다는 사실을 핸들러에게 알리지 않았던 것은 사소한 보복, 아니, 약간의 앙갚음도 아니었겠지. 그때 핸들러들은 축하연의 술에 취해서 아무도 동조하지 않았다. 누군가가 규칙대로 관제했으면 보고 같은 건 필요 없었으니까.

요격포는 거의 작동하지 않고, 또 동작하기 전에 지뢰밭과 함께 장거리포병형의 탄막에 날아갔다. 발사된 약간의 유도비상체도 기폭 전에 대공포병형에게 격추됐다.

마지막 희망인 그랑 뮬 또한 그것 앞에 속절없이 깨졌다.

전자가속포형.

초속 8000미터라는 경이적인 초고속으로 탄체를 사출하는 전자가속포형 《레기온》.

스피어헤드 전대가 딱 한 번 조우했고 보고했음에도 불구하고 무시됐던 그 신형이었다.

움직이지 않는 표적에 불과한 요새군은 초고속탄의 악몽 같은 파괴력과 포신의 소모를 개의치 않는 맹포격에 순식간에 붕괴. 간신히 정부가 사태를 깨달았을 때는 《레기온》이 85구 내에 침입한 상태였다.

11년 동안 에이티식스에게만 전투를 강요했던 시민 중에 싸울 수 있는 자는 없었다.

그랑 뮬 함락으로부터 고작 일주일.

공화국은 멸망했다.

그것은 벌 같은 게 아니겠지. 왜냐면 자기들의 잘못과 태만을 후회하며 죽은 자는 거의 없었으니까. 많은 이는 남의 무능함과 무책임함을 저주하며 무고한데도 무참하게 죽는 자신의 불행을 한탄하며 죽었다. 죄를 자각하지 않는다면 죽음조차도 벌이 되지 않는다.

레나는 제1구에 있었으니까 북쪽에서 시작된 살육을 면했고, 준비를 했으니까 대처할 수 있었다.

지뢰밭에 주변의 모든 중포 포격을 집중시켜서 통로를 열고 그랑 뮬의 게이트를 개방. 아네트가 일러준 비밀 설정을 이용하여 살아남은 모든 프로세서에게 동조를 연결하여 85구 안에서의 응전을 요청했다.

〈가신단〉과 옛 〈가신〉들이 속한 전대, 그 이외의 많은 전대도 요청에 응해 주었다.

그렇다고 해도 선의나 신뢰 같은 게 아니라 발전, 생산 플랜트를 가진 이쪽에게 붙는 쪽이 살아남을 가능성이 있다고 본 것이겠지. 에이티식스만으로 독자적인 방어거점을 구축한 부대도 많았다. 다른 부대나 수용소의 동포들의 이탈을 돕기 위해 일부러 버티다가 스러진 부대도.

레나는 집합한 전력을 이끌고 방어선 지휘를 맡았다.

예비 《저거노트》를 이용하여 전열에 가담한 백계종도 있었지만, 대부분의 백계종은 절망하여 주저앉느라 바빴다. 질리지도 않고 모멸과 불만을 에이티식스들에게 퍼붓는 자도 있었지만, 여태까지와 다른 것은 이번에는 에이티식스의 손에 무력이라는 강대한 힘이 있다는 점이었다.

전쟁에 익숙한 에이티식스들은 적 앞에서 내부 대립을 벌이는 어리석음을 꺼려서 참아주었지만, 조금만 더 오래 끌었으면 어떻게 됐을지 알 수 없다.

이웃나라에서 구원군이 도착한 것은 방어전을 시작하고 두 달 정도 지났을 무렵이었다.

아득히 동쪽, 《레기온》의 지배영역과 국경선도 넘은 곳에서.

북쪽에 《레기온》의 주력이 집결하면서 밀도가 줄어든 동부전선을 돌파하여 달려온 그들은 제국을 멸하고 공화정 국가로 다시 태어난 공화정 기아데 연방의 군대였다.

제국은 개전 직후에 시민혁명으로 멸망하였다. 방수했던 것은 마지막으로 남은 저항거점의 무전이었다. 제국을 멸했기 때문에 연방 또한 《레기온》에게 적으로 인식되어서 10년 넘는 세월 동안 계속 싸우고 있었다. 국가와 동포를 지키는 것은 시민의 의무라며, 조국을 멸할 정도로 동경한 공화정의 이념에 따라서 많은 시민이 종군을 지원하여 국토를 조금씩 되찾으면서.

최신예 병기로 무장하였고 사기 높은 정예 연방군이 용감히 싸운 덕분에 전선은 회복됐고, 제1구까지 탈환하여 일단 교착 상태로 들어갔다.

시민들은 수없는 갈채로 그들을 맞아들였지만, 애석하게도 이야기는 그걸로 끝나지 않았다.

　그들과 마찬가지로 유색종인 에이티식스에게 공화국이 가했던 박해와 학살을 연방은 왜인지 죄다 알고 있었다.

　85구 안에 들어오기 전에 수용소나 전선기지의 생존자를 구출했으니까 그 참상도 직접 목격하였다.

　'그렇게 색깔이 싫거든 아예 국기를 새하얗게 만들면 좋지 않겠습니까?'라고 구원부대의 사령관이 대통령이나 고관들에게 야유가 아니라 진심 어린 표정으로 말했다고 한다.

　연방은 에이티식스들을 우선적으로 보호하고, 희망하는 자에게는 조건 없이 연방 시민권을 부여하기로 했다.

　백계종에게도 최소한의 지원을 해 주었지만, 그보다도 박해에 관한 조사가 우선됐다.

　국군 본부의 지하창고에서 전사자의 인사 파일이 대량으로 발견됐을 때는 그래도 나았다. 인사부의 누군가가 전사자의 기록을 몰래 보존, 은닉했던 것이다. 그 양이 너무나도 막대하였고 최근 전사자의 사진이 죄다 소년병뿐이었던 것에 비난은 있었지만, 그래도 공화국 안에도 사람의 마음이 있는 자가 있었다고 호의적으로 해석됐다.

　그런데 강제수용소 내부에서 수용자가 남긴 자세한 기록이 발견되고, 살아남은 이가 자기에게 일어난 일을 조금씩 말하기 시작하고, 수용소나 요새 터에 매장된 대량의 백골이 발견되면서 연방의 눈은 차가워졌다. 인체실험의 기록이 발견되고 젖먹이의 매매기록이 발견되고 병사들이 학살을 저지르는 영상이 나왔을 때, 연방인은 완전히 벌레를 보는 눈으로 공화국을 봤다.

지원을 끊어도 이상하지 않은 상황이었지만, 최소한의 지원만큼은 계속됐다.

아마 그것이 바로 벌이었겠지. 너희는 쓰레기지만, 이쪽은 쓰레기에게 똑같은 짓을 하여서 쓰레기로 전락하지 않겠다.

부끄러워하는 이만 부끄러워해라. 그것도 못 하는 돼지 따윈 알 바 없다. 그런 무언의 단죄.

제1구 이북의 탈환을 위한 병력 증강의 조건으로 연방이 공화국군 장교의 파견을 요구한 것은 그런 때였다. 탈환부대의 지휘관, 혹은 그 보좌를 맡아달라고.

많은 이가 꽁무니를 빼는 가운데, 레나는 망설이지 않고 입후보하여서──그리고 그녀는 지금 여기에 있다.

유리 케이스를 나와서 길가에 놔두었던 작은 트렁크와 다리만 하얀 검정고양이를 넣은 캐리 케이스를 들고 레나는 돌아갔다. 꿈 같은 봄의 꽃밭 안에 있는 《저거노트》의 썩어버린 잔해와 그 옆에 세워진 576명의 이름을 새긴 석판. 그 모든 것이 싸우고 살아남아서 여기까지 도착한 그들 전원의 묘비다.

여기에 있는지 알 수 없으니까 꽃은 가져오지 않았고, 앞으로도 바치지 않을 것이다.

아직 나는 여기까지 오지 않았다. 꽃을 바칠 자격은 아직 내게 없으니까.

기다려 준 연방의 고관이 이쪽을 바라보기에 가볍게 고개를 숙였다.

"죄송합니다, 각하. 기다리시게 했습니다."

"아뇨. 누군가를 위령하는 시간을 그렇게 생각할 수는 없지요."

정부 고관이라기보다 세상과 거리를 두고 학문을 연구하는 듯한 외모의 중년 흑박종 고관은 부드럽게 웃었다. 도수 높은 은테 안경과 매만진 반백 머리, 대량생산품인 남색 양복.

머리를 붉게 물들이고 검은 옷을 입은 레나를 거리낌 없이 바라보면서 부드러운 눈을 하였다.

"흘리게 한 피와 부하에 대한 애도입니까, 〈선혈의 여왕〉. ……공화국 쓰레기 따위는 도울 필요도 없으니 동포만 보호해서 물러나자는 목소리도 사실 이쪽에서 있었습니다만── 당신 같은 분이 있다면 역시 가길 잘했군요. 어서 오세요, 밀리제 대령. 기아데 연방은 당신을 환영합니다."

그 웃음에 난처한 눈치로 함께 웃으며 고개를 내저었다. 누군가에게 흘리게 한 피. 부하들만 싸우다가 죽게 했고, 그런 부하의 죽음에 대한 위령. 칭찬 따윈 이 피로 물든 검은 옷의 여왕에게 어울리지 않는다.

그 결벽함을 자애심 가득한 눈으로 바라보던 고관은 발길을 돌렸다. 뒤쪽, 조금 떨어진 곳에 어느 틈에 서 있던 연방군의 납빛 군복 차림의 젊은 사관들.

"이쪽으로 오시죠. ──당신에게 맡길 부대의 지휘관들을 소개

하겠습니다."

"예."

발걸음을 옮겼다. 그 순간 레나는 다시금 뒤쪽의 묘비를 돌아보았다.

서로 몸을 기대며 주저앉아서 잠든 네 다리 달린 거미의 사체, 그리고 그 종자의 잔해. 가혹한 삶이지만 그래도 싸워왔고, 마지막에 웃으면서 여행을 떠났던 소년소녀들이 도착한 곳.

전쟁은 아직 끝나지 않았다. 《레기온》의 군세는 아직 대륙의 과반을 석권했고, 지금 이때도 어딘가에서 누군가가 계속 싸우고 있다.

싸우자. 《레기온》의 마지막 한 마리를 해치우는 최후의 그 순간까지.

그들이 도착한, 마지막까지 계속 나아간 이들밖에 갈 수 없는 장소까지 도달하기 위하여.

결연한 표정으로 한 걸음을 내디뎠다. 동년대일 다섯 명의 사관이 일사분란하게 경례를 하였다. 그 앞으로. 그 너머에 있는 그녀의 새로운 전장을 향하여.

싸워 나가기 위해서. 살아남기 위해서.

종장/2 Reboot——시동

유리 케이스에서 나온 공화국군 여장교가 연방 대통령에게 다가가는 것을 다섯 명의 사관은 조교의 시범 같은 쉬어 자세를 유지한 채로 바라보았다. 아직 10대인 나이에, 하지만 나이에 어울리지 않도록 몸에 밴 차분함과 묘하게 익숙하게 보이는 쇳빛의 군복.

가냘픈 외모의 백은종 소녀의 붉게 물들인 은발과 검게 물들인 군복에 살짝 눈썹을 찌푸린 그의 옆에서 키 큰 부장이 의아한 눈치로 중얼거렸다.

"어이……. 진짜 저 녀석이야? 뭐랄까…… 생각했던 거랑 많이 다른데."

"많은 일이 있었겠지. 이쪽이 그랬던 것처럼."

담담하게 말하자, "맞는 소리네."라는 웃음 섞인 대답이 돌아왔다. 그대로 즐겁게 입꼬리를 쳐드는 부장을 힐끔 바라보았다. 이 옷을 입은 지 2년 가까이 됐지만 연방군의 쇳빛 군복에는 아직 다소 위화감이 있었다.

자세는 전혀 흐트러지지 않은 채로 나머지 세 명도 저마다 떠들었다.

"뭐라더라, 〈선혈의 여왕〉이랬나? 이상하잖아. 말도 안 돼, 안 어울려."

"저기, 우리를 금방 알아볼까?"

"으음……. 알아준다면 기쁘겠지만, 모르는 것도 나름 재미있겠어……."

말하는 동안에 저쪽의 이야기도 끝났는지, 대통령이 앞장서서 이쪽을 돌아보았다. 그 순간 부대장도, 떠들던 세 명도 딱 입을 다물고 아무 일도 없었던 것처럼 표정을 다잡은 것은 연방군으로 훈련받은 산물이겠지. 혹은 그것들도 그들의 계획 중 하나일까.

다가오는 대통령과 다시금 상관이 될 소녀에게 딱 소리 나게 다리를 모으고 일사불란하게 경례를 붙였다.

연방과 다소 다른 방법으로 답례한 소녀가 입을 열었다.

그 어딘가 딱딱하고 엄한 시선.

"처음 뵙겠습니다. 산마그놀리아 공화국군 대령, 블라디레나 밀리제입니다."

아, 모르는 건가.

그들은 장난에 성공한 어린애의 표정으로 눈짓을 주고받았다.

대장으로서, 대표로서 그는 입을 열었다.

"처음이 아닙니다. 물론 직접 만나는 것은 이게 처음입니다만."

은색 눈동자가 크게 벌어졌다. 내려다보면서 그는 살짝 웃었다.

"오래간만입니다, 핸들러 원."

작가 후기

가터벨트는 로망이지요? 안녕하세요, 아사토 아사토라고 합니다.

이상한 이름입니다만, 물론 펜네임입니다. 유래는 본명을 비튼 것과 '*88'.

딱 와닿는 게 있는, 본편을 안 읽은 당신. 본편은 분명 재미있게 읽을 수 있을 거라 생각합니다.

잘 안 와 닿는, 본편을 안 읽은 당신. 평소와는 조금 시선이 다른 엔터테인먼트를 즐겨주세요.

그리고 다 읽어 주신 당신. 감사합니다. 어땠습니다. 전투 메카닉에 보이 미츠 걸에 디스토피아에 기타 등등, 여러 가지를 꽉꽉 채운 작품입니다만, 뭐 하나라도 마음에 닿는 것이 있었다면 기쁘겠습니다.

참고로 이걸 쓰는 저는 정말 즐거웠습니다. 다름 아닌 제가 쓰고 싶은 이야기로! 제 취향의 요소를 마음껏 욱여넣어서! 제가 쓰고 싶은 대로 쓴 이야기니까요! 왜 그게 분에 겨운 대상 같은 것을 받았는지 제가 제일 모르겠습니다.

---

* 88 : 독일어로 '아흐트 아흐트', 일본어로는 '아하토 아하토' 라고 읽을 수 있다.

뭐, 실제로는 응모 규정에서 정해진 페이지에 다 들어갈 리가 없어서 울면서 잘라낸 요소도 있었고요. 그중 하나인 가터벨트(를 묘사하는 장면)을 수정고에서 추가하였습니다. 귀엽지요, 가터벨트. 에로하고. 에로하며 귀여워.

동지 여러분은 부디 시라비 님의 손이 닿은 귀여운 레나와 그녀의 절대영역을 에로하게 채색하는 가터벨트를 만끽해 주세요.

가터벨트파가 아닌 당신이 질리기 전에 본편에 대한 주석을 몇 가지.

· 이 작품은 제2차 세계대전의 모 추축국, 모 연합국의 흑역사를 모티브 중 하나로 삼고 있습니다만, 딱히 그 나라들에 악의가 있어서가 아닙니다. 그저 고증을 위해서 입수한 자료가 많았을 뿐입니다.

· 이 작품은 매도, 모멸의 의미로 '돼지'라는 말을 사용하고 있습니다만, 딱히 돼지에게 악의가 있어서 그런 게 아닙니다. 오히려 좋아합니다. 맛있지요, 돼지. 돈까스도 목살도 좋아합니다.

· 지각동조의 이론이나 각종 병기의 성능제원, 각 언어의 번역은 별로 신경 쓰지 말아 주세요. 필요에 따라 개변합니다. 특히나 집합 '적' 무의식에 관해서는 의도적으로 어긋나게 해석했습니다.

· 가상세계인데 도량법이 미터법인 것은 가상단위면 아무래도 전해지지 않기 때문입니다. 또한 척관법, 야드-파운드법이 아닌 것은 제가 모르기 때문입니다.

·가상세계인데 성경이나 레마르크 씨가 등장하는 이유는……
상상에 맡기겠습니다.

……흠집 노출은 이 정도로 하고, 마지막으로 감사 인사를.

담당 편집자 키요세 님, 츠치야 님. 항상 감사합니다. 저 자신의
부족한 부분을 빠짐없이 지적해 주신 것과 정확한 분석, 든든하
게 생각하는 동시에 이야기의 밀도가 오르는 게 느껴져서 두 분과
의 회의는 매번 기대됩니다.

시라비 님. 아름답고 시선에 힘이 있어서 어딘가 늠름하고 찌릿
찌릿한 기운을 띤 캐릭터들, 감사합니다. 본래 있어야 할 프로텍
터들을 완전 장비한, 무진장 멋진 씬의 러프를 받았을 때는 본편
설정을 변경해서 이쪽으로 그려달라고 해야 할지 진지하게 고민
했습니다.

Ⅰ-Ⅳ 님. '약하고 못 써먹을 기체'라는 말도 안 되는 소리에도
불구하고, 아주 불길한 병기이자 무자비함으로 가득한, 무엇보다
무진장 멋진 《저거노트》를 디자인해 주셨습니다. 자잘한 행간에
서 취합해 주신 수많은 설정에는 감격할 따름입니다. 또 강적을
넘어서 무적이라고 느껴지는 《레기온》들과 너무 귀여워서 우리
집에도 한 대 두고 싶은 파이드도 감사합니다.

그리고 이 책을 손에 집어 주신 당신. 감사합니다. 이 책 한 권으
로도 완결됩니다만, 이야기는 계속되니까 부디 앞으로도 잘 부탁
드립니다.

그럼 허식과 허영으로 가득한 모형정원에. 피와 쇠가 타는 전장의 하늘, 별, 바람, 꽃에. 거기서 사는 그들의 옆에 당신을 잠시 데려갈 수 있기를.

후기 집필 중 BGM : 시도니아 (angela)

86 –에이티식스– 1

2018년 07월 25일 제1판 인쇄
2024년 09월 01일 제9쇄 발행

지음 아사토 아사토
일러스트 시라비

옮김 한신남

제작 · 편집 노블엔진 편집부

발행 데이즈엔터(주)
등록번호 제 2023–000035호
주소 07551 서울특별시 강서구 양천로 570 NH서울타워 19층
대표전화 02–2013–5665

ISBN 979–11–319–8540–3
ISBN 979–11–319–8539–7 (세트)

구매 시 파손된 도서는 구매처에서 교환하실 수 있습니다.
기타 불편사항, 문의사항이 있으신 독자님께서는 노블엔진 홈페이지
[http://novelengine.com] 에서 Q&A 게시판을 이용해 주시기 바랍니다.